春潮NOV+

回到分歧的路口

一字六十春

默音 著

中信出版集团 | 北京

图书在版编目（CIP）数据

一字六十春 / 默音著. -- 北京 : 中信出版社,
2022.1

ISBN 978-7-5217-3746-2

Ⅰ. ①一… Ⅱ. ①默… Ⅲ. ①长篇小说–中国–当代
Ⅳ. ①I247.5

中国版本图书馆CIP数据核字(2021)第225500号

一字六十春

著　　者：默　音
出版发行：中信出版集团股份有限公司
（北京市朝阳区惠新东街甲4号富盛大厦2座　邮编　100029）
承 印 者：天津丰富彩艺印刷有限公司

开　　本：880mm × 1230mm　1/32　　印　　张：9.25　　字　　数：163千字
版　　次：2022年1月第1版　　印　　次：2022年1月第1次印刷
书　　号：ISBN 978-7-5217-3746-2
定　　价：59.80元

目录

001 — SUMMER 夏日惶惶 1997

045 — AUTUMN 弄堂里的哈姆雷特 1998

117 — SPRING 春去春又回 1941 —

199 — WINTER 空寂之城 2000 —2001

285 — 再版后记

SUMMER

夏日惶惶

1997

张方敏进弄堂也没下自行车，两条又长又结实的腿从热裤底下探出来，擦着地滑过去。她自以为车技高超，车把几乎撞进手捧饭碗在门口聊天的二号老太的怀里，老太惊得险些摔了碗，冲着张方敏的背影喊：“心急慌忙，一点不像女小倌！”

弄堂外的蝉声静了一静，又攒足了劲头似的哗然响起。

张方敏在六号门口轻盈地跳下车。弄堂甬道上贴墙摆着小饭桌，上面是四菜一汤：炒螺蛳、红烧带鱼、空心菜、扁尖冬瓜汤。她扫一眼，肚子随之咕噜噜作响。这个点大多数弄堂人家都已吃过午饭，张家要等她这个独生女从暑期英语加强班回来。她提车过门槛，穿过六号幽暗的过道，把车塞进楼梯底下放杂物的位置。旁边是她家和楼下雷家合用的厨房间，奇怪的是这会儿一个人也没有。厨房没有窗，二十五瓦裸灯泡幽幽地泛着光。

她甩掉汗津津的跑鞋和袜子上楼。赤裸的脚底接触到旧而干净的木头楼板，有种惬意的清凉。张方敏走得像猫一样轻。还没等她靠近关着的房门口，里面传来一阵急促的语声，是个女人的尖嗓门。

张方敏把耳朵贴到门上，听见尖嗓门嚷道：“你讲啊，我哪一点做得不够好，哪一点亏待过她！”

爸妈又吵架了。要么是奶奶又挑了什么刺，要么是妈妈莫名地心头火起。张方敏上小学的时候就知道了，吵架其实不需要理由。她现在高二升高三，长大意味着麻木，所以张方敏放弃了进门的打算，蹑手蹑脚地下楼。看架势还得吵一会儿，奶奶此时多半在隔壁弄堂搬弄儿媳的不是，这一招也厉害，武侠小说上叫作“隔山打牛”，毕竟妈妈就是从隔壁弄堂嫁过来的，那边有外婆、舅舅和其他熟人，奶奶的抱怨会以光速穿过巷尾，再透过一座座破败的两层楼，折射回张家所在的弄堂。

奶奶和妈妈磕磕绊绊这么多年，要说起因，在张方敏身上。她本来叫张敏，等到报户口的时候，妈妈建议，女儿随自己姓方。奶奶当然不干了。爸爸夹在互不相让的两个女人之间，最后说，好吧，各取一字，就叫张方敏好了。

张方敏不喜欢自己的名字，每当别人知道她的名字怎么写，总是心领神会地点头：哦，你爸爸姓张妈妈姓方对吧？

她便再一次绝望地想，我的名字真是一点内涵也没有。

她出了六号向左拐。弄堂只有一个开口，形状像汉字笔画的横弯钩少了个钩，短横是九号到十一号。每个门牌号住着一两户人家、老中少三代。如今父母辈的人，从前是一起长大的少男少女，又一同经历“文革”和上山下乡，有些人在弄堂内部联姻，也有人引进外援，像张爸娶了张妈。上一代的人口密度大，导致一条弄堂里，和张方敏年纪相仿的男女有六七个之多，他们念过同一所小学，如今分道扬镳，散落到高中、职校和技校。人的未来大致由学校决定，张家爸妈心里是不大看得起弄堂其他小孩的。张方敏读的是区重点，明年肯定能考上一所好大学。

张方敏没有此类等级观念，她最好的玩伴是住在九号的程勉。程勉比她大三岁，因为念书晚又复读过，只比她高一级，刚从职校毕业。她过了拐角来到九号门口的时候，程勉的姨婆正在楼下厨房炒菜。九号的一楼大半属于另一户人家，房主将其租给饭店，店门开在后马路上。程家的厨房和饭店后厨只隔一道薄墙，在夏季热如火炉，张方敏很佩服程勉姨婆不怕热地站在这里。刺激的香气钻进张方敏的鼻孔，她看见锅里翻炒的是螺蛳肉和韭菜，肚子又叫了几声。

想到自家做好的饭菜摊在那里没人吃，她有点懊恼。老太太注意到她站在门外，扬声说：“小敏啊，勉在楼上。”

“敏”和“勉”都被姨婆含混地发成“米”的音。自打张方敏有记忆起，老太太就管她叫“小米”，管自家孩子叫“米”。据说老太太比她奶奶和外婆年纪大。她的头发一根不剩地白了，也不染，皮肤却没有多少褶子，皱纹浅浅的，老人斑也是淡淡的黄，散落在白皙的脸上。张方敏觉得姨婆年轻的时候肯定是个美女。

程勉是收养的孩子，也不知为什么，老太太教他管自己叫姨婆。

张方敏也跟着喊姨婆。其他同辈人都喊作“程勉姨婆”，她嫌长。

她叫了声姨婆，对方让出一条道，她挤过炙热的厨房，噌噌几步爬上梯子。程家的底楼和二楼之间是道木头梯子，又陡又窄，比张家的楼梯难走多了。七十多岁的姨婆每天在这里上上下下，简直是奇迹。

二楼的房门开着，明晃晃的天光从正对着房门的大窗照进来。夏天的正午，弄堂居民通常会放下细竹帘遮蔽热气，这里的帘子却收在顶端。程勉赤着上身坐在小板凳上，侧对着门，膝上搁着木头画板，正在那儿窸窸窣窣不知画着什么。他右手边靠窗的八仙桌上堆着漫画杂志和废弃的画稿，窗外是楼下饭店的屋顶。屋顶上有一堆盆盆罐罐，是程家姨婆种的花草。张方敏叫不出那些植物的名字。尤为显眼的是一丛丛茎叶挺拔的黄花，在烈日下不怕晒地昂着头。

张方敏径直走到挨着桌子的大床边，往凉席上一坐。这是程勉姨婆的床。屋子局促，三只叠放的樟木箱占据了八仙桌另一头的空隙，箱子旁边是五斗橱，这边的床尾有座黑漆雕花的巨大梳妆台。程勉的小床在进门的右手边。张方敏知道，他夏天不睡那儿，而是拉张竹床睡在外面屋顶上，图凉快。

张方敏说：“有画完的故事吗？给我看看。”

程勉吃了一惊，他太专注，这才发现旁边多了个人。他抬头看向高踞大床的张方敏，她荡下来的小腿离他很近。他有点窘，起身拿了件白背心套上，打开落地电扇。“还没有。我在画一个新故事。”

张方敏隔着电扇呼呼的响声说：“上次那个呢？”

上次的故事是关于树精的。树变成了女孩子，或是女孩子变成了树。程勉不太有编故事的才能，也很少具有完成一件事的耐心。

果然听他说：“没画完……我觉得那个不够好。”

程勉最近转成正式工了。毕业前实习了将近一年，收入少得可怜，转正意味着他可以拿出一部分工资给姨婆。用弄堂邻居的话说，姨婆算是“出头”了。程勉在浦东的一家商场站柜台，做一天休一天。他家吃饭这么晚，也是因为程勉下班回到家已经半夜，第二天会睡到中午。四五年前，左邻右舍的大人乃至张方敏他们这些玩伴，都以为爱画画的内向男孩程勉将来肯定读艺专。他确实考了美术中专，但没考上，只好复读一年，最终念了商职校。

程勉在第一次中考失败后告诉张方敏，他考试前问过姨婆，自己能不能考上。程勉的姨婆据说有很多神神道道的地方，张爸爸告诫过女儿，和程勉玩可以，少和九号老太搭界。因为大人的威吓，小时候每次看到童话里的巫婆，张方敏都会想起程家姨婆，但姨婆没有巫婆的阴森氛围，不管怎么看，她不过是个干净利落的老太太。

张方敏当时感到诧异，程勉怎么说也是个现代人，竟然真的相信姨婆有不可思议的力量。

你姨婆怎么说？她问得有些漫不经心。

姨婆写了一个字，程勉说，可我不认识那个字。

张方敏后来也看过那个毛笔写的大字。左边是个“立”，右边是个“长”。不得不说，姨婆的字写得很好，一看就是练过的。不过这到底算什么呢？

程勉从去年九月开始实习。过了一个多月，他对姨婆写在纸上的预言给出了解释。

意思是，我要站很久。程勉认真地说。

少女张方敏似信非信，心头莫名地闪过一丝轻寒。

大概不习惯被人盯着画画，程勉拿了本漫画翻看。张方敏想起那个所谓的预言，问程勉：“你姨婆给人算命都是写字？”

程勉停下翻书的手，盯着她看。他曾经比张方敏高，她高二上半学期一阵猛长，他的身高优势成了过去时。一头天生的卷毛加上微黑的肤色，他走在街上总被看成新疆人。两人对望片刻，张方敏发现程勉的轮廓其实蛮清秀的，就是脸太黑、头发太卷。她忍不住第一百零一次地想：难道真像大人们说的，程勉是某个上海女知青插队时的私生子，被非亲非故的老太收留下来？

程勉一紧张，说话就慢。他小时候矫正过口吃，留下少许后遗症。他用迟缓的语速说："你……找她……有事？"

"没什么。我就是随便问问。"

程勉像是恢复了平静。"要是你想问高考，我劝你别问了。"

"为什么？"

"别给自己找心理负担。好好考。"他露出鼓励的微笑。张方敏在心里叹了口气。她是弄堂里唯一知道程勉秘密的人。他没考上艺专不是因为姨婆的预言——程勉画一笔好素描，但他有严重的色盲。他的跟头栽在色彩考试上。

画漫画也许还蛮适合程勉的。张方敏怔怔地想着，忘了饥饿和对父母的担忧。

弄堂的夏季漫长。进入六月，家家户户开始在晚饭后把竹凳躺椅搬到路边乘凉。大人们聊天睡觉打牌，年纪相仿的孩子们同样聊天睡觉打牌。车带着烟尘隆隆驶过几步之外的马路，灯下飞舞着隐现的蚊虫。这样的日子填满了七月和八月，出伏后还有一茬秋老虎。要到九月，路边的人群才开始稀疏。

暑假还没过完的时候，一个骚动的话题开始在乘凉的人群间传递——附近有流氓出没。先是隔着一条后马路的石库门房子那里，有家姓王的女儿在家午睡，却有人大白天的进了门。王家妈妈在静安寺一带上班，那天正好有事回了趟家。她开门时看到一条人影从后窗蹿出去，女儿兀自睡得迷迷糊糊。再后来是某家晾在外面的女式内衣裤失踪。又有一个念中学的小姑娘去同学家玩得晚了，夜里十点多进弄堂的时候被人摸了一把。

人们先是对王家女儿的清白表示暧昧的质疑，等到内衣事件和半夜咸猪手事件陆续出现，几条弄堂的居民难免人心惶惶。谁家没有女式内衣？谁家没有女儿妻子？不管被占的是哪种便宜，总归有便宜被人占了去。

一句话，世风日下，人心不古喽。

张爸爸在某天的晚饭桌上教育女儿："女孩子家要注意安全，不许晚归。"

他想想又放低声音接了一句："九号那边你也少去。"

张方敏毫不客气地瞪了她爸一眼，反问："这和九号有什么关系？"

张妈妈立即帮腔道："你们早就不是初中生啦。大男大女，不要老走在一起。你将来是要读大学的。"

张方敏知道，问题不在于男女有别，而在最后那句话上。她将来会成为大学生，程勉不过是个营业员。她琢磨着要不要把程勉画漫画的事告诉父母，转念作罢。不是因为程勉从未画完一个故事，而是她可以预想到父母的反应。他们会说：画漫画能当饭吃？

这种事，不需要什么预知能力也能猜到。

奶奶照例是和妈妈唱反调的，这时忍不住维护孙女。“小朋友一起玩玩没什么。你们也管太多了。”她忽然意识到自己的立场，赶紧补充：“小敏啊，高中生不可以谈恋爱。”

张方敏把碗里的绿豆粥迅速扒进嘴里，站起身说：“我去陆微云家一趟，和她说好的。”

陆微云是她的同班同学，暑期的英语加强班也在一道。陆家上两代都是知识分子，住在中山公园附近老洋房的一楼。张家爸妈对女儿的这个闺密很满意，当下只叮嘱她别太晚回家。张爸匆匆几口结束晚饭，说我和你一起走。张方敏嫌爸爸骑车慢，又怕他在路上唠叨，一溜烟地上楼拿了书包，推着车子逃跑似的出了弄堂。

她走得太快，错过了爸妈的又一场争吵。张妈陪张爸回了二楼的家，有意无意地说：“你最近怎么天天夜班啊？是不是特意调班头陪什么人？”

张爸说：“你这人真是无理取闹。厂里安排的，我有什么办法？”

张妈不依不饶："厂里天天安排你上夜班？谁信啊。"

争执声透过细竹帘飘到窗外，在架着竹竿晾着衣服的弄堂上空盘旋。程勉拎着姨婆乘凉用的竹靠椅穿过被杂物和饭桌挤得逼仄的弄堂，听见张妈的尖厉嗓音，皱了下眉。张家奶奶在家门口饭桌旁收拾碗筷，嘴里念念叨叨，骂媳妇欺人，说自己儿子没用。

与此同时，程家姨婆正在二楼房间里泡脚，她把屋顶花盆里的黄色三七花连同叶子浸在热水里，药味幽微地散开。六号的争端传不到这里，暮色在敞开的大窗外轻柔地落下。

张方敏在陆微云的房间喝着陆妈妈端来的绿豆汤。暗绿色的汤里沉浮着几点白，是煮得半融的百合。陆微云怕胖，陆家的绿豆汤只放少许象征性的冰糖，吃在嘴里有些寡淡。

其实陆微云并不胖。她的婴儿肥没褪尽，又是小骨架子，显得圆润。她想要的是张方敏那样的高而瘦的身材。张方敏心想，我还羡慕你呢。你爸妈从来不吵架，而且你有自己的房间。想归想，没说出口。女孩子不妨对闺密撒娇说哎呀你这么瘦羡慕死人了，更重大而本质的渴望则不适合被表露。

张方敏对恋爱和婚姻有她自己的看法。男人最好不要太帅，女人最好不要比男人能干。当然现实生活中总会有张家爸妈这样的夫妻。做丈夫的当年是曹家渡一带的头号帅哥，有他年轻时的黑白照片为证，端的是剑眉星目，恰好符合逝去年代的英俊标准。如果放在九十年代末的今天看，比她们这些小丫头片子迷恋的日本男星少了点忧郁。帅得太健康了。

四十多岁的张爸仍有着浓黑的眉毛和深沉的眸子，张妈至今对他不放心。张妈生得平凡，圆盘脸小眼睛，也不知道张爸为什么选择了她。或许因为她能干。他俩从前是同事，他在车间，她在财务室，也就是蓝领和白领的区别。后来工厂效益走下坡路，张妈在女儿念小学六年级的时候果断地读了夜校，考了正式的会计证，然后跳槽到一家合资企业。她大夏天上班也不穿短袖，身上一件丝衬衫，包里还要搁件针织开衫，说是办公室的中央空调温度太低。这就和三十五度朝上工厂放半天工的弄堂居民们拉开了差距，她丈夫也是后者的一员。

陆微云和张方敏喝完绿豆汤，开始看书和抄笔记。加强班的老师上课进度很快，张方敏的笔记翔实又清晰，陆微云索性只带耳朵上课，过后再借来抄。作为回报，她把陆家爸妈不知从哪儿弄的各种复习资料给张方敏看。两个高中女生不可能维持超过十分钟的安静，过了一会儿，陆微云抄写的动作不停，嘴里问："你觉得缪奇怎么样？"

缪奇是班里总在前三名的秀才，说话心不在焉，缺乏运动神经。张方敏飞快地答："他好像有点呆。"

陆微云“哦”了一声。张方敏这才回过味儿，愕然道：“你不会是喜欢他吧？”那边咬着嘴唇飞快地誊写。张方敏笑了：“到底怎样嘛？”

陆微云说：“你真是刨根问底……大概有一点吧。他会吹长笛，你知道吗？”

“长笛？你是说竹笛？”

陆微云给她一个白眼。“我说的是西洋乐器。”

张方敏第一次听西方音乐就是在陆家。陆爸爸的古典乐CD占据了书架的两排空间。受家庭的熏陶，陆微云会以毫不造作的嗓音说，我喜欢巴赫。那种范儿别人学都学不来。

张方敏试图想象吹长笛的缪奇，不太成功。这时程勉专注于绘画的模样莫名其妙地从脑海深处蹦出来，他的手指修长，指甲剪得干净，食指和中指末端经常沾着蘸水笔的墨痕。他还有个好看的下巴，像竹野内丰那样微微凹陷。伴随着这些印象到来的，是一种莫名的惶然，近乎恼怒。张方敏掐断躁动的心念，对陆微云说：“哦对了，有个新闻。我们那里最近有流氓。”

她把色狼的诸多传闻讲了一遍，陆微云顿时忘了她的长笛王子，瞪大眼睛说：“老吓人的。那你回家路上要小心。”

张方敏说：“你怎么和我爸妈一样唠叨。我骑车超快的，流氓哪里追得上我。”

星期天早上起来下着小雨，张方敏的英语暑期班占据了周一到周六的上午，一周只剩下一天像暑假。女儿歇下来，张妈倒出门上课去了，她报了周末的电脑班，学办公自动化。张妈说，以后做账肯定要改成电脑的，如果跟不上时代，连吃饭都难。她这番话是在楼梯口对女儿说的，特意压低了嗓音，好像怕吵到睡眠中的张爸，又像避忌正在楼下厨房间烧水的奶奶。张方敏想，“跟不上时代”那句话，妈妈应该不是在指爸爸。

张方敏坐在二楼窗前吃着奶奶从后马路买回来的粢饭豆浆，视野里是隔壁弄堂的屋瓦，被雨浸湿了，青青黑黑的一片。二楼的家共十六个平方米，被一块挡板分成大小两半，小间摆着张方敏的床，挂了布帘作为门。她只有睡觉才回那儿，在家的大部分时间，她待在既是客厅又是父母卧室的这边。奶奶的卧室位于楼梯拐角的亭子间，此刻张爸正在那里睡觉。他最近上夜班，清晨六点多到家，怕吵到妻子女儿，索性直接去亭子间睡。反正奶奶照例六点不到就起来了。

张方敏做了一会儿习题，背了几页单词，看看外面雨停了，时钟也过了十一点。她按捺不住地下了楼，在楼梯底下踩了双人字拖，噼里啪啦往九号走。妈妈不在，爸爸正在会周公，奶奶多半又去了隔壁弄堂和老太们家长里短，此时不溜，更待何时。她来到九号门口的时候，程勉正在门外水斗洗脸。张方敏站在旁边，等他洗完。

程勉关掉水龙头，发现面前挡着灰灰蓝蓝的一片，不觉吓了一跳。他看见的是张方敏身上的淡雪青色吊带裙。他是色盲，所以不知道那是一种娇嫩的紫颜色。他抹了一把脸上的水，终于看清了张方敏。雨后的天空依旧阴霾，和他一般高的女孩儿站在破破烂烂的弄堂里，袒露着圆润的肩头和细长的腿，就像从废墟中冒出的新苗。他眨巴着眼睛说：“找我有事？”

张方敏说：“没事就不能找你？”

“我觉得你好像有事……”

“你聪明死了。”

程勉听不懂这是夸奖还是揶揄，挠了挠头。只听张方敏又说：“我找你姨婆。”

程勉“哦”了一声。“姨婆在楼上。你直接上去就好了。”

他都没问一句找姨婆做什么，张方敏素来喜欢程勉凡事雷打不动的淡定，这会儿却有些沉不住气。“你觉得我找你姨婆做什么？”

程勉还是淡淡地说：“你找她写字。”

她突然就恼了，扔给他一个白眼，转身进门。程勉知道，她本来想让自己做中间人。女孩子毕竟面皮薄，张方敏又是骄傲惯了的，被他猜中心事，哪里还能拉下架子说句软话。他苦笑着摸了摸下巴的胡茬，手心传来如同细砂纸的感触。刮胡刀在楼上。他有些踌躇，该不该在这个时候上去。

程勉最后还是爬上楼梯，刚走到最后一级，他听见张方敏说："算了，不要问那么远，就这个暑假的事好了。"

他闷声不响地从梳妆台的小抽屉拿了刮胡刀，斜眼瞟向八仙桌边姨婆的背影和坐在大床上的张方敏的侧影。

程勉这天刮胡子把脸弄破了一处，好在他黑，不显眼。

张家爸妈之间的火药味儿随着夏天的深入不断升级。他俩在工作日只有晚饭时段才有机会碰面，讲不了几句话。星期天的电脑课程占了上半天，张妈是个认真的学生，下午回来总要温习功课，对着书本反复研究那些窗口啊菜单啊，还在纸板做的键盘上练打字的指法。她这是笨办法，如果家里有电脑，三下两下就记住了。总之，张爸能陪伴妻子的时间，只剩下每周六他起来吃过午饭后的大半天。也是他自己找晦气，偏偏挑这个时候对女儿说，敏敏，天气这么热，我们去游泳吧。

张方敏的泳技很好，源自张爸从她小时候开始的亲子教学。张妈嫁了张爸这么多年，仍是个旱鸭子，所以游泳这件事张妈是无缘参与的。

听说要游泳，张方敏很高兴。老弄堂房子洗澡很麻烦。张家和其他人家一样，烧一壶开水和冷水兑了，一大桶水拎到二楼，洗的时候人站在脚盆里，把热水往身上一点点浇。洗完了再把水倒进脏水桶，拎下楼倒掉。游泳池可以洗淋浴，虽然是冷水。张方敏开始收拾泳衣、泳帽、香皂和洗发水等物品。张爸比较简单，他把毛巾和游泳裤塞进一只塑料袋，坐在木头沙发上看女儿满屋子转。张妈隔开一点坐在沙发的另一头，看看丈夫，又望望女儿，忽然冷冷地冒出一句："你们两个倒开心。"

张方敏一怔，心想妈妈不是更年期吧，怎么吃醋吃到自己头上。张爸像是没听出妻子话里的不快，乐呵呵地说："这么热的天，游泳池里泡一泡多少惬意。"他又瞟一眼张妈，"你也一道去吧。"

张妈说："我去？我连游泳衣都没有。我那件还是我们谈朋友时候买的，小姑娘时候的尺码，现在哪里穿得下？"

张爸有点窘。"游泳池那里有卖的……我给你买一件好了。"

"你买？就你那点工资，省省吧。这个家如果没有我，能像现在这个样子？"

张妈的声调尚未拔高到平时吵架的水准，也许因为天气热，张爸当即火了。他猛然站起身，迈着大步出门下楼。张方敏听见每一级楼梯被踩得咚咚响，那声音仿佛踩在她的心上。她手里拿着洗澡球，不知该不该放进手提袋。

张妈说："你站在那里干什么！你爸已经下去了。"

张方敏默默地出了门。关门的瞬间，她好像听见了妈妈的哭声。

父女俩骑车在路上，张爸一声也不吭。他真正生气的时候就是这个样子。张方敏知道，爸爸能够和妈妈反驳的时候，心情还不至于太坏。吵架嘛，有点打太极拳的意思。你一句我一句，最后还是能绕到和好的地步。

张方敏对眼前的形势感到惴惴不安。她想起程勉姨婆写给她的那个字。钗。她查了字典，好巧不巧地，看到一个词，钗分，意思是夫妻分手，恋人反目。后来发现又有一个反义词，钗合。张方敏并未因此放心。她安慰自己，父母那么多年的夫妻，不见得会在女儿这么大的时候散伙吧？

自我安慰总显得无力。

张家父女一向在深水区。自从张方敏学会游泳，张爸就专注于他自己的锻炼内容，和他所谓的“泡一泡”差很远。他习惯从泳池的一头游到另一头，触壁然后折回，两个来回休息一次，接着继续。家附近的区游泳池不大，泳道长二十米，所以张爸是以每八十米作为一个短程，根据当天的身体状态，他会游五到十个八十米。

张方敏每次看爸爸一心一意地完成运动指标，就觉得他其实是个严谨到无趣的人。弄堂里的人都说爸爸年轻时英俊又风流，张方敏认为，那不过是谣传。

可能连妈妈也没有摸透爸爸的本质，否则她就不会多少年都不放心了。

张方敏游了几个来回，开始玩一个她自己发明的游戏。她把脖子上的玉坠摘下来，随手往水里一抛。拴着玉坠的红绳像一条红色的小蛇，在半透明的水中漂漂荡荡地往下沉。张方敏一头钻进水里，充溢着漂白粉味道的凉水淹没了她的鼻子、脸颊、耳朵和裹在泳帽里的半长不短的头发。隔着泳镜，她准确地捕捉到游曳在水中的红蛇，立即探出手臂去抓。

就在她的手指离红绳还有一寸的时候，意外发生了。

一个游自由泳的健壮男体击打着水花迅速移动，正好撞上潜在水中的张方敏。她被撞得横飞出去，呛了两口水。等她好不容易稳定身体，把脑袋挣出水面，对方踩着水过来了，对她说："不好意思。"

那是个胖胖的中年人，黑色的泳镜使他看上去像一只昆虫。他换成蛙泳离开现场，张方敏愣了一愣，又潜下去找她的玉坠。

眼前唯有充满漂白粉的水和池底的蓝色瓷砖，哪儿都找不到红绳和玉坠。

张方敏慌了，在周遭一次次地潜下去找。她现在学乖了，小心地避开别人。深水区的泳客比刚才多。人们的身体和腿脚在水中掠过，因折射显得硕大。她几乎忘了自己是和爸爸一起来的。世界被水隔绝了。玉坠被水吞没到了某处。到处是看不到尽头的水，摇曳着晃荡着推挤着她。水声在耳朵里造成奇怪的回响。

当张方敏又一次沮丧地冒出水面，有人拍了拍她的肩。那人没戴泳镜，偏小的泳帽让脑袋显得滑稽。是程勉。

张方敏不是没看过程勉赤膊的模样，她自己在弄堂里也常穿件吊带裙，可这会儿两个人泡在水里，就好像肌肤隔着水直接贴住了一般，感觉有点怪。她把泳镜推上去说："眼神不错啊，泡在水里你都能看到我。"

程勉说："我看了你好久了。只有你那么喜欢在水里钻来钻去。"

张方敏明知故问地说："你今天休息？"

"明天我也休息，和人调了一天班。正好有件事找你。"

张方敏想起自己的难题，"哎"了一声。"你帮我找一下我的玉坠，掉在池子里了。"

程勉举起一条红绳子。"是不是这个？"

张方敏捶了他一下。"你看到了还不早点给我！"

程勉认真地说："下次别这么玩了，万一卷进排水口，你哭都来不及。"

张方敏戴好了玉，一颗心总算定下来。玉并不贵，但因为是自小贴肉戴惯了的，要真的没了，那感觉无异于掉了一块肉。她问程勉："你刚才说有事找我？"

程勉从眼角瞥见张爸正以漂亮的蝶泳排水破浪而来，压低声音说：“不急的，你明天有空过来再讲。”说完便朝另一个方向游走了。他的蛙泳和别人不一样，脑袋一直浮在水面上，好像狗在水里的样子。怪不得他不戴泳镜。张方敏跟着爸爸游了一段才想起来，没有泳镜的程勉竟然帮自己在水里找到了玉坠，估计眼睛要被漂白粉浸得火辣辣的吧。

第二天中午，张方敏吃过午饭，趁着奶奶洗碗的当口去了九号。不巧程勉不在家。姨婆说他一会儿就回，张方敏搬了只小板凳坐在九号门口等。这是个多云天，弄堂里有点小风。

姨婆和张方敏隔了几步坐着，右手摇着蒲扇，左手拿了一本书，放在膝头。老花镜让她的脸显得有些陌生。张方敏偷偷看了姨婆好几次，得出两个结论：第一，姨婆看书很慢，看来看去老在同一页；另外就是姨婆的腿出人意料地年轻。弄堂的老太们在这个季节都穿阔腿长裤，老人家有风湿什么的，不像年轻人那么贪凉。姨婆的裤子也是宽大的，长度却只到膝盖，底下露出的小腿像中年妇人般白皙细致。张方敏不知道姨婆有用三七浸洗的习惯，心头除了诧异，还有点儿畏惧。因为，与那双腿形成对照的是短袖衫下的胳膊，人老了皮肤松下去，肘关节挂着一圈圈皱纹，正由于腿白，手臂被衬得苍黄。

姨婆这会儿看着有几分像巫婆。张方敏忍不住开始琢磨，要不要再问问那个“钗”字的含义。这时姨婆忽然抬起头。她鼻孔微张，眼神定格，那样子像在通过呼吸捕捉什么，又像正在观看唯有她才能目睹的情景。张方敏顾不得掩饰，死死地盯着姨婆看。

深呼吸过后，姨婆摘了眼镜，站起身，夹着蒲扇和书进了厨房。她头也不回说：“小米，上楼去吧。”

张方敏知道楼上闷热，摇头说不用了。她听见姨婆上楼梯的缓慢脚步声，同时看见一个男人走进拐角的八号。

八号的二楼住着女理发师和她儿子小辉。小辉出生前就没了父亲，学习成绩一塌糊涂，念了技校，毕业后没一份工作能做长久，又不惜折腾学了调酒。这条弄堂学习好的人不多，张方敏不信龙生龙凤生凤的俗话，但她毕竟有个爱学习的妈。八号那位妈妈热衷于打扮和结交男友，在弄堂里风评不佳。

那个男的模样眼生。正当张方敏揣测他是不是理发师的新男友时，楼上传来了争吵声。三个人的声音混作一团，女人歇斯底里的尖叫，男人的怒吼，还有一道公鸭嗓穿插其间，是小辉。争执没有持续很久。张方敏看到打着赤膊的小辉从门内蹿出，他骂骂咧咧地往弄堂外走，把一件流氓腔调的花衬衫套上身。张方敏被突发的状况搞得发蒙，又坐了一会儿，空气中响起了情欲的声音。

这下张方敏窘了。她飞快地往九号楼上撤退。到了二楼一看，姨婆正在努力穿针。如果她是从上楼那会儿开始的，还真是耗时持久。张方敏走过去说：“姨婆，我来吧。”她拿过针线，一下子就穿进去了。

姨婆叹一声。“老了。眼睛不灵了。”

张方敏在程勉的书桌前坐下，拿起姨婆放在一旁的书翻了翻，意外地发现是《书剑恩仇录》的下册。书页散落着黄色的霉点，不知是从哪儿弄来的这么一本旧书。张方敏随便翻到一页开始看，刚才听到的声音固执地萦绕在耳际。

张家两代人共居一室，作为隔断的木板只能阻挡视线，无法遮蔽声音。张方敏是个睡眠很好的小姑娘，记忆中只有几次，她半夜被尿意憋醒，迷迷糊糊地犹豫着要不要起来用马桶，却听见爸妈的大床有节奏地响着。第一次听到那种声音，似乎是她小学二年级的时候。小孩子有种本能的猜测，她忍住小便，努力入睡，结果她那天夜里尿了床，免不了被大人训斥。她在小学时代和几个邻居家的孩子共享“地图大王”的称号，用竹竿挑在外面晾晒的垫褥带着黄色的印记，想抵赖都难。这个世界就是这么逼仄，孩子逃不开自家大人的情事，尿床的罪证也逃不开别人的视线。

不过，这会儿张方敏想起的不是当年缩在板壁背后拼命入睡的尴尬时刻。她即将满十八岁，已经懂得夫妻吵架床尾和的道理。昨天爸爸游泳回来跟没事人似的，吃过晚饭又出去上班了。妈妈也没再接茬挑衅。

正是父母之间的宁静让张方敏感到不安。他们两个人如今晨昏颠倒，甚至不睡一张床，这和分居有什么两样呢。

她心神不定地看了几页书，楼梯轻响，程勉上来了。看见她，程勉“哟”了一声算是打招呼，接着把一支盐水棒冰递到她手里。程勉自己嘎吱嘎吱地咬着另一支。他吃得飞快，像某种嗜食冰块的小动物。张方敏撕开包装吃了一口，忽然感到不合适。“哎呀，你是给姨婆买的吧。”

程勉含着冰说：“不是啊，姨婆不吃冰的东西。”

姨婆兀自缝着一块看不出什么用途的布。

张方敏说：“你一个人买两根？你这么爱吃冰！”

程勉没作答。他看一眼姨婆，姨婆头也不抬。他出门去邮局往杂志社寄漫画稿件的时候，姨婆说让他多买一根棒冰回来。这事没法讲。

张方敏把程勉的尴尬理解成了默认，她咬一口棒冰，不急着嚼，让那团带着咸味的冰块凉凉地贴着舌头。“你昨天说的到底什么事？”

程勉说：“我们今天晚上去小辉工作的酒吧玩，你要不要去看看？”

“他上班了？”张方敏长这么大还没去过酒吧，有些心动，转念又开始为难。“我妈下午就回来了，我怎么和她讲?”

程勉立即说:“你不方便就算啦。”

张方敏说:“还好啦,我自己想办法。会很晚吗?我明天上午还有课。”

程勉看她一眼,“最近晚上不太平,你早点回来吧。我到时候送你。这样好了,晚上七点在45路终点站碰面。你把车子骑到那里,我带你过去。”

张方敏对家人撒了个谎,说晚上要去陆微云家学习。张妈说,你们明天上课不就见到了吗,做啥要晚上出门?张方敏说,她家请了个辅导老师,我蹭课听。张妈就没再吭声。

这话只对了一半。陆家的确请了家教,只是并没有人邀请张方敏蹭课。

张爸声称今晚也要值班,吃过晚饭就走了。张方敏在爸爸走后又磨蹭了一会儿,这才把自行车从楼梯底下推出来。楼下的雷霆倚着六号的大门,正端着一只锅子吃晚饭。他是个四十出头的老光棍,拖着一条带残疾的腿,和如此有气势的名字实在对不上号,弄堂里的人都管他叫跷脚。

六号本来楼上楼下都是张家的,寡母带着一个儿子住在楼下,也就是张方敏的太奶奶和爷爷。二楼姓雷的人家是租客。奶奶从忻康里嫁过来的时候提了个条件,她不要住潮湿的一楼。太奶奶便和雷家商量，让他们改租底楼，减些房租。结果这一租就生根了，雷家的上一辈过世，长女出嫁，剩下一个跷脚，至今仍按居委会定的标准交他的百来块房租。如果不是老租户，张家的一楼房租不至于这么低，在张奶奶看来极不划算，是旧怨。跷脚爱养小动物，而且他的选择总是别出心裁，例如有一年他从不知哪个犄角旮旯发现一窝小老鼠，尝试饲养。他的老鼠逃窜出来，引发居委会新一轮灭鼠热潮。老鼠事件可谓新仇。新仇加上旧怨，以至于张奶奶看跷脚百般不顺眼。

张方敏对人有她自己的判断，她不像奶奶那样面露嫌弃，对跷脚一向不错。她发现那只双耳汤锅里的内容是方便面，讶异道："你就吃这个啊？营养不够的。"

跷脚被辣椒刺激得满是汗水的脸上挤出一点笑容。"好吃的。我加了豆芽。"

对了，爱动物的跷脚是吃素的，不过这不妨碍他吃牛肉味的方便面。他只是自己不买鸡鸭鱼肉。

张方敏把车子抬高，过了门槛。跷脚在她身后说："最近夜里局势紧张，最好不要到处走。"

她觉得跷脚的用词有趣，回头笑道："没事，飞车党不怕流氓。"

夏日的天黑得晚。借着仍有五分明澈的光线，她看见跷脚脸上的神色古怪。张方敏没多想，出了弄堂。

程勉已经等在45路车站。看见张方敏，他点点头算是招呼。张方敏把车子交给程勉，自己等他骑了几步路，侧身往后座一跳。前面的车把抖了一下，她听见程勉说："你不轻嘛。"

张方敏立即抗议："我和你一样高好哦？"

程勉说："对哦。"

两人自此一路无话。他抄小路避开警察，她在车速造成的轻风中眯起眼。程勉背上的白衬衫渐渐被汗水浸湿了，晕开一片痕迹。他也真是的，去酒吧穿件衬衫，还是长袖，袖口挽到胳膊肘，张方敏觉得他有耍酷的嫌疑。

不过，她从来没有在后面坐过男生骑的自行车。她一偏脸颊就能看到他的背，鼻端是他的气味，干干净净的，像是出门前刚用檀香皂洗过澡。

她白天忘了问小辉工作的酒吧在哪里，这会儿也不想打听。张方敏自己不知道，她实在很享受这一刻。

结果路程比她想象的近，程勉忽然往地上一踩，刹住车。

"到了。"他说。

张方敏还在发愣，他又说："你倒是坐上瘾了，下来吧。"

就为他这句无心的话，女孩的心像被针刺了一下，立即变得坚硬。那是名为骄傲的东西在作怪。

她往下一滑，脚重新接触到地面，感觉陌生。站定了环顾四周，发现这是卢湾区的某片寂静区域。临街一排老公房，不像有酒吧的样子。程勉把自行车用链条锁拴在路边的护栏上，也没忘记帮她把带出来做样子的书包从前车兜拿出来。他指了指斜前方说，就是那里。她这才看到茶色玻璃的门脸，连个招牌也没有，很容易看漏。

程勉推开玻璃门，她跟在后面。大概因为时间早，里面只有吧台跟前的两个女孩和角落沙发座上的一对情侣。小辉站在吧台内侧，他没穿白天那件混混模样的花衬衫，身上是短袖黑T恤，露着细白的胳膊。程勉熟络地坐在高脚凳上，对小辉说："我把张方敏带来了。"

叼着烟的小辉眯起眼对她一笑。"哟，高才生来了。"

张方敏觉得他的语气含讽带刺，脸上有些挂不住。程勉插话说："我来介绍一下，这是我同事。"他指的是身旁那个肉嘟嘟的女孩。张方敏早看到女孩左耳的一排银色耳环，至少有五枚，她顿时觉得自己的耳朵开始发痒。女孩叫杨杰，张方敏没细问，以为她叫杨洁。隔着杨杰坐在吧台另一头的是个熟人。那是个白皙高挑的女孩，五官相当欧化，短发愈加衬出她略高的颧骨和一双明眸。她叫王琦，正是最近沸沸扬扬的流氓传闻的女主角。她的家和程勉的家只隔一条窄窄的后马路菜场街。张方敏知道，王琦在程勉工作的商场做化妆品专柜的销售，虽然编制不在商场，但和程勉以及那个女孩可以算是同事。

酒吧的人渐渐多起来，张方敏用吸管啜着小辉请她的姜汁啤酒，一边为这玩意儿不含酒精感到少许遗憾，一边看杨杰和王琦现场客串表演。吧台斜对面有块充作舞台的空地，射灯的光晕底下，杨杰站着吹萨克斯风，王琦坐在高脚凳上唱歌。后者带点儿沙哑的女低音很适合唱老歌，蔡琴的《恰似你的温柔》，接着是梅艳芳的《似是故人来》。

"何日再在，何地再聚，说今夜真暖。"

王琦的眼波流转，像一根丝。

"无份有缘，回忆不断，生命却苦短。"

张方敏怔怔地顺着那条无形的丝线看去，发现尽头是暂时闲下来的小辉。他嘴里含着没停歇过的香烟，眼睛盯着王琦。

张方敏莫名地有种想醉的伤感。不光是因为那首歌和那两个人，还因为她瞥见程勉的目光。他和她一样背靠吧台坐着看演出。他不像酒吧里其他人那样被王琦的低回妩媚所打动，而是专心地盯着另一个人。

程勉看的是吹萨克斯风的微胖女孩。张方敏觉得她捧着乐器的样子像只松鼠。

酒吧的时间过得飞快。张方敏发现已经过了十一点，吓了一跳，说她要回去了。每个人都在说话，加上音乐很大声，程勉一开始没听见她的话。他和萨克斯风女孩头挨着头，正在热烈地讨论什么。小辉的反应比他快，当即把放在吧台内侧的书包递给张方敏，说了句“路上当心”。

张方敏拿着书包就往外走。程勉这才回过神，隔着喧嚣对她喊：“我送你！”她说不用了，出了酒吧门。外面的空气清新多了，简直沁人心脾。程勉跟了出来。

“我说了不用。”张方敏把书包往前车兜一扔，埋头开锁。

“你怎么啦？”程勉愣愣地站在她身后。一辆汽车从他们前方“呼”地开了过去，马路转眼恢复了岑寂。不闻车声，也不见行人。

张方敏把链条锁啪地扣在后座上。

“没什么呀。我玩得挺开心的，谢谢你。”

她自己都能听出声音里的棘刺。程勉一只手放在车把上，不让她走。年轻男人低声说：“你不要这样好吗，我送你。”

“我怎样啦？”

从喉咙深处迸出的尖嗓音把她自己吓了一跳。张方敏懊丧地想，原来自己真是妈妈的女儿。她最恨妈妈对爸爸吼，可自己这会儿的反应如出一辙。

程勉站的地方有些昏暗，让他脸上的神色混沌不清。他的声音还是淡淡的：“你一个女孩子走不安全。”

张方敏尽量控制住嗓音说：“你们刚才不是都说了吗？

哪里有什么流氓，跳窗逃跑的人就是小辉。是他和王琦约会的时候正好王家妈妈回来。”

“偷内裤和摸人家小姑娘的可不是他。”

“你怎么知道不是他？”

“你……别这么……说。”

程勉的语速开始变慢，显然在克制即将出现的结巴。张方敏跨坐在车上，一条腿支地，另一条腿用力踩下踏板，程勉没抓牢，被她带得一个踉跄。她几乎就要心软，偏巧这时酒吧门开了，有人探出脑袋说：“小夫妻吵架啦？”说话的是小辉。张方敏趁着程勉发愣的当口一溜烟地骑走了。

程勉在她身后喊了句什么，被风吹散了，辨不清。她只听见自己的心口突突直跳。

夜风划过她的脸。张方敏选了一条便捷的小路，往家的方向骑行。路灯稀疏，地面被照成一截灰白一截沉黑，像一匹陷入沉睡忘了呼吸的斑纹巨兽。

她知道自己的举动莫名其妙。她也知道自己怄的是无名气。这份认知让她愈发气恼，把两只踏板踩得飞一样。

再转过一个弯就离他们一道出发的45路车站不远了。张方敏走的是近路，不经过车站。她哪怕闭着眼睛都能骑回家，右转再左转，经过中央有块岛状区域的五岔路口，便是菜场街和她家弄堂口马路构成的夹角。中央岛上开了家二十四小时的便利店，离那边还有一个路口，想起便利店的饭团，她忽然很饿。正当她在心里盘算要不要买个饭团再回家的时候，车子一瞬间骑不动了，就像被人施了什么魔法。

她差点朝前栽出去，还好腿长，连人带车往地上偏了偏，总算有了支撑。

不会吧，快到家了掉链子。

张方敏跳下车，用右脚把支架拨到地上，试着用手转踏板。没有传来预期的链条松脱的声响，踏板纹丝不动。她大为诧异，伸手探进后轮的辐条，发现整个后轮卡得死死的。

邪门。张方敏在心里嘀咕。就在这时，她听见有人大喊："你干什么！"她一扭头，只见车前轮那儿有道黑影。路灯照不到她停车的位置，女性的直觉告诉她，那是个男的。

张方敏顿时感到整颗心在胸腔里缩起来，缩成极小极冰冷的一个点。

喊声又起："抓流氓！"同时还有急促的脚步声。

张方敏又惊又怕，总算分辨出喊话的人离她有好几十米，正往这边跑。声音听着耳熟。车前轮的影子抖了一下。那人把车龙头一拽，停车支架啪地撞上蹲在原地的张方敏的腿，她忍不住惨叫一声。还没等她揉着腿重新站起来，一幕奇怪的事发生了。抢过车龙头的人跳上自行车，显然是为了逃跑，车子固执地不肯动弹。不远处有人用外地口音叫骂道："你个傻瓜，快走！"

骂人的是个男的。声音似乎是从张方敏的斜后方传来的。

没等被喊作傻瓜的黑影弃车逃走，嘴里嚷着"抓流氓"的人跑到跟前，和他扭打在一处。张方敏听见自行车倒地的咣当声、拳头击中肉体的砰砰声，混杂着喘息和闷哼。

一道手电光冷不丁地照过来，掠过张方敏，滑向打架的现场。光柱雪亮，不像是家用的手电筒。打手电的人厉声说："怎么回事？"

正在厮打的两个人被光一照，其中一个愣了一下，另一个趁机狠狠踢了对方一脚，转身就跑。打手电的人像是愣住了，没有追赶，微微晃动的光柱照着那个狼狈地呻吟着躺在地上的人，如同舞台的脚光。

张方敏刚听到那句"怎么回事"就认出来了，打手电的人是爸爸。这事比现场的混乱给她的打击更大，等她看清被手电的强光笼罩的人，更是吃了一惊。

那是程勉。

张爸的声音有点抖："程勉……你，你竟然是流氓！"

张方敏比她爸反应快，立即说："爸你有没有搞错，流氓是刚才跑掉的那个。"见爸爸没反应，她没好气地说："你别照啦。"

张爸“哦”了一声，手电光抖抖地移到地面，围着张方敏形成一圈脚光。做父亲的问女儿：“你没事吧？”

张方敏觉得自家爸爸实在不懂得轻重缓急。她走过去扶起程勉，嘴里指挥：“你把我的自行车搬过来。”张爸应了一声，拉起歪在地上的自行车，接着只听他在后面窸窸窣窣不知忙什么。张方敏回过头，看见爸爸蹲在自行车后轮那里，用手电照着轮辐。

张爸仿佛是自言自语地说：“流氓还真有一手。”

与此同时，张方敏惊叫一声：“爸！”

她和程勉都已看清，手电光下闪亮的自行车辐条里嵌着一段烂糟糟的布条，比这更诡异的是张爸被余光照亮的脸和肩膀。他身穿制服，头戴大盖帽。那并非警服，而是很像警察装束的保安制服。上海人把这般打扮的保安称作“黑皮”。

张爸根本没有被工厂安排上夜班。他下岗了，在离家几百米的一间大厦当保安，已有一个多月。

那天夜里，他们从张方敏的车后轮取出一根近一米长的布条，布条的末端是个S形的铁钩。可以想象，暗夜中的黑影把这只简陋版的飞爪抛向骑行的女孩，布条随着车轮转动被缠死，车很快动弹不得。从张方敏听见的叫骂声判断，对方至少有两个人。他们趁张方敏下车检查的当口，一个望风，一个绕到车前，偷她放在车前兜的书包——等他们三个解救完车轮，这才后知后觉地发现包不见了。

程勉是乘45路赶过来的。他原以为可以在某一站下车和张方敏会合，一路都没看到骑车的她，只好闷闷地坐到了终点站。本来他下车后不往这边走，鬼使神差地，程勉决定还是看看张方敏有没有走这条道。在昏暗的街角，他听见车轮的异响，又见她停车，正要出声喊她，忽然有个人跑到车的前方，他条件反射地喊了“抓流氓”。

张爸没问程勉为什么会在深夜坐车追赶自己的女儿。即便他心里在嘀咕这件事，至少表面看不出。他总结性地说：“大家没事就好。包没了就算了，破财消灾嘛。”

张方敏横了爸爸一眼，心想，程勉都被打了，什么叫大家没事。

看样子张爸很想擅离职守护送女儿，程勉说：“张方敏爸爸，你别担心，我会把张方敏安全送回家。”他想了想又说：“你在这里上班的事，我不会和别人讲。”

程勉替她推着车子，两个人慢慢往家走。经过拐角的便利店，张方敏说：“你想吃什么？我请客。”

说完她才想到，钱包和书包一起消失了。

程勉的颧骨上有道瘀伤，不过还不到鼻青脸肿的地步。“我请你吧。我想喝啤酒，你喝可乐？”

“那我也喝啤酒。”

张方敏确实想喝酒压惊。在酒吧的情绪激变，及至后来的街头遇劫，一连串的事，让她的血管深处泛起难言的躁动。

他们坐在便利店马路对面商场门口的花坛边，每个人脚边一罐啤酒，手里一只饭团。程勉笨拙地撕扯饭团的包装，张方敏看不下去，抢过来帮他搞定。这段马路比刚才那段亮得多，便利店像个透明的盒子伫立在不远处，橙色的路灯光洒下来，照在他们的身上。

啤酒冰凉微苦。

程勉像是饿了，几口吞下饭团。他长舒一口气说："看来姨婆写的字还是要拆开看。"

张方敏一怔。

程勉显得有些腼腆，"我偷偷看了姨婆给你写字的纸，她夹在平时练字的纸中间。我想应该就是那张。是个'钗'字，对吧？左金右叉。"

张方敏立即明白了他的意思。那只缠住自行车后轮的古怪飞爪不就是个金属叉嘛。她心头一震，同时莫名地有些不服气，故意说："你还真信你姨婆。"

程勉没吭声，过了一会儿说："啊！"

"你不要一惊一乍的好吗？"

"我们没有报警。"

"算了……警察要是问起来，也很啰唆。你和我爸都是证人……”

张方敏怎么也喝不完她人生中第一罐啤酒，嫌苦，程勉接过去喝完。他说让张方敏先骑车回去，意思是两个人一起进弄堂可能招来不必要的闲话。张方敏跳上车，在深夜空无一人的人行道上骑了一程，借着转弯，她回头望去。

程勉一个人坐在花坛边抽烟。

张方敏被窃的包对张妈只说是路上掉了，少不得挨了一顿训。好在包里除了钱包没什么要紧的东西，她去酒吧那天没带课本或笔记，只塞了一本参考书充分量。张爸下岗和换工作的事，最后还是让张妈知道了。是他自己说的。讲这件事的那天是个星期六，他没有拖着女儿出去游泳，老老实实待在家做“三陪男人”：陪老妈，陪妻子，陪女儿。

吃过午饭，张奶奶照例回亭子间午睡。张爸等她上了楼，告诉在二楼的妻子女儿，自己现在天天夜班，是当保安的缘故。仿佛为了安慰她们或自我安慰，他又说，这只是个过渡，以后我会找白班的工作。

张妈愕然，当即红了眼圈。张方敏假装惊讶。她自觉演技拙劣，好在妈妈没顾上关注她。她想父母也许要说些体己话，便悄然起身，出门下楼。这次果然没有声音追在后面说，不要老跑到九号去，听到没有！

她穿过楼下逼仄的走道，刚要出六号的门，听见有人轻声喊她："张方敏，张方敏。"

喊她的是跷脚雷霆，他一脸诡秘又得意的笑。"我给你看个东西。"

张方敏一进雷霆的单间，他就关了门。毕竟是年轻女孩，她心里轻轻一颤，随即又安慰自己说，跷脚不是坏人。他连老鼠都不舍得伤害，不是吗？

一楼的一部分是公共空间，雷霆的房间比张家二楼小。楼上住三个人，他一个人，按理还算宽敞，但房间里到处堆着杂物，窗户上垂着竹帘，张方敏一时间只觉得满眼都是昏暗的物品，逼仄极了。而且有种古怪的气味。

"你来呀。来看。"雷霆催促道。

他在床边俯下身，张方敏怀着疑惧凑过脑袋，心想要是他敢动手动脚，自己就咬他踢他，绝不客气。借着不够强的灯光，她过了一会儿才辨认出雷霆让她看的是什么。一团雪白的毛茸茸的动物躺在纸箱子里，再一看，那不是一团雪白，而是一加四。一只大猫和四只小猫。猫们一家睡得正香。小猫还没有巴掌长。

"好可爱。"张方敏忍不住喃喃。

她眼睛尖，注意到大猫身子底下的织物有些怪异。带光泽的粉色像是某种丝织品。她瞥一眼雷霆。他心醉神迷地看着那几只猫，嘴里说："灵吧？我把老猫抱回来的时候，伊又脏又瘦，拖着个大肚子。你看现在！”

听到他用专指女性的“伊”指代猫，张方敏又觉得这屋子待不下去了。她轻声说：“我有点事，你慢慢玩。”说完便开门溜出去。

正午的太阳笔直地照下来，把弄堂照成一片白。张方敏急于把刚才的发现告诉程勉，几乎是一口气跑到九号楼上。她运气很好，程勉一个人在家，正歪在姨婆的床上看漫画书。自从深夜劫车事件，她看到程家姨婆总有点瘆得慌。

张方敏一进门就说：“我有个大发现。”

程勉从书后抬起头，茫然地看她。

“跷脚在他房间里养了一只大白猫，刚生了四只小猫。”

“雷霆就喜欢养动物。这算什么大发现？”

“你听我讲嘛……他用来给老猫垫窝的，你猜是什么？”

“我哪里猜得到。”

“哎哟很好猜。我们弄堂里最近丢了什么？”

程勉把书一扔，笑出声来，笑完了说：“这个家伙。他也不怕被人逮到。”

“你看，我们这里根本就没有流氓，有的只是怪人和罗密欧。”

“罗密欧”指的是小辉。程勉听懂了，不动声色地说：“王琦不好算朱丽叶吧？我觉得她对小辉不怎么认真的，女生都比较现实。”

张方敏不喜欢他说话的腔调，刚才的兴奋劲因此泄了不少。她又说了几句话就走了。

回到家，她发现爸爸的眼圈泛红，像是哭过。真奇怪，该感动下泪的不是妈妈吗？父母之间有种隐秘的同谋氛围。不知怎的，她感到自己成了局外人。

张方敏走后，程勉无心继续看漫画，他的视线投向窗外的屋顶，姨婆的三七花不怕晒，在阳光底下闪耀着灼灼的黄色。那是程勉也能准确认知的色彩。他知道应该把竹帘放下来挡热气，却又懒得动弹。

他没告诉张方敏，自己早就向姨婆打听过那个字的含义。为什么是“钗”？姨婆说，钗子簪子坠子，总归差不多的，都是女人身上的东西。“钗”字写出来比较好看。程勉便是一愣。

少女张方敏在某个炎热的午后问程家姨婆，这个暑假会不会有什么比较特别的事发生在我身上？

姨婆眼角的皱纹轻轻漾开，反问道，特别？

张方敏有点窘，轻声说，反正，就是和平常不太一样的事。

那天在区立游泳池，程勉看见熟悉的身影钻进水里，像一尾轻盈的鱼。他没戴游泳眼镜，第一反应是潜下去看个究竟。水里浮荡着大量的漂白粉，好像下过一场细密的雪。隔着纷纷扬扬的白色，他看见她在追逐一根细线。有人游过来，她被撞得失去重心。那根线漂远了，她茫然不觉，一次次潜下去寻找，如同失去方向的美人鱼。

程勉朝着那根线消失的方向游过去。他把那东西抓在手里，发现末端是个玉坠。

姨婆说，钗子簪子坠子都差不多的。

在程勉看来，自己和张方敏是截然不同的两个人。她有爸妈，他没有；她将会念大学，他是个店员。最简单的样板就在眼前，张爸和张妈。下岗后隐瞒着不敢和家里摊牌的男人，吵架时用女高音划破整条弄堂的女人。

也许根本走不到那么远。

如果只是一夏，只是几个月，一年。

他不像小辉，不会为了短暂的可能去放手一搏。

他朝又一次钻出水面的张方敏游过去。她一脸惶然，像个失去了心爱玩具的孩子。他的内心比她更加凄惶，还不能在脸上表现出来。

他拍一下她的肩，近距离地注视着她。这个女孩有双男孩都会羡慕的剑眉，被水打湿的眉峰像用墨染成的。据说浓眉的女孩大多意志坚决、力争上游。

他终于还是忍不住邀她去酒吧，又不敢对她表现出过多的关注，只好和同事杨杰说说话，没想到张方敏竟然因此动了气。他坐在夜晚的公交车上不断张望，映入眼帘的是一排排打烊的店铺和若干幽深的弄堂。他在夜晚的街头寻找那个身影，并不是真的害怕路上有流氓出没，飞爪劫车事件完全出乎他的意料。这倒给了他解字的借口。因为，他一直害怕他心爱的女孩有一天想起去问姨婆，那个“钗”字到底有什么含义。

AUTUMN

弄堂里的哈姆雷特

1998

小辉的大名叫吴锦辉，不过在他出生长大的弄堂里，从老妈到邻居都只喊他小辉。久而久之，连他本人也忘了自己名字的含义：前程似锦，光辉灿烂。

名字是他那个死鬼爸爸取的。据说老爸是跑船的，小辉还在娘胎里他就死了，是被车撞死的。诡异的是，老妈至今保留了海员家属的习惯，饭桌上若有鱼，吃完半边，必须用筷子把底下半边鱼肉掏出来，所谓“吃鱼不翻身，海上不翻船”。小辉有时犯懒，想给鱼翻身，老妈的筷子会毫不留情地往他手背上敲。真没道理。

老妈没道理的时候也少了，小辉如今难得沾家。他从技校出来，没去分配的工厂，先后做过几份服务生的工作，宾馆中餐厅、台湾人开的红茶坊、美国人开的墨西哥餐馆。他不喜欢端盘子换烟灰缸，每份工作都没能坚持超过一个月。老妈发了话，人还是得有一技之长，你去学个技术吧，想学什么？小辉选了调酒。未承想，调酒远不是他在电视上看到的帅气又轻松的职业。尤其在小酒吧，洗不完的杯子、倒不完的烟灰缸，夏天还得把送到店门口的啤酒一箱箱搬进后仓，简直是谋杀腰杆。但他不再有心思另谋出路。

还能怎么折腾呢？学烧菜？厨师比调酒苦多了，他知道。

算起来，小辉在同一家酒吧已待了一年多。他像蒲公英的种子一样漂流到此，从此没挪窝。有时连他自己都感到不可思议。

二十岁的小辉想，也许这就是开始上年纪的先兆。

他看不惯成年人，尤其是他家弄堂的左邻右舍。上一辈的恋爱婚配本着知根知底的原则，常常是隔壁弄堂的谁嫁过来，或是这边哪个男的做了后马路石库门的入赘女婿。一年当中除了冬天，家家户户都把饭桌摆在弄堂过道，吃饭时如果讲了什么要紧的话，不用半个小时就能从弄堂口传到弄堂尾。人人在别人的眼皮子底下出生，长大，工作，结婚生子，离婚或丧偶，渐渐变老乃至退休。小辉烦透了这种生活，人就像被压扁了按在画框里，好也罢坏也罢，就那么挂在光天化日下。

酒吧让他跳出一览无余的弄堂生活，有了自己的空间。位于永康路的这家酒吧夹在面馆和家政介绍所中间，斜对面是菜场，地点够偏僻的，靠着一干文艺青年常客，存活到了第四年。小辉来之前没有正式的酒保，那时看店的是老板，上戏的大学女生，名叫半夏，搞不清楚是不是真名。有时由半夏的妈妈坐镇吧台，熟客们喊她“阿姨”。自从雇了小辉，半夏只偶尔过来看看，阿姨每周来两三天，一般是在周末客人多的时候。阿姨戴一副金丝边浅茶色两角上扬的大眼镜，抽摩尔烟，是个有腔调的老女人。她在面试的时候对小辉说，调酒学校那些花哨的玩意儿，我这里用不上。小辉忙过第一个晚上才明白她的话。客人们大多喝啤酒，偶尔有女生点金汤力。寥寥几个老外除了啤酒就是威士忌加冰，乏善可陈。来自上音、上戏的学生们占了顾客的九成，大多是熟面孔，周五周六的驻场乐队一直在变，变来变去总是抱吉他的长发男。当演出开始，人们纷纷离开坚硬的人造革卡座，聚拢在吧台边，面朝墙角的歌手。小辉趁机在店内巡视一圈，收集满溢的烟灰缸。等他捧着一摞烟灰缸走回吧台，总有种错觉：那个在台上吸引众人尤其是女生视线的，不是邋遢的长发男，而是小辉自己。一曲终了，会有女生激动不已，过来送上赞美和亲吻。

但这当然是幻觉。现实就是，他在一九九八年的“半夏酒馆”的吧台后，又打开一瓶啤酒，“咚”地放上吧台。点啤酒的女孩看也不看小辉，背对吧台，全副注意力都在那个自我陶醉的歌手身上。

“你妈妈昨天问起你。”

某个周日的晚上，坐在吧台对面的程勉抓了抓自来卷的头发。按门牌号，他们是隔壁邻居，实际上是对门。小辉家位于弄堂的拐角，二楼侧面的窗户看下去，正好是程勉家门口。比他大两岁的程勉也成长在单亲家庭，把他带大的是姨婆。如果说小辉和妈妈的关系带着散不去的火药味儿，程勉和姨婆之间则是死水般宁静。小辉觉得程勉像个老年人。

小辉哼了一声。“她自己不会打我手机啊？问你做什么？”

程勉说：“你这种态度，她哪里好直接打电话。”

“我哪种态度？”小辉瞥见有熟客进来。那是个脸上残留着青春痘痕的女生，周五歌手的女友。他冲女孩点点头，后半句的声音压低了，“她还在和那个姓赵的来往吗？”

程勉的表情发蒙，“你别问我，我都不知道谁是姓赵的。”

小辉无端地想冲他吼：你是没长眼睛还是没生耳朵？姓赵的不就是那个病退闲在家的没种男人吗？全弄堂的人都知道，你怎么会不知道！

他把冲动用力压下去。“算了……那你怎么和她说的？”

程勉像是没听到，小辉只好又问了一遍。程勉的外形不像文青，却有颗明白无误的文艺心，佐证之一是他时常走神，掉进自己的世界。他的神经终于接回来，答道：“还能说什么呢。我说你挺好的，让她别挂念。结果她问我，你是不是和王琦分手了。”

真是哪壶不开提哪壶。小辉刚冷却的怒气又炸开，比刚才更炽烈。

他知道，在很多人眼里，他和王琦就像荷叶上的青蛙和露珠。尽管住在一百米之内，却不是一个世界的存在。王家爸妈是双职工，相貌平常的一对男女，女儿却漂亮得仿佛可以直接印在化妆品广告上。她的肤色和发色都淡，浅褐眼珠带点异国风情，穿平跟鞋和小辉一样高，只要鞋子带跟，看上去就比他高一截。她显高。有这样的天赋条件，王琦从职校毕业后没去分配的老国营商场，而是到另一家日资商场的化妆品专柜做销售，和程勉一栋楼。在四楼字画柜的程勉拿的是商场工资，不像她有提成。

相比随波逐流混日子的小辉，王琦有主意得多。她对自己的人生规划可以概括如下：学英语，嫁个老外跟着出国，生个混血宝宝。

小辉第一次听说这番远大理想，是在王家的沙发上。王琦的背部侧倚在他的肩头，匀长的双腿翘到沙发扶手上。她身上是件宽大的无袖睡裙，小辉不由得想象，只要伸手就能从她的袖口那儿探进去，摸到乳房。他想得要命，却不敢造次。王琦给他定的界限只到拥抱和亲脸颊为止。男人啊，她曾用仿佛阅人无数的语气说，总是得寸进尺。

“为什么是混血宝宝？”小辉问。

王琦一本正经地说：“好看啊。”

小辉搞不懂王琦的想法，但他对有理想且洁身自好的女生心存尊重。这份尊重体现在行动上，尽管他和王琦青梅竹马，关系却纯洁得跟童话似的。有时候连他自己都不敢相信，他，还真的就这么小心翼翼地一路维护她的所谓贞操，等她将来光明正大地上某个外国男人的床。

他问过王琦，生完混血宝宝以后呢？

王琦扔给他一个鄙视的眼神，闲闲地说，当然是带孩子，但我绝不会让自己变得邋遢和发胖，我会做个漂亮妈妈。

他隐约感到，王琦的理想不无脆弱，犹如在沙地上盖房子。他没把自己的想法说出口，因为他努力宠她。人与人之间的关系一旦定型就难更改，小辉不是没有过女朋友，也和其中两三个上过床，他对她们既不温柔也少耐心。只有在面对王琦的时候，他会收起所有的劣根性，如同狼试图把自己变成一条狗。他凭经验而非头脑了解到交往定式的存在：老妈不断地换男友，下一个总是比前一个更差，在他的眼里，那是一种龌龊又悲哀的关系。老妈是认真的，对方只是玩玩。相比之下，他和王琦的定式要好得多。

或者，他一力维护王琦的心愿，只因为他希望她能顺利嫁掉，嫁个健全富有的好人，不用像老妈这样，徒劳地在一个又一个男人身上寻找下半生的归宿，却只能成为别人下半身的短暂停留地。

但他现在知道自己错了。什么混血宝宝、外国丈夫、漂亮妈妈，见鬼去吧！说那些话的时候，王琦只是还没遇到一个足够有钱的人。

那是在大半个月前，他特意选在王琦不上班的日子休息。商场做一天休一天，她每月休息十五天，他只有四天。结果她不在家，打拷机不见回。他无端地烦躁起来，跑去打桌球。旁边一桌不认识的人见他像个撞球机器般逐一灭掉桌上的球，邀他对决。他撇嘴说，来钱吗？对方点头。他的嘴角扬得更高。

王琦说过很多次，小辉，你笑的时候不要只笑一边好不好，看着像个坏人。

他带着坏人的冷酷笑意陪那伙人打球，一下午赢了五百块。钱来得真容易。晃出桌球室的时候，夏末的灰蓝暮色如烟笼罩着整个城，他不想回家和老妈晚饭，一时没了去处。难道只能回酒吧？阿姨应该已经开门了，可能还有早到的一两名闲客。他平日吃住在店里，如果连休息天也只能在那二十多个平方米厮混，感觉未免潦倒。

最后还是回了自己家。老妈隔了一个月看到他，也不吃惊。她说，我只烧了绿豆粥，家里有咸蛋，你去状元楼买点糟货。

他想冲个凉，转念决定吃完再洗。状元楼门口是永恒的队列，他排在叔伯阿姨们后面，看腻了他们的后脑勺，转头看街上。最后一茬秋老虎拖着不肯走，早早亮起来的路灯照着人行道上几个乘凉的人，他们的睡衣睡裤躺椅竹凳是经年不变的风景。此时，有个不协调的什么顶着视线。

过了一会儿，他意识到不协调的事物是一辆银粉色轿车，被红灯阻在状元楼斜对面的车道上。车的颜色够妖的。更妖的是，他看见王琦坐在副驾驶的位子。驾驶座上那人被她挡着，看不清。红灯转绿，小辉从队列蹿出去，跟着车跑。他跑不过车，好在也不用跑很远。怪颜色的车过了路口，缓缓停下。王琦从车上下来。这回看到了，开车的是个戴眼镜的瘦男人，可能四十或五十多，小辉搞不懂半老男人的年纪。他往王琦面前一站，她愣了一下才说，你今天休假？小辉把她从头到脚看了一遍。她化着淡妆，穿条无袖白裙，露着白生生的胳膊和小腿，像个公主。但有哪个公主会坐上那样一辆颜色恶心的车？不熟悉的情绪从胃部涌上来，哽在喉头。不，其实是他熟悉的情绪。那是混合着鄙视的愤怒，还有莫名的自我厌恶。

他想都不想就说："你可别变成我妈那样。"

王琦的眼圈一下子红了。小辉不敢再看那双眼睛，转身就走。他彻底没了回家吃饭的心思，刚跑出了一身黏汗，愈加不爽。他想起身上有赢来的五百块，伸手拦了辆出租。从车窗朝后看去，王琦的白裙还站在原地，像孤岛上的一叶白帆，在微垂的暮色中扎着他的眼。

事情过去两周，听到程勉转达老妈的关切，小辉顿时动了气。他砸了吧台一拳，程勉跟前的啤酒瓶应声而倒。程勉手忙脚乱地扶起瓶子，用纸巾擦桌子。店里的另一名客人，也就是歌手的女友，从里面的卡座探出脑袋。小辉对这些视若无睹，恨声问程勉："现在是不是全弄堂的人都知道了？"

程勉愣愣地反问："知道什么？"

"王琦把我甩了。"

小辉点上烟，眯眼打量程勉。十几年的近邻差不多等于自家人，读对方的表情比看书上的字还容易。他没有从程勉脸上看到预期的同情神色，倒窥见一丝试图隐藏什么的慌乱。心脏倏然冻结，往下沉，拽得五脏六腑生疼。他憋了口气，混着烟吐出两个字："你讲。"

程勉把浸满啤酒的纸巾扔进烟灰缸，"你看到的那个人姓秦，以前画国画，现在做生意。他离过婚，带着个五岁的儿子。他是王琦的……老板。"

小辉差点没衔住嘴里的烟："她换工作了？"

"她到秦老板那里当助理。你看到她那天，正好是她第一天过去面试，秦老板说反正顺路，把她送回来。"

"面试？"小辉满腹狐疑。有哪家公司的老板会亲自送女员工回家呢？接着，一阵更大的不安让他脱口而出："你怎么知道得这么清楚？"

程勉用他那双黑白分明如同少数民族的眼睛朝这边望了望，"其实——"

他没能说完，店门口“丁零”一声响，有人进来。与此同时，一条人影从店堂深处奔向门口，一个女声急切地喊：“小风！”被喊作小风的人往外退，却被女的抓住了胳膊。今天是周四，艺名“风海”的家伙没有演出，过来喝酒，被坐在这儿守株待兔的女孩逮个正着。风海有几次带另一个女孩来店里，小辉当时就在心里骂他傻。狡兔还知道三窟呢，脚踩两条船的风海在这么个净是熟人的地儿打转，穿帮是迟早的事。

小辉本来就不喜欢伪艺术青年风海。他知道那小子在美罗城卖音响，明明是个业务员，装得跟什么似的，每次喝高了就和人大谈自己的音乐理想，如果听众当中有女生，自吹的音量还会高八度。那小子的眼睛不老实，看到王琦的时候双眼如钩，在她的身上游走。说到玩音乐，程勉的女朋友杨杰比那小子强得多。杨杰是个矮个儿白肤有点胖的女孩，酷酷的短发，左耳打了七个耳钉。去年夏天，她在这里自娱自乐地吹过一回萨克斯风，王琦配唱。说真的，小辉觉得她俩搭档肯定能火。当然他不乐意王琦在酒吧唱歌，好在两个女生的玩票仅此一次。

风海来驻唱是最近半年的事，他唱歌更像在念白，有时他只弹吉他，让女友唱。他给女友起了个残酷的外号，叫豆豆，就因为她脸上没褪尽的痘痕。小辉无比同情那个女孩。她站在台上用温柔但音域狭窄的女声唱歌，风海抱着吉他耍帅，视线往女观众们的脸上身上游曳，而她全没留意眼皮底下发生的无声背叛。每当这时，小辉就想把风海拖下来扁一顿。

豆豆拖住风海，本就单薄的嗓音愈发尖锐，像铁勺刮在铁锅上。“我一直在找你——你这几天去哪儿了？”风海说：“你别这样。你这样多难看。”小辉在吧台里响亮地打了声呼哨：“你是男人吗？女朋友都急成这样了，你小子把话讲清楚！”他一掀吧台的活动盖板，走了出去。心仍然冻得生硬，以至于他迫切地想找个由头，把那层硬壳砸个稀巴烂。等到了风海跟前，他发现自己需要微微仰头才能对准对方的长脸，心下更不爽。豆豆抓着风海的胳膊，看看小辉又看看自己的男友，像是突然没了主意。小辉感到有人在后面拽自己，是程勉。他不理会，粗暴地掐住风海的肩膀，嚷道：“敢做不敢当，你还是男人吗？”被左右夹击的风海一副要哭出来的神色，对豆豆说：“我们出去说话。”豆豆迟疑片刻，朝小辉低微地说：“这是我和他的事。”

等那对男女出了门，小辉一拳砸在门边的墙上。程勉像是为没打起来松了口气。“你啊，管别人的闲事干吗？”

“我真想扁那个男的一顿！”

“人家又没惹你……”

“我是说那个秦老板！”

和小辉在酒吧喝酒的第二天，程勉早上起床，脑袋里像有一锅豆腐花在晃动。人的脑浆大概也和豆腐花差不多模样。他试图回忆昨晚喝了多少酒，但记忆只到小辉打开一瓶新的杰克丹尼威士忌为止。当晚店里的客人来了又去，大多时候只有他俩隔着吧台对酌。他问小辉，我们这样喝，你老板要扣你工资吧？小辉皮肤白，却怎么都不见脸红，他冷冷地瞪着程勉道，喝死算了，管她呢！

既然没有真的喝死，还得出门上班。程勉叹了口气，忍着晕眩一步步挪下窄梯。从厨房搭到二楼的梯子式样简陋，木头横杠被无数次的手扶脚爬磨得光滑，平日走惯了还好，他此刻手脚虚软，花了格外长的时间才下到底下。鸭蛋青的晨光铺满了弄堂，姨婆坐在门口的小竹凳上，捧着大碗吃泡饭。她认为“男小倨吃泡饭不够的”，所以每天从菜场给程勉买早饭。今天是粢饭团和豆浆，摆在厨房的矮桌上。糯米和油条让程勉一看就饱了。他走到外面水池刷牙，除了宿醉，心头还梗着什么。自来水泼在脸上凉飕飕的，让他舒服了少许。这几天气温节节退下来，感觉一下子就入了秋。他用手撸一把脸，半闭着眼，摸进厨房找毛巾，冷不丁听到姨婆在身后说：“人家的事，你就不要操心啦。”程勉抓起毛巾擦完脸，发现姨婆是在对隔壁老太说话。那家的儿媳嫁过来两年多，不肯要孩子。儿媳说，空间这么局促，至少等拆迁住进新房子，才能安排下一代。

程勉出门的时候，隔壁老太仍在絮絮叨叨诉说烦恼。他忍不住想，人真是活到老烦到老，姨婆的态度不是人人学得来的。

那种近乎淡漠的豁达，或许是因为姨婆对未来的洞察。作为姨婆身边唯一的亲人，程勉由懵懂孩童长成青年，见证了若干和姨婆有关的不可思议事件。有时候姨婆无意中讲的一句话，在若干时日后彰显成现实，套句大白话就是，预言成真。姨婆知道的比说出的多，她不轻易开口发表对未来的意见，偶尔有人听了坊间的传闻，上门求问，她只写一幅字，让人自去猜测个中含义。这两年，求字的事也少了，姨婆每天练毛笔字，仿佛是寻常老太的消遣。

程勉在公交车上被晃得难受极了。还是不该不吃早饭。头是满的，胃是空的。他忍着恶心，思绪转来转去又转到小辉身上。他不怀疑，小辉真的会去找王琦的老板算账。光是想到这事都让他的脑袋更晕，内疚的感觉和宿醉也相似。按理说程勉没什么可内疚的，然而个性决定想法，他总觉得事情都怪自己。

追根溯源，王琦和秦老板的相识是因为程勉。

每个月有十五天，程勉站在三面墙挂着字画的空旷空间，等着时针和分针一点点蚕食他的青春。他身上是和其他人一样的店服，白衬衫，靛蓝西裤，与裤子同色的领带。

柜长是个叫肖振的文学青年，爱找人聊小说。程勉一脸死气沉沉，肖振只好拉拢另一名女同事。那是个脸上有雀斑的女孩，对各种遮瑕产品如数家珍。她对文学不感兴趣，只因性格温和，才半听不听地站在旁边。这家商场的字画柜总是一副诡异的情景：一男一女两名店员窃窃私语，另一个独自远远地站着，神情莫测。

顾客看到这般架势，总是先找程勉。

字画柜看的人多，买的人少。日本旅游团喜欢买几十块钱的小幅江南水墨画。四壁的长轴出自名家之手，难得销掉。上个月的一天，有人在字画柜转了许久。来客五十开外，臂弯搭一件和天气不协调的西服外套，鼻梁架着淡茶色眼镜。肖振那边的低语和商场的背景音乐形成奇妙的和音，让程勉忍不住犯困。他撑着眼皮注意到，戴眼镜的男人在一幅梅花挂轴前停留得格外久。程勉没有走上前。那幅画标价一万五。算上实习，他在字画柜待了两年多，梅花挂轴就像镇柜之宝似的没挪过窝。

男人来到程勉跟前，一张口便是："你们那幅郑奇鹤的画是假的。"

程勉回答："我们有正式的进货渠道，这画是郑家后人放着寄卖的，怎么可能假？"

男人微微低头，视线从镜片上方扫视，像在评估眼前的年轻营业员。他提高嗓门："我说是假的，自然有我的道理。做人应该相信自己的眼睛，不该人云亦云。郑家拿出来就必定是真的？”

肖振过来解围。“这位先生对哪幅画感兴趣？我来介绍一下。”

程勉说：“人家不是来买画的，是来踢馆的。”

男人一笑：“踢馆谈不上。买卖买卖，有买才有卖。如果真有人认为这幅画值一万五，也不错。”

程勉想，这人莫不是神经病吧？可他模样斯文，穿着得体，不像个疯子。肖振见对方不是买家，干脆转身去了库房。女同事远远地在一边照镜子，多半又在察看脸上雀斑的能见度。程勉走到梅花挂轴跟前，回头对眼镜男说：“这幅画很难有人买。”

“哦？”那人显得诧异。

“不是价格的问题。有两种人愿意花一万五买字画，一种是藏家，一种是公司送礼。买商务礼品的都爱大横幅，山水画，拿出手显得气派。至于藏家嘛……”

他顿了顿，男人心急道：“藏家怎么样？”

“我看这幅画，题字比画好。我想别人也不会看不出。”

男人摘下眼镜，没了茶色镜片的遮蔽，松弛的眼袋使他显得老了好几岁。他似乎想说什么，这时有个身影轻快地往程勉旁边一站，脆声说：“一起吃饭？”

来的是黑色专柜西服裙的王琦。那身打扮让她乍看像是附近写字楼的白领女郎，唯有胸卡暴露了职业。男人又戴上眼镜，刚才的颓态倏然消失。他对程勉说：“就冲你这句点评，我一定要请你吃饭！我姓秦，是郑奇鹤的学生……”

他边说边伸出手。程勉第一次遇到和自己握手的顾客，感觉怪异。秦某的手并没有看着那么热情，松软无力地虚握一把。手的主人转向王琦：“这位是你朋友？一起来吧。”

直到王琦忽然辞职，去秦老板的公司当秘书，程勉才后知后觉地回过神。那天王琦找他吃饭纯属心血来潮，如果她没来，如果他没有和姓秦的唠叨那么多，又或者，如果那天他正好去上厕所、喝水或者进库房理货，甚至哪怕他奉陪一下柜长肖振的话题，事情都会是另一番模样。人的际遇如同多米诺骨牌，无法预见轻触后的连锁反应。

程勉有时真想问问姨婆：你知道这些会发生吗？在事情尚未发生之前。

王琦后来告诉他，你的眼光真毒。秦老板说了，那幅画是他帮老师画的，只有题字是老师的亲笔。

难怪秦某听到程勉的品评是那种反应。不过秦老板最大的震撼恐怕不在于毛头小子的画论，而是突然出现在他眼前的女孩。那么高挑和白皙，一头染成红茶色的短发，一双似笑非笑的眼。

这天程勉带着宿醉上班，照例百无聊赖地站在字画柜，商场内没有昼夜，空调机和日光灯让人丧失了对气候和时间的触感。看到顾客拎着装有湿伞的伞袋，才知道外面下雨。雨天是睡觉天。程勉想，不知道浦西下雨没有，小辉这会儿多半躺在尚未开门的酒吧里睡得天昏地暗。

程勉想错了。小辉今天很忙。他一早起床，乘公交车到了曹家渡。他没有回家，而是站在五角场邮局隔壁罗森超市门口，眼神比头顶欲雨的天空更阴沉。从他站的位置看过去，能看到五条岔路中的三条。

左手边第一条路有个公交车站，上班的人们大多往那边走。小辉没看到早已出门的程勉，倒是瞧见了六号的张方敏，他知道程勉暗恋过那个骄傲的女孩。张方敏念了华师大，平时住校，小辉很久没见到她。小姑娘从前是男生般的短发，现在头发留长了，还像模像样地穿了条秋天韵味的栗色长裙。都说长大意味着变化，在小辉看来，变化最大的还是这些女人，她们简直一天一个样，自己和程勉始终停留在原地，简直像轮胎被卸掉的破车。

沿着正对面的马路一直走，是他们住的弄堂口。不久前的某个傍晚，小辉就是在那条路边看见王琦坐在她老板的车上。老板和秘书。光是这个称谓组合都让人气不打一处来。

右手边的路口是人称后马路的菜场街，早晨的喧腾劲儿隔得老远隐隐传来。程勉家的二楼后窗对着街口的一排青灰色石库门，王琦家就在其中的一个单间。

目光锁定三条路汇聚的爪形路口，小辉耐心地等着，就像掠食动物在等待猎物。他看见王家爸爸走进菜场街，又拎着早点袋子回了家。十分钟后，王家妈妈的自行车从左手边的马路飞掠而过。她走后不久，王家爸爸步行出门，过了小辉他们的弄堂口，渐行渐远。小辉又等了一会儿，终于，王琦从石库门的门洞翩然现身。她今天是黑衬衫灰长裤，十足白领的样子。她过了马路，不急着往车站走，在小辉他们弄堂斜对面站定了。

不多时，小辉看到一辆眼熟的车开过来，停在王琦跟前。她轻盈地钻进车内。不会认错。恐怕全上海没几辆那个颜色的车。轿车拐上左手马路，很快出了视线范围。小辉手脚冰凉，胸口滚热，仿佛肢体末端的血液尽数倒流回了胸腔。他本可以就此离开，如果不是另一个人出现在弄堂口，悠悠往这边来。小辉一眼认出，那是老妈的男友赵国栋。

“所以你就跟踪了他？”

程勉重新出现在小辉的店里，是在周六的晚上，一周又快过完了。程勉总是很忙的样子，不常来。小辉知道程勉在画漫画，有时候不免残忍地想，要是真有才能，早就画出来了，也不用站这么些年的柜台。

小辉点上烟，隔着喧嚣说："你至于这副面孔吗？我一没偷二没抢，就只是跟在他后面转转。"

其实他自己也说不清，为什么要把跟踪赵国栋当成一件事来做。还做了不止一次。

星期一，他在五角场中央岛看见姓赵的，当即闪身进了罗森。赵某当然是在小辉家过的夜。想也知道，老妈肯定为他弄好早饭，一如小辉自己在家的时候。赵国栋是个长手长脚长方脸的男人，长得算是登样，但眼睛不大，看着就有几分狡狯的神气。听说他早年在船厂上班，好像是搞技术的，不知怎的四十出头就办了病退，现在他年近五十，已当了好几年闲人。小辉不理解自家老妈的眼光，她交往过的男友无一例外没有正当职业，她和一个做传销的分手后，家里堆着十年都用不完的洗发水，自然是从男人手里买的。小辉见不得那些瓶子，对老妈嚷，你拿到店里去！他指的是老妈工作的后马路理发店。老妈委屈地扁着嘴说，这个很贵的，我们店你又不是不晓得，剪个头只要五块钱。小辉说，洗发水有保质期的，你现在不脱手，将来全是废品。老妈面带惶恐道，那我送给小姐妹。小辉跳起来吼道，你不是说很贵吗?!

跟在赵国栋身后的小辉莫名地想起洗发水事件，焦躁更盛。那堆洗发水最后由他自己找人转手卖掉，亏了一些，也好过放在家里看着窝火。老妈从不吸取教训，她选男人的眼光从他记事起就没有长进。关于赵国栋，小辉知道的并不多，但他相信自己的直觉：姓赵的和以前几个是一路货色。

赵国栋往苏州河方向走，他家是隔着马路与河岸相望的两层小楼当中的一栋。房子看着比老弄堂齐整些，然而一年有大半年的时间，黑色的河水散发着窒闷的臭气，势不可当地钻进屋里，附着在人们的鼻腔内。现在这季节，风凉天高，气味弱了许多，对小辉尚未习惯的鼻子来说还是够难闻的，他皱了下鼻子。小辉不会想到，这条河将在五六年后经过市政治理变清，原本光秃秃的河岸将会铺上彩色的瓷砖，成为景观通道。河边的旧楼被新建的高层板楼替代，后者打着“河景房”的名号，价格不菲。

未来尚未到来的此刻，小辉在一家杂货店门口停住，掩饰自己的尾随。不远处的马路上空横着一座公路桥，是苏州河桥的引桥的延伸。赵国栋在桥洞底下停住脚步，和几名闲汉聊天。小辉视力好，远远地看见其中一人从手腕褪下一串东西，赵国栋接过细看。从这个角度望去，他的宽肩膀略显佝偻。另一个人掀起衣服下摆，好半天才从裤腰解下一件拴得牢固的物品。赵国栋把第一件东西还回去，拿了第二件。小辉有点明白了。桥洞下方的人们饶有兴致地传看物件，小辉隔着杂货店的柜台对正在看清宫剧的老板说，买包七星。老板说，七星没有，白万要吗？小辉头也不回地说好。他拆开烟盒，若无其事地说，桥洞底下那群人常来吗？老板正要坐下，闻言起身探头瞧了一眼，说道，哦，玩玉的那伙人，天天在的。玩这种东西有瘾头的。

就小辉所见，那天的桥洞下没有达成交易，人们只是彼此炫宝。等赵国栋离开，他故意慢腾腾地走过去，竖起耳朵想听到只言片语。不知运气算好还是坏，他听到一个人说，老赵那串珠子真让人眼馋。他眼睛毒，买得到好东西。另一个人嘎嘎笑道，好东西谁看不出来？也要有钞票买的呀。或者你像老赵那样轧个姘头，买东西的钱就来了。

小辉闷声咬着牙，自顾自走过去。从杂货店那边，隔着好一段距离，他也瞧见了“老赵那串珠子”。一长溜滚圆的绿玉，姓赵的从袖子里拽出那珠串，仿佛炫耀般在脖子上缠了两圈，让人想起清宫戏里男人的发辫。小辉不知道那是清朝官员的朝珠。

在酒吧和程勉讲起，小辉只说，他发现赵国栋是个玩玉的，很可能还用了他老妈的钱。他没提的是，自己又跟踪过赵国栋两次，摸清了对方的生活规律。赵国栋睡到中午起床，和桥洞下的一群人谈笑闲站，有时去新华书店“打书钉”，流连在玉石和收藏的书架前。晚一些，他去买菜。一次晚饭是独自在家吃的，还有一次直接提着菜去了小辉他们弄堂。小辉不好跟进去，只能猜测赵国栋做了晚饭等老妈回家。小辉装成是新入门的菜鸟爱好者，和桥洞下的爷叔们闲扯。他们倒不藏私，教导他，可以周日早上去文庙逛逛，并叮嘱，不要着急出手，否则要交学费的。

程勉再次面露惊诧。“你明天要去文庙？”

小辉若无其事。“对啊。”

“你到底想干什么？”

“我也不知道。”小辉说。这是实话。

程勉显得心事重重，可怜的家伙，他是那种会把别人的事当成自己的牛角尖钻的人。既可看作是仗义，也可以说是瞎操心。小辉不想对着那张愁脸，正好阿姨来了，他便让阿姨看一下吧台，说去买烟。

他其实是出门打电话。吧台边就有投币电话，店里太吵。他在路边的电话亭打王琦的拷机，挂机后点了烟。他开着门慢慢抽完一支烟，电话就是不响。一想到王琦说不定正在和姓秦的约会，他的嗓子和心口像堵了棉花。当初就不该让她守身如玉，傻透了。

干还是不干，这是个问题。小辉心想。他不觉喃喃地说了一遍，继而提高声音：“干还是不干，是个问题！”

“哟，哈姆雷特。”一把清脆的女声笑道。

小辉受惊转头，看见一个素面马尾辫的年轻女孩。路灯照着她的白T恤，胸前印着巨大一只蓝莹莹的蝴蝶，蝶翼随着身体曲线起伏。牛仔裤的腰线很低，铜钱大小的玫瑰文身贴着形状好看的胯骨。他知道那是假的，不过是贴纸。

这个兼具清纯与魅惑的女孩正是酒吧的老板半夏，她冲他粲然一笑，“知道哈姆雷特是谁吗？”

太小看人了。老妈是上译厂的粉丝，家里有好多她从电台节目录下来的磁带。孙道临版哈姆雷特在录音带里自言自语：“活着，还是不活？这是个问题。”小辉隐约记得还有这么一句：“把它扫一个——干净！”

他不快地盯着半夏，如果她不是个丫头片子，即便她给自己开工资，他也会为刚才的取笑把她扫一个干净。半夏秀气的外形纯属假象，她有种通透的冷澈和肆无忌惮的嘲讽劲儿。在小辉看来，她有些“作”。作女自有好那一口的男人为之疯狂，小辉选择绕道避让。

半夏毫不在意他的眼神。“店里人多吗？”言外之意是，周六多忙啊，你怎么待这儿闲着呢？小辉只得跟着她往酒吧走。半夏推开门，忽然往后退了半步，整个人撞进小辉的怀里。他赶紧扶住她的肩。和高挑的王琦相比，她的骨架很小，像一只猫。

小辉越过半夏的肩头，看到让她惊退的不速之客。魁哥带着两名手下一溜排开，坐在吧台边。程勉的位置正好挨着最边上的小弟，他不知道厉害，背靠吧台自顾自观望演出。台上的歌手是新来的，正抱着吉他唱一首他自己写的民谣。乍看是普通的酒吧夜晚，火车卡座的客人们没注意到吧台边的杀气，阿姨即便脸上神色不对，也被那副茶色大墨镜遮挡住了。

如果没有来酒吧工作，小辉不会知道，现实生活中确有收保护费的行当。来收钱的人分两种，穿制服的和不穿制服的。前者属于工商、检疫等部门，店家在他们的屋檐下讨生活，自然要配合着给些好处。不穿制服的则是魁哥一党。他们比税务部门还精，嗅得出这条街上哪些店赚钱，哪些店只是惨淡经营。半夏的酒吧开了三年多，没少给魁哥的兄弟们喝免费酒、送烟，好在对方没提出更进一步的要求。据说从前这一带的混混们是拿现金的，人遇钱则贪，有家湖南餐馆的老板隔三岔五地被要求打开收银机，最终恼了。他没有报警，拿菜刀砍了一个混混，后者废了一条胳膊，湖南人因防卫过当被判了两年。从此，混混们心照不宣地改成白吃白拿，不再打收银机的主意。

魁哥三十过半，窄长脸，戴眼镜，常穿黑衬衫配黑仔裤，看上去有种似是而非的书生气，据说他在蹲监的七年里读完了函授大学。传说当年他如果盯着谁看十秒钟，被看的人必然冷汗直流。传说只是传说，小辉并不觉得魁哥有多可怕。当然他也不想亲身试验一下魁哥是不是真像人们说的那么狠辣。

魁哥是冲着半夏来的。

就在半夏进门的同时，魁哥瞥一眼门口。他当然目击了半夏往后退继而跌进小辉怀里的全过程，却仿佛什么也没看见，把注意力投回眼前的酒杯。那里面漂浮着冰块的液体是单一麦芽威士忌。凡是魁哥势力范围所辖的酒吧都有这么一瓶贵得卖不动的酒，等着他来喝。

半夏重新站稳了。小辉的掌心感觉到她肩胛骨周围薄薄的筋肉瞬间变得坚硬，大约和她此刻的决心一样硬。她朝魁哥走去。小辉莫名地有种责任感，觉得不能袖手旁观。他到程勉身旁掀起吧台的活板，往里钻之前不忘拍拍程勉的肩，“你回去吧。明天你还要早起。”程勉没有搞清楚形势，闷声说：“再过一会儿。”小辉想，要真有什么，可别怪我没提醒你。

进了吧台，小辉扶着阿姨的胳膊说：“两个人挤死了。你到外面坐着歇一歇。”阿姨迟疑片刻，离开吧台。魁哥对站在他旁边的半夏说：“陪我喝一杯。”听见这句话，小辉把头上的方帕重新系紧，往百利甜酒里加了冰，又把杯子搁在吧台上一推，那杯浓甜的液体正好停在半夏面前。这么帅，该有人叫好才是。可惜魁哥手下的两人毫无欣赏之色，喝酒的喝酒抽烟的抽烟。程勉仍背靠吧台，看不出他是否注意到吧台内外的紧张。

半夏端起酒杯，魁哥又发话了。“这算酒吗？给她倒和我一样的。”

小辉重新倒了酒，这次没耍帅，直接放下杯子，然后将刚才的百利甜“咚”一声放在程勉的位置。程勉闻声转过半个身子，看见酒，面露困惑。

半夏喝下一指高的威士忌，脸色如常。魁哥同样一饮而尽，说："再来一杯。"

小辉又给他们倒了酒。两个人再次碰杯喝了，半夏的杯子里，来不及融化的冰块闪着冷光。阿姨走过来说，里面火车座的两桌客人买单。小辉打开收银机找零，心知定是阿姨让熟客们先买单走人。店里很快只剩下最里面一桌生客、程勉、魁哥一伙以及唱歌的男生，小辉又听见那两个字："倒酒。"

小辉斟了酒，却不忙把半夏那杯给她，举杯笑道："魁哥，这么好的酒，都让我们老板喝也是浪费。来，我敬你一杯。"

魁哥淡然说："还轮不到你和我喝酒。"

小辉举杯的右手缩不回去，也不肯放下。心里有个声音说：干还是不干？念头从升起到成形不到一秒钟。他的左手向吧台桌板底下的刀架伸过去，摸到一尺长的德国钢刀。那是做水果拼盘用的刀，被他保养得很好，锋利极了。歌手在离他两米多远的位置唱着少数民族风格的民谣，"我总是很残忍，我让你别当真，因为我不敢相信。"

小辉的血管滚烫，太阳穴突突直跳。他一点也不怕，甚至感到兴奋。这世界太他妈浑蛋了，王琦、秦老板、赵国栋、老妈，一个个影子以惊人的速度流过他的脑际。他想砍人。哪怕不是为半夏出头。

干还是不干！

“是魁梧的魁？”

就在他的左手握住刀柄的瞬间，程勉突然大声说。这一喊，所有人都朝吧台另一头看去。小辉悄然缩手。程勉愣愣地又问了一遍：“我听到他喊你魁哥，是魁梧的魁？”

魁哥点头。

程勉的表情像吃了什么酸的东西。“嗯，那个，你最好小心一点，最近。”此话一出，挨着他的小弟用力推他的肩，“你什么意思？”程勉差点从吧椅掉下去。

“什么意思？”半夏问。她亭亭地站在吧台的另一头，被魁哥搂着腰。

小辉只好替他解释：“他家姨婆会算命。”又问程勉：“你姨婆讲过什么？”

“她让我来看看你。”程勉从牛仔裤的后兜里掏出一张折成几折的绵软宣纸，那是他偷偷从姨婆的字纸堆抽出来的。不等他递给小辉，旁边的小弟一把抢过去，递给魁哥。魁哥展开看了，淡淡地说：“字不错。”

小辉眼尖地看到，那是个“魁”字。似乎是写字的人不满意，写完后斜斜划了一笔，把字整个儿划掉了。那一笔如同墨色刀痕。小辉的心头忽有寒意。

程勉带着那张字纸来过酒吧的第二天，小辉起了个大早，赶到文庙。

昨晚，魁哥看到那张纸就像见了瘟神，走得很急。魁哥一伙前脚刚出门，里面那桌客人跟着买了单。半夏对唱歌的男生说，你也回去吧。男生拿了现金离去，这么着，店里只剩下阿姨和半夏，小辉和程勉。

半夏似乎对程勉姨婆算命的事颇感兴趣，问了一堆问题。她不识趣地说，为什么你和姨婆住一起，你爸爸妈妈呢？小辉站在吧台里面给她一个白眼。程勉耐心地回答，我是孤儿。半夏又问，那你为什么喊她姨婆？姨婆应该是你外婆的姐妹才对。

这问题倒是新鲜。小辉从来没想过程勉的姨婆为什么是姨婆。程勉来不及回答，阿姨解围般说道，家家都有自己的情况，你问那么细做什么？

家家都有自己的情况。阿姨说得再对不过了。此刻，小辉顶着一脑袋尚未消散的困意，目光锁定前方二十米的赵国栋，那人和前几次一样迟钝，径自闲走张望。周围满是声音和气味。聊天的，吆喝的，一家商户檐下几只鸟笼，叽叽喳喳啾啾。旧书的霉味儿盖不住远处早点摊飘来的油烟气，有人在演示所谓的老香炉，点着劣质的檀香，气味刺鼻。这里一堆泛着铜绿的钱币，那里一摊塑料般红艳艳的珊瑚，实际大概就是塑料的。姓赵的不时停下和人打招呼，小辉跟着停步，没招呼可打，眼睛四处瞄。一个摊主正在吃粢饭团，腮帮子鼓鼓的，嘴巴油光可鉴。小辉看得反胃。目之所及，多是半老不老的男人，有胖有瘦，有的看着机警，有的面目愚钝。小辉重新打量赵国栋微微含肩的背影，这才发现，他比一般人骨架阔大，长手长脚，带几分颓愚的书生气。小辉在心里骂了一声，老妈就喜欢这种老白脸。

赵国栋晃了一圈，什么也没买。小辉有些失望，虽然他并不是为了看赵某买东西才这么不辞辛劳地跟着转悠。他不太清楚自己的想法。也许，如果目睹赵某流水般地花钱，他就有了劝阻老妈的理由。目前为止，除了那串远远望见的绿珠子，他没见到其他的赔钱勾当。

对了，绿珠子。小辉的心一跳，人彻底醒了，头也不晕了。

赵国栋踱到中华路上，走进大富贵酒楼，要了生煎和小馄饨。小辉闻见食物的油烟就难受，又不愿站在外面等，踌躇片刻，点了碗赤豆羹，坐在离赵国栋几张桌子的位置。赤豆羹出乎意料地香浓，里面搁了桂花。老妈最爱吃熬得稀烂的赤豆羹，小辉想给她打包一份，但今天不合适。

隔着几张桌子看去，赵国栋的吃相虽然斯文，却有股馋样。小辉吃完自己那碗赤豆羹，又等了差不多十分钟，才等到他出门。他在路边等车的时候，小辉靠着一棵树，刚才吃出的一层汗被风吹干了，心跳渐渐慢下来，想法也开始变得清晰。他知道，赵国栋回家只能坐23路车到终点站，然后走二十分钟到苏州河边。终点站拐个弯就是通向五角场的大路，公交车站和大马路人多眼杂，要堵住姓赵的，最好的地点是赵家附近的桥洞，桥上不时有车轰隆隆地往苏州河对岸开，桥下的马路和桥呈十字交叉，在白天也暗淡如黄昏。

干还是不干？小辉自问。心突突直跳，他莫名地想起昨晚摸刀的时刻。我一个人不行，他想，该找谁呢？

小辉看着赵国栋上了车，当即奔到路边烟纸店，用公用电话打给以前常去的桌球室。接通后，他说，肖松在吗？那头应了一声，放下听筒。小辉急躁地捧着听筒，烟纸店的老太见他一直不说话，投来好奇的目光。仿佛等了许久，耳边终于传来喀啦啦的动静，接着是不耐烦的男声："谁找我？"

"是我，小辉。"

"长远不见啦。"中山公园一带的混混肖松说，"你小子干吗不直接滚过来？假惺惺地打什么电话。"

"肖哥，我有事请你帮忙。"

肖松哼了一声："要找人帮忙才想起我？"

小辉压低声音："当然不会让你白出手。"

他放下电话付钱，疑心烟纸店老太竖着耳朵把谈话全听了去。老太并未多看他一眼。他拦了辆出租车，赶到桥洞。苏州河的气味隔着一排房子传来，小辉差不多习惯了这股臭气。

比他晚到的肖松抱怨道："呸，这条臭河浜旁边竟然能住人！"

小辉说："这么多人不照样住？怎么就你一个人？我不是跟你讲了再带一个吗？"

"加你就是两个，对付一个糟老头子足够了。"

赵某不是糟老头，小辉想分辩，又闭了口。肖松性格暴戾，一言不合就会动手，迄今为止打伤过好几个人，只因为运气好才没吃官司。如果不是需要借他的力，小辉根本不想和这种人掺和在一起。

肖松的脸上就像挂了"肃静""回避"的牌子，他过来和小辉一起在桥洞底下站了没多久，旁边玩古董的闲人们纷纷散了，剩下一个剃头摊子摆在那里。摊主在桥洞另一头的路口和人下象棋，昏暗的桥洞里只有他们两个人。无事可做，小辉和肖松一支接一支地抽烟。肖松带着炫耀说起他的近况，原来他在做摇头丸的买卖，来钱很快。那意思是，我不缺这个钱，今天来帮你纯粹出于义气。

小辉的眼睛盯着赵国栋将要过来的方向。他这才想到，万一姓赵的没有回自己家，而是去了老妈那里，又或是在中途下车，今天就等于白跑了。想到可能惹肖松不开心，他闷闷不乐。那小子跟火药桶没区别，谁撞上谁倒霉。

好在他的担忧没有发生。等两个人抽掉大半包烟，一条熟悉的身影远远走来。小辉扔掉烟头，肖松眯着眼眺望。“就是他？”

黄玉华今天眼皮跳了一天。她把米粒大的纸片蘸了水粘在右眼皮上，仍无法阻止时不时的一阵激跳。给隔壁弄堂的招娣上卷发筒的时候，她的手不觉重了点，招娣倒吸了一口冷气嚷道，你怎么扯我头发呀！黄玉华连忙笑着赔不是。她定定神，看向招娣面前的镜子。招娣被白兜布围住的黄脸上方，是她自己不擦粉也白生生的脸，她们身后玻璃橱窗上的绿色塑胶字以反方向浮在半空，她不用辨认也知道，内容是“洗剪吹　价格公道　手艺精湛”，镜子深处则是午后显得倦怠的菜场街，所有这些是她日常看惯的，超乎常轨的只有眼皮的跳动。

做完发卷，她把烫发机推过来。招娣坐在机器的圆罩底下，像一尊佛。招娣今天要做大波浪，说是晚上去吃喜酒。由此衍生的话题则是招娣儿子的女朋友。招娣儿子是电梯维修工，据说收入不错，居然找了个坐办公室的小白领。招娣说，等到动迁就好领证了。附近几条弄堂的动迁消息像候鸟般来了又去，一直没个准。黄玉华附和着问，你们是不是要贴钱拿套大房子？招娣的嘴角浮起傲慢的笑意，说道，哎哟，你不要拎不清，现在小年轻哪个要和爸妈住？当然是拿两套。

黄玉华想起自家儿子小辉。她这个做妈妈的每次都是从别人口中听说儿子的近况。小辉和石库门王家女儿好上了。王家女儿摇身一变成了白领，还有个年纪大的男人开车接送，看样子小辉被甩了。闲言碎语像她的剪刀间掉落的碎发，一会儿就积了一堆。黄玉华从不费心查探谣言的真实性。曾几何时，她自己也是别人茶余饭后的谈资。结过婚又单身的女人谈个恋爱总是那么难，太多窥伺的眼睛，太多津津乐道的舌头。

那些或臆测或真实的嚼舌根子从来伤不到她。黄玉华最大的秘密是小辉。这个和死鬼老吴有着一模一样桃花眼的男孩一点点长大了，不像父亲那么壮，加上肤色白皙，如果不是总挂着一副好像别人欠他钱的臭脸，绝对是个帅哥。人们总说小辉长得好，继承了父母双方的优点。黄玉华听了只是笑笑。

小辉不是从她肚子里养出来的。

这个秘密曾经沉沉地压在她的心坎，像石头一样重，像冰一样冷，但冰块也有融化的时候呢。现在如果不是特意提醒自己，连她本人也差点忘了这件事。

对哦，那天她也眼皮跳来着。止不住地跳，就像今天这样。

那时候这间理发店还是国营的，店面尚未辟出一半给旁边的饭馆，比现在轩敞。整个冬天，店里镇日烧着一只热水炉子，为的是给客人刮脸洗头，也为取暖。报丧的人来的时候正好没生意，师傅跑出去串门，她独自待着，正在用热水绞过的毛巾敷眼睛，想减缓眼皮上抽心的急跳。听到老吴出了车祸，她第一反应是人家搞错了。老吴出海没回来呢，怎么可能在上海的马路上被车撞到。直到人家说单位已经派人去了，不会有错，她才爆发出第一声惊惧的啜泣。

事情不难搞清。老吴一周前请了病假回到上海，落脚点不是曹家渡的家。黄玉华也曾隐隐感到自家男人在外面有人，可她怎么也不会想到，那是个从浙江盐官来上海医院做护工的姑娘，二十岁刚出头，姓刘。小刘方脸大眼睛，长得并不好看。黄玉华有种被刺伤的感觉，除了感情，还有自尊。但人已经死了，她又能怎样呢？老吴没有死在小刘住的地方，她就该谢天谢地了。

老吴被送去火葬场之前，黄玉华给他刮了脸，擦了身。她做这些事的时候手势自如，仿佛老吴只不过是一名僵硬不动的顾客。毛巾碰到他的男根时，她犹豫了一下，还是仔细地擦了。

一个月后，她戴着黑纱，去老吴单位领了抚恤金出来，看到一个人影立在马路对面。也许因为穿了棉衣，对方显得比上次见到的时候臃肿。她本想不理会，转念还是走了过去。走到近前她就后悔了。直觉比判断力更快地在她耳边低语，丈夫的情人怀孕了。

黄玉华结婚五年没怀上孩子。老吴和她分别看过医生，发现问题在她，而且解决不了。老吴说没事，可她知道丈夫心里多了个结。老吴最终死在这件事上。他的外遇多半是为了求子，而如果没有外遇，他就不会不合时宜地出现在上海的街头，然后不合时宜地过马路被车撞死。

小刘的脸上有种坚决，像电影里即将就义的革命者。姐。她说。黄玉华很想冷冷地回一句，我不是你姐！她忍住了。

姐，你要帮我——

黄玉华嘱咐小刘，晚上十点到她住的弄堂口碰面。小刘问，那么晚去医院？黄玉华说，去什么医院，我带你见一个人。小刘瑟缩了一下，低微地说，还是帮我找他们单位开个证明吧……我，我可以自己去医院。黄玉华心想，真不怕丢人！你拉得下脸，我可没脸这么做。有哪个寡妇会去找死鬼男人的单位给小情人开证明堕胎的？再说了，没有结婚证也开不了。她被这个乡下姑娘的没见识气得要命，真想撒手不管了，最后强忍着说，来不来随你。

黄玉华知道九号阿姨认识医院的人，她问都不问就让小刘上门，一方面是怕阿姨拒绝，同时也因为她自己心里憋了口气，不想在小刘面前显得没主意。

到今年冬天就是二十一年了，距离那个夜晚。那一晚，三个不同年龄的女人坐在九号楼上，窗帘紧闭，小刘的脸在灯光底下泛着青，像上了一层绿釉，黄玉华的脸色也好不到哪里去。九号阿姨的目光透过微垂的眼皮扫过来，让人的心一凛。黄玉华已经说完她的请求，让阿姨帮忙找华山医院的医生。阿姨说，你们要想清楚。小刘从牙缝里挤出一句，想清楚了。黄玉华的视线不受控制地飘到饭桌旁的床上，隆起的被窝边露着孩子的半个脸蛋和一撮黑发。那是个小小的男孩，叫程勉。九号在大半年前突然多了个还没断奶的婴儿，阿姨说是她姐的外孙。坊间风传，那是不知哪家没结婚的姑娘生下后不要的，阿姨不知使了什么手段给孩子报了户口，养在家里。黄玉华闻到屋里有股微酸的气味，是喝了奶粉的孩子的呼吸味儿。她忽然莫名地羡慕九号阿姨。要是老吴给她留个一子半女，今后的日子会大不相同。

事情就源自那一闪念。

这些年来，黄玉华不是没有后悔过自己当年的决定。小辉这孩子不让人省心，而且他对黄玉华的感情生活极度抗拒，如果没有小辉梗在中间，她本来有过改嫁的机会。

至于小刘，黄玉华早已失去了她的消息。当时为了掩人耳目，黄玉华把小刘送到湖州的表妹家，她自己也住过去，并放出怀了老吴遗腹子的消息。她本来担心小刘在孩子出生后反悔，没想到亲妈连看都不愿看生下来的婴儿，让她抱走。

她直到很久以后才意识到，小刘是怕看了抱了喂了奶，就再也撒不开手。死鬼老吴连孩子的名字都取好了，如果他没有横遭意外，现在住在八号的大概就不是她和小辉，而是那一家三口吧。想到此，她又有种莫名的心寒。这些年来，她对儿子的态度随着心念的起伏忽冷忽热，她自己并没有意识到。

黄玉华帮招娣取下发卷，吹好头发，店里只剩她一个人。回忆让她有轻微的不适，也许是因为九号阿姨当时讲过的一番话。那时九号阿姨也就比她现在大个五六岁，上一辈的人不懂保养，也不怎么打扮，看着比现今的黄玉华显老，一双眼更是装满了过往，格外幽深。

阿姨的眼神轮流扫过两个女人，慢吞吞地说，你们两个都要想清楚。

黄玉华急切地说，我想清楚了。说完后她才意识到，这话和小刘刚才说的一样，内容却大相径庭。

小刘迟疑片刻，用力点头。她不忍心让体内的孩子变成一堆没有生命的血肉。黄玉华愿意当成是自己生的，对她来说，算是不幸中的一丝亮光。

阿姨叹了口气说，早晚都是一样的。她目光灼灼地盯牢黄玉华，又说，带个孩子，你后面嫁人就难了……

黄玉华摇头，轻声说，我嫁人做什么。

阿姨把视线从她脸上移开，淡淡地说，那你自己也别待在上海，否则人家要看出来的。

黄玉华说好。她们这番密谈没有惊醒屋里熟睡的孩子，程勉的半张脸始终蒙在被窝里。黄玉华担心他透不过气，忍不住起身帮他把被子往下掖了掖。手指碰到孩子的脸，那种又热又滑的触感让她心头一颤。我就要有孩子了。不是老吴的，也不是小刘的，是我的。

九号阿姨先摸黑下楼，开亮了厨房灯，让她们小心楼梯。黄玉华跟在小刘后面一步步挪到底，阿姨忽然凑上来，一把揪住她的手。阿姨的手骨节分明，力气大得不像五十多的人。

你莫悔啊。阿姨说。

不会的。黄玉华说。

眼皮还在跳。一下，又一下。为了不让心念绕着那个晚上走，黄玉华收敛心神，决定想想赵国栋。她喜欢老赵拿着那些个玉啊石头啊对她讲解的得意劲儿。男人有爱好比没有强。她最受不了某些和她年龄相近的男人，例如六号的老张，下岗后先做了一段时间的保安，最近彻底闲下来，整日就是买汏烧，伺候老婆和偶尔回家的女儿。如此乏味，空长了一副好相貌。从前老吴因为职业性质常年不在家，黄玉华习惯了凡事自己扛着。在她看来，男人好不好，不在于是否照顾和陪伴自己，而是要有能让她欣赏的什么。在旁人眼里，她对男人的选择多少有些漫不经心，不看工作、收入和其他，甚至有人以为她是那种手到拈来的女人。他们都错得厉害。只有小辉明白她的需求。他看得清，却不肯接受，有一次甚至气急败坏地冲她吼，你又不是二十四岁，你四十八啦！你觉得你在谈恋爱，人家开心死了，找个倒贴的！

那是在去年。她当时都快哭出来了。要真是自己肚子里生出来的，他还会说这么伤人的话吗？小辉近来把酒吧当宿舍，很少回家，母子俩的关系似有缓和。说来也怪，黄玉华如今也不怎么想嫁人了。大概人都有种越是做不到越想做的逆反劲儿。

门口的铃铛“丁零”一声响，把黄玉华从思绪飘摇的状态拽出来。进来的是小辉。母子照面，当妈的不觉愕然，还有点莫名的内疚。她注意到小辉呼吸不稳，白皙的脖子上青筋暴起，像是走得太急。

“你今天休息？去了哪里啊？跑得这么热。”黄玉华倒了一杯水，小辉一口气喝干了。

“在外面转了一圈。正好路过。”

他的声音显出古怪的高亢，透着陌生的心满意足。黄玉华很少看到儿子这么开心。难道他和王琦又好了？她想问又不敢问，小辉说："帮我剪个头。"

黄玉华愈发诧异。儿子从十几岁起就不肯再让她打理头发。他说她剪的式样不好，硬是要到其他理发店花钱折腾。有一段时间，他把头发梳成中分，刘海的两端留得长长的，不时荡下来遮住眼睛，黄玉华恨不得唰唰两剪刀把那些碍眼的头发修掉。他现在的发型正常多了，前面看是偏短的小分头，后颈剃得高，像三十年代的小开。

黄玉华伸手撸一下儿子青青的后脑勺，短而密的发茬让手心泛起轻痒。"才剪过没多久嘛，我帮你稍微修一下。"

她让小辉坐了，用洗发水在他脑袋上搓出细密的泡沫，从镜子里看到他的额角沾了白沫，便用手掌外沿轻轻抹掉。许久没有这样端详，她发现儿子的额角长得还真像他的亲娘。黄玉华压下思绪和感觉，专心替小辉洗头。她的手指底下，他的呼吸和脉搏渐趋平稳，但仍有种跳突的情绪游荡在他的皮肤表面。那情绪是她熟悉的。黄玉华寻思了一会儿，突然意识到，小辉此刻的状态就像男人想做那种事的时候。她的十指不觉一颤。

小辉没注意到老妈抖了一下。就算注意到，他这时也不会有心思加以关注。兴奋的劲头像潮水一样往后退，露出斑驳的沙岸。他意识不到自己内心的荒凉，脑子里有个声音在叫嚷：干了，我真的干了！太爽了！

事情出乎意料地顺利。小辉和肖松贴上前的时候，姓赵的根本没有意识到等着自己的是什么，他看见小辉，张了张嘴，像是想打招呼又有些迟疑。不等小辉拿准该怎么动作，肖松跨前一步，按住对方的肩，另一只拳头直奔肚子去，沉闷的一声响，赵国栋顿时弯成了虾米，嘴里“哎哎”地哀号着。肖松恶狠狠地说，知道老子为什么打你吗？赵国栋扭头乱看，似乎想喊人，又似乎想逃，小辉绕到他背后站定了，赵国栋高大的身子缩得小了两圈，颤声说，小，小辉。

小辉厉声说，小辉是你叫的吗？喊我辉哥。

赵国栋苦着脸喊了。小辉一指肖松说，这是松哥。

赵国栋又喊了松哥。小辉开口问他要绿珠子，他迟疑片刻，乖乖地把缠在袖中手臂上的珠串取下来。珠子还带着体温，小辉拿在手中有轻微的恶心，同时更助长了莫名的兴奋。他用尽可能凶恶的声音对赵国栋说，这也算是物归原主，反正你也是拿我家的钱买的。

赵国栋辩解道，不是——

肖松推了他一把，吼道，你还嘴硬！

小辉说，你要是敢讲出去，下回就不是吃拳头这么简单。

肖松配合地拿出弹簧刀，“噌”一声亮出带血槽的雪亮刀刃。小辉满意地看到赵国栋的脸彻底垮下来，像是突然老了十多岁，嘴里嗫嚅道，不讲，不讲。

等赵国栋跌跌撞撞地离开桥洞，小辉和肖松对望一眼，拔脚就跑。那群下棋的人应该看到了整个过程，无人过来阻止。他们顺着桥洞旁的侧路跑出去很远才停下来，不约而同地放声大笑。肖松说，可惜没给他放点血。听语气，他似乎有些遗憾。小辉拍拍他的肩说，多谢，够朋友！

剩下的就是怎么处理绿珠子。小辉因为有这几天和玩家们接触的经验，提出由他把东西卖掉，再和肖松五五开。肖松问，这么一串珠子能卖多少？小辉随口答道，三五千总有的吧。

现在那串珠子就在他的左臂上，像条绿蛇般在长袖 T 恤的袖管里缠了好几圈。说也奇怪，最初觉得珠子是黏腻圆滑的异物，在身上戴了没多久，仿佛成了自己的一部分。

老妈飞快地帮他修了头发，又用电推子整理后脑勺的发脚，惬意的震动沿着颅骨深入，小辉想咧嘴笑，想撸起袖子给老妈看他绿蛇缠绕的左臂，也想给王琦看他的战利品……白裙的身影浮现在脑海的同时，刚才还满满的得意劲儿忽然坍塌，像黑洞般缩成不可见的暗影。他很想来一支烟。

黄玉华手上忙碌，眼睛没闲着。她看见儿子由神采飞扬到眉头紧锁，脸上好似开了个戏台，忽喜忽忧。她想问出了什么事，又不敢问。她默默地给儿子冲完头，用毛巾擦过，他举手制止她拿吹风机，说不用了。

“这样跑出去，吹到冷风会头疼的。”黄玉华说。

儿子把垫在领口的毛巾拽下来随手一扔，对镜整理刘海。“你帮赵国栋剪过头吗？”

黄玉华的心大力一跳，几乎生疼。她呆呆地看着儿子和他镜中的倒影。

儿子粲然一笑，“做什么这副面孔？我就是问问。”他说完转身就走，留下黄玉华对着一地乌黑的碎发。

到了外面，被冷风一吹，小辉才觉得老妈的话是有道理的。早知道还是该把头发吹干。他不愿回理发店，点了一支烟，边抽边顺着菜场街穿出去，到了路口那排石库门房子，忍不住怔怔发呆。今天是周日。王琦说不定在家。

他的双腿仿佛自有意志，快步绕到石库门的后弄。往里走的第二道门是王琦家，这会儿门紧闭着，窗户看进去一片昏暗。他用不夹烟的手敲了几下门，没人应。逼仄的厨房就在门背后，一侧是走道。经过和楼上合用的浴室，走道的尽头还有道门，里面是个单间，一家三口的起居室，做了半截悬空的夹层，王琦的地铺在那上面。夹层底下摆着电视机，不知有多少个午后，他坐在沙发上陪王琦看恐怖片，她每到紧张处就掐他，胳膊被她掐出一道道指痕。

就在几个月前，他们还有过那样没心没肺的午后，而此刻面对他的只有沉默的门。说不定这会儿王琦就在屋里，和姓秦的一起看碟。说不定他们在亲热。小辉的想象力比吐出的烟雾更加盛大，让他心焦难耐。最终，他恨恨地扔掉烟头踩灭，拖着比来时沉重的步伐走了。

坐公交车也让人一肚子窝火。小辉在起点站坐了位子，把车窗开大，让风迎面吹来。刚过一站，上来一堆人，站在他身后的阿姨伸长胳膊关了窗。小辉忍让地重开一条缝，阿姨立即嚷道，又不是夏天，风吹进来好冷的。你这人有没有公德心？

换了平时，小辉肯定和那个圆脸戴眼镜的女人戗起来。奇怪的是，情绪这玩意儿涨得越高跌得越快，他的心刚才还膨胀如气球，仿佛随时会挣脱连线飞到半空，此刻一切都变得黯淡和微小。他瞪了女人一眼，关上窗。

下车后走十来分钟，打烊状态的酒吧在茶色玻璃门的背后悄然伫立。文庙，苏州河边，老妈的店，王琦家。这一天去了太多的地方，让他有种久别归来的感觉。他开门进屋，看了眼钟，下午三点，离营业还有五个小时。早上没收起来的行军床摊在夜间舞台的角落，他在床边坐了，撸起左臂的袖管，绿珠子在幽暗的室内泛起深沉的颜色。我真的干了。他想着，这一次并无欣喜。

他进吧台给自己倒了杯盒装橙汁，往里面加入一指高的伏特加，一口气喝了。酒精在嘴里泛起微苦的灼烧感。他打开吧台上方的射灯，继续看那串珠子。古老的玉珠反射着灯色，绿得勾魂摄魄。小辉心中一动，这玩意儿说不定远不止三五千。

他又给自己倒了伏特加橙汁，背靠吧台的橱柜坐在地上，把玩珠串。可惜这玩意儿又长又沉，不适合女生。或者拆几颗下来，做个首饰送给王琦。就怕她现在看不上了。他有一搭没一搭地想着，眼皮渐渐沉重。

小辉没听见钥匙开门的声响，也没听见一个女声说，怎么灯也不关?

吧台的灯灭了，他在破碎的梦境中看见了王琦，奇怪的是程勉也在。王琦穿着他最后一次看到她的那条白裙，露着胳膊和小腿，定格在已经过去的夏天。程勉絮絮叨叨地说，事情说起来都是因为我，不过你也不能怪我啊，好多事都是注定的……王琦的眼神是他从未见过的幽怨，她转身要走，他拔脚去追，不料被程勉一把勒住。死小子没有抱腰也没有拉肩膀，而是掐着他的脖子，嘴里仍在念叨，注定的注定的注定的……

小辉倏然惊醒。脖子上的压迫感仍在。他伸手一摸，原来他不知何时把绿珠子挂在脖颈上，珠串向后滑，勒着脖子。怪不得会做那种怪梦。他动了一下，感到脊背酸痛，双腿发麻。自己似乎坐在吧台里睡了挺久，不会到开店时间了吧？他正要起身，突然意识到店里不止他一个人。有人在轻声说话。

不，那不是说话声。店堂的角落传来古怪的低吟，像传说中的海妖在水手耳边唱的歌，又像是女人压抑的啜泣。不，那不是歌声也非啜泣。那是……

小辉仍然坐在地上，现在麻木的不只是双腿，血液、肌肉和骨骼都在一瞬间凝结。他蜷起腿，把脸埋在膝盖里。他想塞住耳朵，神经却自动敏锐地捕捉着不远处的声音。不会有错，那是做爱的声响。女人发出唔唔的轻哼，男人在喘息。情欲的味道在昏暗如洞穴的店堂内弥散，那气味让人想起森林深处腐败的泥沼。

很久很久以前，他也是这样抱膝坐着，在自家的楼梯上。身后几米是紧闭的家门，一楼门洞四四方方的亮光位于他的脚下。弄堂静极了。人们上班的上班上学的上学，连猫也在午睡。他为什么会在白天不上课跑回家？记忆过滤了细节，只留下坐在楼梯上的那一刻。妈妈在门的内侧，和一个男人在一起。他可以跑掉，远离从门缝传出的动静，那样就不会有被全世界关在门外的孤寂。但不知怎的，少年的他一动也不动，只是那样坐着，坐成了一尊面带憎恶的雕像。

但他早就不再是那个孩子了，不是吗？何况这里是他的店。

小辉倏然醒觉。有店门钥匙而且肆无忌惮地跑到店里来做那种事的，只能是——

他小心地把身体撑起来，尽量不发出动静。其实这种小心也是多余的，在酒吧最里面那张桌的男女根本无暇注意周围。周遭昏暗，他只能凭感觉判断那两个人的位置。火车座很窄，他们不太可能躺在上面。那么他们是坐着？站着？小辉制止自己往下想，却无法抑制噬咬内心的焦灼。正在和人乱搞的女人当然是半夏，不知怎的，她的形象和王琦叠合在了一起。

他压着情绪喊了一声："喂！"

海妖的吟唱倏然静止。片刻后，一个男人的嗓音说："你怎么在这里？你先出去。"衣物摩擦，拉链铮然，这些动静钻进了小辉的耳廓，他听到了却像没听到。男人的声音是他认识的。不会有错。

是魁哥。

小辉感到自己方才的混乱很可笑。他竟然以为半夏和男朋友在她自己的店里欢好。正常情况下，没有哪个女生会这样做，她肯定是被强迫的。他的自嘲很快被一阵更强烈的情绪盖过了，滚烫的热意随着每一下心跳蓬勃地涌向指尖。

干还是不干？

他摸到吧台上的长刀，手指滑过冰凉的刀面，确认刀把。他握紧木柄，掀开活动搁板，走出吧台。这间不到三十平方米的酒吧是他工作和居住的空间，他熟悉每一处细节，如同动物熟悉自身的皮毛。奇怪的是，他每向前走一步，心跳反而变得稳定，四肢的滚烫消失了。脑海中有个模糊的声音，他没有刻意去听。他又向前走了一步，两步。火车座静立在他的两侧，他没有碰到任何东西，走得稳稳当当。微腥的情欲味道钻进他的鼻孔，他知道自己离目标很近了。他深吸一口气，左手伸进裤兜，摸到里面的打火机。

脑海中的声音变得清晰。干！

他用左手使劲一按打火机，火苗闪动，映出两个人影。男人和女人像是油画中的人物，薄薄地染了一层光。半夏站在最里面一张桌旁，瞪着他看。她倒没有衣冠不整，眼神亮极了，小辉在仓促间辨认不出其中的意味。她旁边是魁哥，大马金刀地坐在火车座之间的桌上，转过来的脸庞没有半点不自在。

魁哥坐着。

刚才听到的拉链声转化成大脑能够理解的构图。男人高坐在桌上，女人……小辉的右手更紧地握住刀，然后高高地扬起。拿一次性打火机的左手开始感到灼热。他看见魁哥的面色倏然僵硬，接着是一丝明显的恐惧。半夏的惊叫和他扔掉打火机并挥刀发生在同一个瞬间。视网膜一暗，一股大力撞上他的肚子。他痛得蜷起来，手中的刀没能走完一个半弧就松脱掉地。他捂着肚子蹲在地上，一时间不知道自己遭遇了什么变故。直到周遭的黑暗被灯光驱散，他才意识到情形不妙。魁哥不知何时已经走到吧台那边开了灯。该死。他仓皇地转头对半夏嚷：“你快走！”

半夏没了平时隐含傲气的悠哉神色，她的脸色苍白，眼睛显得大而黑，像两眼深井。她摇摇晃晃地向前走了两步，做了一个让小辉意外的动作——她蹲下身，捡起地上的刀。

小辉忘了腹部的疼痛，起身拦住半夏，想把刀抢回来。这个女人疯了。连他小辉也对付不了魁哥，她知道自己在做什么吗？他刚向半夏伸出手，冷不防被她划了一刀，正好划在右手上。刀很利。小辉是个善于保养刀的酒保。他诧异地看着自己的手，两寸长的红色血痕从虎口延伸到手腕，奇怪的是不觉得疼。

疼痛慢了半拍才姗姗来迟。小辉痛得吼起来：“你昏头了！还不走！”半夏的黑眼珠起了些变化，似乎她正在从一个幽深的梦中挣脱。小辉听见魁哥嚷了一声，似乎是“住手！”，那声叫喊没能清晰地抵达他的意识，因为就在这时，半夏结结实实地捅了他一刀。

这不是真的。小辉呆呆地低头看着没入自己身体一半的刀锋，他想喊，却只发出一个含混低微的声音。他觉得自己像是坠入了一场噩梦，也许就是半夏尚未完全脱离的那个梦。他知道自己该感到疼痛，可是这一刻连疼痛也变得不真实，分明的只有心慌的感觉。脖子上热热的，他伸手一摸，是那串绿珠子。奇怪，为什么它是热的？

是因为我比它更冷。

隔着大半间酒吧的距离，宋魁看见叫小辉的年轻酒保像一个失去支撑的稻草人般倒了下去，在倒地前伸手摸了一下脖子。这动作着实古怪。宋魁见过被砍的人，知道人在受伤的时候反应各异，并不是都像电影里那样捂着刀口倒下。从宋魁站的位置看不到小辉脸上的表情，不知道是不是和他自己一样愕然。

半夏站在原地，一脸的失魂落魄，你会以为她喝高了，或是嗑了药，但宋魁知道她是清醒的。他背后一阵发冷，强迫自己走过去，蹲下身查看小辉的伤势。血流得并不多，扑鼻而来的除了血腥气，还有种说不出的气味。见鬼。希望别扎到内脏。他重新站起身，半夏隔着地上的那个身体望着他。她的瞳孔张得大大的，嘴巴抿成“一”字。

“赶紧叫救护车。”宋魁说，想想补了一句，“我会说是我干的。”

他感到嘴里发苦。他早已学会不对任何事产生悔意，这会儿却难以自控地后悔。为一个女人再去吃几年的牢饭，而且还是个即将抛下他的女人，值得吗？

半夏这间酒吧是他出的钱，然而就连他身边最亲近的兄弟都不知道这一点。四年了。四年的地下时光，足以把他的自尊磨平一层。他本来绝不是会做这种事的人，可世上就是有不合逻辑的状况存在。当年他在上戏门外看见她和几个女生谈笑着走出来，不知怎的就着了魔，天天在学校门口守她，摆出一副死缠烂打的架势。也有朋友笑他，说那间学校的女生虚荣着呢，你一个混混凭什么追人家，可别最后成了垫脚石。他倨傲地想，大学生怎么了？老子也有大学文凭。

不是自吹，他宋魁泡妞还是有一手的。半夏在几个月后成了他的女人。她的条件也简单。不能让人知道他们的关系。还有，她要开一间酒吧。

宋魁觉得她的要求有种催情的意味，自己的女友既是大学生又是酒吧老板，而且没人知道背后是他宋魁在撑腰。有意思，那就干吧。刺激感不久便消散了，他开始意识到，半夏绝不会打破她公主般的形象，尤其当对象是她的同学、朋友和一干崇拜者时。在她的世界，他不过是一道不可见的阴影。

半夏的妈知道他俩的关系。老太太颇有星妈的架势，来一个装聋作哑。他心里有气。好啊，大丈夫一言既出，我说好不声张，自然会撑到底。反正老子玩也玩过了，接下来玩腻了甩掉就是。

可他没有腻。一晃就是四年。临近毕业的半夏开始忙着联系工作，她将来是要做话剧导演的，而他，自然也没有天真到以为她会继续和他厮混。

不出所料，半夏提出了分手。他不想表现得幼稚，昨晚还是忍不住带着两个兄弟坐在自己一手出资的酒吧里，一副搅场子的模样。看见酒保小辉表现出的义愤填膺，他感到讽刺，心想，要是这小子敢动手，老子干脆把店给砸了。结果被那个据说是小辉死党的家伙一搅，他彻底没了兴致。素不相识的老太竟然写了他的名字，总觉得邪门。“魁”字上的那一笔让他油然生起不适合一个混混的感伤：在半夏心里，他不过是个被划掉的名字吧。

他花了一晚上整理好情绪，约半夏见面。他尽量摆出淡然的模样，问她，你以后上班，酒吧还开吗？

半夏说，我打算转让掉，我会还你钱的。

钱。这四年他投入的可不只是钱，还有他卑微的感情。他忍不住嘴角泛起冷笑，加重语气说，用不着还，我又没说过是借你的。你想不再见面，没问题，只有一个条件。

他熟知半夏的身体。她在床上是完全不同的另一个人，不那么骄傲，也不那么现实。所以他才会有长久的错觉，以为她真的跟定了他，即便无人知晓。

她唯一抗拒的是用嘴帮他解决。她觉得那样很屈辱。奇怪的逻辑。拿钱和被睡难道就不屈辱吗？有时候，他觉得自己对半夏的鄙薄和对她的感情一样多。

在你的店里，按我说的做。做完咱们就一拍两散。他说。

故意选在店里是另一重的羞辱。他以为她会勃然大怒，这样他就有理由不放手。没想到她只是皱起眉说，你要说话算话。

所以，这是他们之间最后的一场情事。做到一半他就后悔了。何苦提这么卑鄙的要求，还不如在自己家好好干一场。他想把她拉起来，他想说，算了，就当我没说过。他想哭。他想求她别走。

就在他的思绪和身体同样迷乱的时刻，忽然有个嘶哑的声音打断了这个魔怔的时刻。“喂！”黑暗中有人喊道。他立即听出来，是她的酒保。小辉竟然在店里。

后来发生的事完全脱离他的控制。看见小辉手中的刀，他条件反射地用力一踢。死小孩以为自己在英雄救美呢。他奔到门口去开灯，心知一切都结束了。他的自怜、莫名其妙的险境，还有最后的一丝留恋。就让这些都成为过去吧。

然而半夏拿起刀，捅了小辉。

看到她的眼睛，他心头了然。

她不能容忍被人看见和他在一起，何况是那样的一幕。真的是杀人灭口。绝非失手。

星期天的傍晚，程勉在字画柜遇见了一个熟人。

她笔直地朝他走来，他的第一反应是想回身躲到放字画的库房里，接着在心里苦笑，躲起来做什么。

他继续站在放着小幅山水画的长桌后，前女友杨杰走过来，隔桌站定了，抬头看他，粲然一笑。她还是男孩般的短发，左耳标志性的一溜耳钉不见了，代之以左右耳垂各一粒珍珠，衬衫领口围了条丝巾，竟然显得有几分妩媚。

她变了。程勉想，不只是她，世界和人都在变化，只有我原地不动。

杨杰曾经是四楼的收银员，收银台和他隔着三个专柜，抬头不见低头见。忘了是怎样一种契机，程勉告诉她，自己休息天在家画漫画。

他在杂志上登过几则短稿，情节涉及神怪精灵。他不喜欢用网点纸，阴影全凭手绘，画面上分布着大片的黑色块。编辑老师说，我个人蛮喜欢你这种画法，不过这年头不吃香啊。

作为拥趸稀少的漫画作者、一个月上十五天班的店员，程勉对生活没有更进一步的要求。他周围的同事都在读大专自考，只有他过着不紧不慢的生活。

起初，杨杰并不介意他的散漫。她曾描述过理想：开一家酒吧，不用大，像小辉待的那家就好。他招呼客人，她吹萨克斯风。白天他还可以画漫画。程勉当时笑她孩子气，说开酒吧哪有那么容易，要投入一大笔钱，而且未必能赢利。她说，想想总可以吧。

相处一段时间后才发现，杨杰其实是个锐意进取的人。她考了报关证，半年前去了一家贸易公司。本来作息一致的两个人从此一个月只有四天可以见面，不久后杨杰报了个英语强化班，周六上课，于是见面的时间缩短到两天。

她有工作优越的父母：爸爸在电视台做字幕后期，妈妈是中学老师。程勉上杨家吃过饭，当听说他是孤儿，在弄堂里被姨婆抚养长大，杨家爸妈表现出得当的同情和惊讶。等知道他业余时间用来画漫画，对方的讶异明显掺杂了不安。在大多数父母看来，画漫画算不上正途，和混迹街头也差不多。

最终，没有经过像样的分手，他和杨杰的联系渐稀，终成陌路。如果有一方明确提出分手，其后必然有种种的情绪和反复，最后即便不反目成仇，也会留下情绪上的伤痕。他们这种悄无声息的分法，就像程勉少年时期得的肺炎，每天低烧不断，昏昏沉沉，突然有一天就痊愈了，以后甚至偶尔怀念那段发烧的日子，怀念那种仿佛隔着毛玻璃看世界的距离感。

所以这就是程勉再一次看到杨杰的感触：转瞬之间，他的体温仿佛升高了那么一点。

杨杰开口第一句话是："王琦给我打了电话。"那意思仿佛在说，我不是为我自己来的。

程勉想，王琦难道打算和小辉彻底分手？但他太知道小辉的个性，传话只会起到反效果。何况就算要传话，也不用经过杨杰。

杨杰见他怔怔的，又说："你为什么不肯去公司上班？"

程勉如梦初醒。是了，几天前，王琦来过他家，说秦总想让他过去工作。程勉说，是你和他说了什么吗？她否认道，你忘了？你第一次见到秦总时和他谈论那幅画，他觉得你是个有见地的人，很欣赏你。

昨晚他去见了小辉，从酒吧出来的时候，他觉得自己不能去秦总那里。坐办公室听着的确有诱惑力，可他如果去了，等于背叛了小辉。当然他不好把这层理由摊在明面上，本来，他和小辉也没铁到那个份上，说出来有点怪，也显得对王琦不厚道。

此刻对着杨杰，程勉挤出一个理由，"我要画漫画，要是朝九晚五，就只有周末了，时间不够。"

杨杰噘起嘴，这是她表示不满的招牌动作。程勉垂下眼，不看他吻过的唇。这一来，视线不可避免地落在她的手上。她正在把玩桌上的塑料价格牌。那双手总是闲不住，在麦当劳喝杯可乐的工夫，她也会把纸巾撕成一条条的。

曾引起程勉焦躁的动作不知怎的让他有些感伤。她变了又没变。他兀自出神，杨杰说："你知道的。"

我知道的？他抬起头，正对上她冷澈的眸子。

“你知道的，你这辈子也成不了漫画家。不要拿漫画做借口。”

理发店去年为止一直是两个理发师，黄玉华和王小琴。她们算是同期，两个人一起从学徒做起，那时她们是小黄和小王。再后来，就成了黄阿姨和王阿姨。用上海话念，“黄”和“王”的发音是一样的，老客人不惜拗口地加以区分：草头黄阿姨，三横王阿姨。

三横王阿姨的女儿怀孕，需要人照料，王阿姨索性不做了。这家店最初是国营，老一辈纷纷退休后，先是变成街道所有，接下来又搞承包，成了她们两个人的。交完房租和管理费，尚有盈余。现在只剩黄玉华一个人，生意还是那些生意，收入并不差。

黄玉华忧虑的不是现在，而是将来。街道给她挂了一份社保，将来把店收掉，她也有退休金拿。只是她银行账户的钱太少。她吃得省，平时除了买买衣服化妆品，没什么开销。这些年辛苦挣的钱都上哪儿去了？黄玉华有时忍不住伸手端详，她的手指被洗发水泡得粗糙，指缝很开，俗话说的“漏巴掌”。她的钱都漏到历任男友身上了，儿子小辉最看不惯这一点。

其实小辉正是她忧虑的根源。弄堂动迁的消息传了好几年，黄玉华在心里算过，她和小辉如果要拿两套，少说也得拿十万贴进去。拿一套就好办得多，但儿子大了，将来总要娶妻生子。

还有一个办法是她和别人过，把房子留给小辉。老赵有意无意地往这方面暗示过。他说，他那边拆迁换到两室一厅没问题，她可以一起住。毕竟将来未必能分在同一片，走动也不像如今这么方便。对他的贴心，黄玉华是感激的。可她久已习惯一个人，男人嘛，偶尔见见固然很好，要真在一片屋顶下过日子则很难想象。自家儿子除外。

小辉来剪过头发又走了。她的眼皮不跳了，心绪仍乱，早早地在傍晚收了店。今天是周日，老赵上午总是泡在文庙，讲好下午过来的，一直也没出现。黄玉华在二楼的家里坐着发呆，暮色从窗外钻进来，在她周围形成一片阴影。挂钟敲响了八下，她倏然惊醒。这一幕莫名地熟悉。是什么时候呢？她曾经像这样呆坐良久，直到钟声打破沉寂？

她想起来，是小辉他们离家出走的时候。那一年，小辉和程勉都在念初中。

杨杰撂下话就走了，留下程勉站在原地发呆。她放回去的价格牌位置偏了，他伸手挪正。店里弥散着起伏不惊的钢琴曲广播，空调和白炽灯构成恒温恒亮的空间。熟悉的环境让程勉感到陌生的窒息。他低下头，视线所及是制服的白衬衫和深色领带，还有白底黑字的名牌。他有种冲动，想揪掉名牌奔下自动扶梯冲出商厦。最终，他和女同事打了声招呼，说要出去一趟。女同事答，帮我带半斤糖炒栗子回来。

程勉搭乘货梯抵达一楼，推开员工通道通往商场的门，化妆品柜台的昂贵香气飘至鼻端。王琦过去就在这里上班。他匆匆穿过各个品牌的灯箱美女，从旋转门出去，走进真实的暮色。商场在他身后璀璨如巨型钻石，面前的广场在路灯底下一派热闹，学溜旱冰的孩子、闲坐的大人、推着车卖糖炒栗子和烤红薯的、打扮成藏族模样守着一地假银饰的……人人看上去各得其所。

他想逃，想远远逃离这一切。他厌倦了每隔一天在公交车里晃悠着穿过浦江隧道，然后在柜台里站着工作十二个小时。他也厌倦了面对漫画稿纸的尝试和自我否定。杨杰的评语无情却正确。可是，他能逃到哪儿去呢？

毫无预期地，他想起和小辉一起逃走的往事。

关于自己的身世，少年时代的程勉听过好几个版本。说法之一是，姨婆有时私下帮人算命，其中一个上门问将来的女人怀着身孕，问，孩子该留吗？最后她靠姨婆的安排生下一个男婴，就是程勉。另一种说法则是，姨婆一位老朋友的知青女儿在返城时怀孕，孩子生下来就给了姨婆。不同的版本隐含相同的指涉：姨婆不是他的亲姨婆。

户口本上，他姓程，姨婆姓吴。祖孙二人在一间屋里吃喝洗睡，没有私人空间的日常有着心照不宣的默契。程勉上初中的时候，姨婆在他的小床边上一米的位置加了道布帘。睡不着的夏夜，他再也不能像小时候那样眺望窗外，翻身看去，眼前唯有静止的一块布。他知道姨婆加帘子是因为他长大了，忍不住感到生分。如果姨婆是亲姨婆，她还会这么做吗？

他的郁闷就像可乐瓶子里的气泡，平时微微升腾，一旦遇到外力，就会喷涌而出。初中的他不是个成绩优异的学生，上课常走神，喜欢在书本的空白处画漫画角色。大多数老师对他这种“闷皮”的学生睁一只眼闭一只眼，反正不影响课堂。新毕业的政治老师是个圆脸的年轻女人，她在一堂课上没收了程勉的课本，又让他留办公室谈心。女老师说，已经初三了，你这样的成绩怎么办？你把你爸妈叫来，我要和他们谈一下。程勉低声说，我喊姨婆来。女老师的声音陡然尖锐起来：姨婆算是家长吗？你态度认真一点好不好？旁边有熟悉情况的老师过来解围，程勉出了办公室，没回教室，趁着午间休息走出校门。他的决心已定，虽然还有些模糊。

姨婆把日常用的钱放在五斗橱的第二个抽屉里，从不锁。最近秋高气爽，姨婆喜欢午饭后到中山公园逛一圈。程勉在靠近弄堂口的时候有过片刻的不安：万一姨婆在家呢？他的担忧是多余的，楼下厨房门敞开，二楼的门掩着。他噌噌几步爬上楼梯，用钥匙开了门，直奔五斗橱。抽屉里有个信封，里面是七张十元和三张五元纸币。时值九十年代初，对程勉而言是一笔巨款。他迟疑后留了两张十元，把其他纸币塞进裤兜，这时他才注意到，装钱的信封上有地址和邮戳，收件人是姨婆的名字，下面一行邮寄地址是浙江盐官。

程勉把信封里的二十元抽出来放抽屉里，带着信封匆匆下楼。他怕弄堂里的闲人看出端倪，特意放慢脚步。走到八号门口的时候，完全是无意识地，他往门洞里看了一眼。

小辉双手托腮坐在楼梯上，和他的视线碰了个正着。又逃学呢，这小子。奇怪的是他为什么待在这个地方。程勉的脚步不停，大脑却把他扯向另一边。他走过八号，又折回来。门内昏暗如洞穴，小辉像只蜷缩在里面的小动物，眼睛闪亮。程勉有种感觉，如果不够谨慎，在他开口的同时，那只小动物就会背毛耸立，发出嘶吼。

他斟酌了一会儿，开口说："我去找我亲妈，你要不要一起……你就当去玩一趟好了。"

小辉倒在酒吧的地上，各种感知正在迅速地远去，他睁着眼睛，却看不见蹲在他身旁的宋魁，后者正在查看他的伤势；他也没听见宋魁对站在几步开外的半夏说："把刀给我。”半夏不动不吭声。宋魁怒吼：“上面有你的指纹！”半夏迈着机器人般的步伐走过来，递出被她握得温热的刀把。小辉看不见也听不见这一切，只感觉到潮水正在退去。血，意志，愤怒与欣喜，动摇或坚持，对未来的不确定和种种期待，全都随着潮水一同消退。他仿佛变轻了，变空了。

他置身于退潮的幻境。夜色中的一道道白边是水沫的痕迹。水声如一只巨大的洗衣机，哗哗，唰唰。不，那不是幻境。那是他实际经历过的现实。六年前那个逃离的日子，他和程勉从绿皮火车下来，穿过天刚开始变黑的寥落街道，他们走啊走，像是知道自己要去哪里，尽管他们毫无方向。小城就在钱塘江的边上，路的尽头是堤坝。月亮升起来，又圆又大，像假的。夜风不只是凉，简直刺骨。而且他饿了。他开始后悔和程勉跑这一趟，程勉说要找亲妈，仅有的指引是个写着地址的信封，可是都到地方了，程勉却胆小得不敢找上门。他们各自抱着膝坐在高高的堤坝上，望着月光下的江。潮来了又走了，水声掀起黑沉沉的睡意，他们就这样在江边坐着睡着了，然后被晨光唤醒。程勉带着他走回火车站，路上看见卖豆浆油条的摊子，两个人狼吞虎咽地吃了。火车换公交车，他们在下午回到熟悉的街头。妈妈不知该怎样气急败坏，他猜想自己免不了挨顿打。

再过一条马路就到弄堂口，程勉停了下来。他没好气地问，干吗？程勉说，你回去吧。我，我晚点回。他不是笨蛋，当然知道程勉不仅偷了钱心虚，而且怕姨婆伤心。他想都不想就冒出一句，就说你陪我去找我亲妈好了。程勉愣愣地看着他说，你亲妈不就在家吗？哪里还有别的亲妈？他捶了程勉一下，嚷道，就因为没有才这么讲！他想，反正我妈心里没有我，就要让她难受一下。

小辉被人捅死在他工作的酒吧，消息传到程勉这里，是在事发的第二天下午。上午他去了秦总的公司。秦总说，小程啊，你赶紧办辞职，我这里缺人。说是公司，其实只有秦总、王琦和一个偶尔来的会计。办公室在商住楼里，空气中飘浮着某户人家的糖醋排骨味儿。王琦正在把请柬装进一只只信封，是秦总搞的一个什么会议的邀请。程勉坐下来帮手，觉得自己像是加入了街道的手工作坊，而不是找了份正当工作。

午饭后继续装请柬贴地址。程勉的拷机响了，他用桌上的座机回电，那头说："程勉对吗？我这里是长宁区公安局。"

程勉的心一跳。不知怎的，他首先想到的是小辉跟踪赵国栋的事。警察像是有读心术，不等他发问便说："你认识吴锦辉吧？"

程勉应了一声，隔着桌子望望王琦，她低头装信封的动作熟练如女工。警察几句话说完了事，程勉挂了两次，终于把电话挂牢。刚才耳边的话像个恶毒的玩笑。那头说，他死了。凶手已经自首了，喊你来只是问几个问题。

他茫然扫一眼手边的信封和地址贴条，对王琦说："有点事，我出去一趟。"她抬起头，皱眉道："你第一天来就溜出去，不大好啊。"程勉有种冲动，想把刚听到的话泼洒在她那张可以拍彩妆广告的脸上，最终还是按捺住了。"我真有急事。"出了大楼，他回头看向挂了层灰的瓷砖外墙，知道自己不会再回去。对他而言，不光是王琦对面的位子，如今这整栋楼都散发着死亡的气味。

程勉向商场递了辞职信。他不愿再等一个月，甚至付了违约金。八号的丧事有大半是他张罗的，弄堂里的人纷纷纳罕，说平时也不见八号九号两个男小偎有多亲近，果然是出了事方见人心。

黄玉华的理发店贴了歇业通告，她从早到晚坐在八号楼上流眼泪，连吃的饭都是姨婆做好了让程勉送上去的。程勉联系了火葬场，纠集了几个邻居去送小辉，骨灰不知该怎么安置，只好让黄玉华捧回八号。从火葬场回来的时候下着小雨，出租车到了弄堂口，程勉先下车开门扶姨婆，姨婆摆摆手，迈出车厢。他又去扶坐在副驾驶的黄玉华，她今天不再哭泣，眼睛仍肿着，染成黄色的头发不像前几天那样蓬乱，梳成紧实的发髻，髻角的白花被空气浸湿了，像一团掉在头上的纸。她佝着背抱着骨灰，像是陡然老了一大截。程勉帮她打了伞，转头看时，姨婆淋着雨进了弄堂。弄堂口的过街楼底下站着个人，是赵国栋。

黄玉华在经过赵国栋身边时头也不抬，程勉举着伞，感觉到半老的男人欲言又止。他把黄玉华送到八号门口，想着赵国栋肯定会来，打算回自己家。这时黄玉华说："你上来一下。"

程勉只好跟着黄玉华爬上楼梯。房间有种空气不流通的沉闷味道，小辉爸爸的遗照旁边多了一只相框，小辉正在里面盯着人看，面上毫无笑容。挑照片去照相馆放大也是程勉做的，实在挑不出一张表情和缓的。每当看到小辉的这张脸，程勉总忍不住想，在最后的时刻，小辉到底在想什么呢？

他还记得自己当年带小辉离家出走引发的一团乱。他和小辉的生活轨迹是殊途的线，那两天的逃逸则是一个牢固的旧结，把两根线拧在一起。那之后的小辉成了典型的坏学生，打群架、逃学、赌台球，说话时不正眼看人，身上烟味浓重。小辉本来可能就此成为街头混混又一名，谁也想不到，他最后还是老老实实在酒吧上起了班。有一次程勉在小辉那儿喝酒时聊起将来，小辉说，再过个十年，你有了点钱，有老婆孩子，遇到什么不开心的事，还是可以来我店里喝酒。程勉笑道，你十年后还在这里？小辉正色道，当然是我自己的店。

不会有那样的一天了。

程勉怀着无法对人言的悔意。也许这才是他为小辉料理后事的原因。

据魁哥的供词，他试图轻薄酒吧老板半夏，小辉先动的手，刀也是小辉先拿的。魁哥身上有两处刀伤，他说是在抢刀的过程中误伤了小辉。半夏也做了同样的供证。

在程勉看来，事情是从秦老板问自己那幅画开始的。如果王琦没有认识秦老板，小辉就不会变得反常；如果小辉不是处于那种状态，他根本不会贸然向魁哥挑衅。说到底，事情是因自己而起。

他不能把这层想法向失去儿子的黄玉华和盘托出，只能看着她用左手抚摸右腕的一串绿珠子。据说那是小辉死的时候戴在脖子上的。珠串很长，在黄玉华几天内急剧瘦了一圈的手腕上缠了好几圈。他们隔着折叠桌坐着，程勉觉得周围的空气变得越来越重越来越黏，自己好像变成了被树脂裹住的昆虫。

终于，黄玉华说："你还记得吗？你们那个时候还小，你带着他，去找他亲妈。"

程勉的心一跳。那次逃离回来，小辉异想天开地提出要用"找自己的亲妈"作为理由。程勉太害怕看到姨婆的反应，所以没反对。他以为这样一来，姨婆和八号的小辉妈只会以为他们两个动画片看多了，顶多挨一顿打。

没想到小辉妈把小辉关了整整两个星期，连学校也不让他去。最后是校方出面，才制止了她当时近乎谵妄的举动。程勉自己既没有挨打也没有被关，姨婆甚至没责问他偷钱的事。很奇怪，松了口气的同时，他有隐隐的失望。对比八号的反应，姨婆实在太超然了。也许这就是血缘的区别。血浓于水，让人除了爱还有憎恨，有时激烈到不可理喻。程勉想要那种激烈。小辉妈看到小辉的那一刻，先是冲上来一把抱住儿子，然后狠狠地拧他的耳朵，小辉尖叫着挣扎，根本避不开。

程勉甚至羡慕小辉被拧耳朵。

此时听到黄玉华的问题，他定了定神才说："小时候不懂事。"

黄玉华自顾自说："我一直没问过小辉，现在已经太晚了……他和你讲过没有，他怎么会知道他的亲妈在盐官？"

自从听到小辉的死讯，程勉的心就像结了冰。出于某种自我保护机制，他对很多事变得麻木不仁。他仿佛听到冰块碎裂的声响，不由得瞪着黄玉华看。那不是小辉编出来气他妈妈的话吗？而且盐官，盐官和小辉怎么会有关系呢……

黄玉华叹了口气："我这些年都不和你姨婆讲话，弄堂里的人都讲我心眼小，说是因为你带着小辉跑出去一次，我就恨上了九号阿姨。你也这么想，对不对？”

程勉挤出一句：“盐官是我要去的。”

黄玉华像是没听到他的回答。“坦白讲，我是怨她的。那次也是，还有这一次小辉出事……我这几天一直在想，你姨婆可能早就知道会这样。她知道，所以当年才会和我说，要我想清楚。”她起身到床头柜上拿了一本影集过来，是程勉这几天刚翻过的。他以为她要找照片，结果她拿出夹在里面装胶卷的牛皮纸袋，把内容倒在桌上。除了胶卷、印着照相馆名字的小信封，还有几张单据。她拿起一只小信封，拈出里面的照片，递给程勉。

一寸黑白证件照上是个齐耳短发的年轻女孩，神情倔强，毫无笑意。和小辉的遗照像一个模子刻出来的，不仅是神气，还有五官。程勉以为是黄玉华年轻的时候，接着惊觉不对，抬头看她。

“小辉和他亲妈像吧？”黄玉华一脸疲色，淡淡地说。

程勉从八号出来的时候，雨还在下，他忘了自己放在八号楼梯底下的伞，在雨里走了几步，推开自家楼下的房门。一开门，暖香的热气扑面而来，液化气灶上炖着赤豆汤。姨婆坐在厨房的矮桌前，面前已经盛了一碗，正低头一勺勺地吃着。

程勉拖了小板凳坐下，姨婆问：“赤豆汤吃吗？”

他摇头。他有太多的问题堵在喉咙口。所以那个信封和我无关，是吗？你是不是故意放在抽屉里等我拿？你早就知道我会偷钱和离家出走，就像你早就知道很多事，也包括小辉的死，对吗？

但他毕竟和姨婆在一个屋檐下过了二十多年，他知道有些话不能问，有些话问了也得不到回答。

最后程勉说："姨婆，你上次写了一个'魁'字，后来又划掉了。那张纸，我拿给小辉看过。"

只是仍然救不了他。

姨婆说："不是他。"

"不是谁？"

"不是那个什么魁，所以我才会写完划掉。"姨婆把最后一勺赤豆汤呼噜噜吃进嘴里，装着假牙的嘴动了几下，"人都死了。是不是都无所谓了。"

程勉想，姨婆大概老糊涂了。叫宋魁的供认不讳，还有什么可说。同时他感到自己进门时的愤懑有些可笑，姨婆如果真的能预见大大小小的诸多未来，那么最难受的人该是姨婆，自己有什么资格质问她？

"你端一碗赤豆汤给八号。"姨婆说着慢慢起身，爬上楼梯。敞开的门外是淅沥的雨，隔着赤豆汤的气味，程勉闻见雨水的气息和一种奇怪的味道。他不知道那是从菜场街的对面飘来的，王琦请了假没上班，在家给小辉上香。遥遥飘过来的檀香气味在楼上更浓，姨婆年迈且有鼻炎的鼻腔闻不见。雨天的屋内太暗，姨婆开了灯，把写毛笔字的用品一样样拿到八仙桌上。桌旁堆着一摞漫画杂志和画了半截的原稿，她有好一阵没看见程勉画画了。这些天程勉除了在邻居家忙来忙去，回到家就只是躺在床上发呆，仿佛八号那个男孩把他体内本就不多的活力也带走了。

人们看不到自己身上和周围发生的事，虽然一切是那样的明显。她一手带大的程勉连颜色也认不清，更别说未来了。姨婆望向窗外，那里有摆着花盆的楼下屋顶，街对面石库门的二楼窗户和阁楼老虎窗，还有石库门背后的灰色天空。她看见命运以无形的笔触滑过天际，顺理成章又悄无声息。她提起笔，写下第一道笔画。

SPRING

春去春又回

1941

娟儿到上海是在民国三十年，也就是一九四一年的初夏，比心墨晚三个月。

来到上海后，娟儿发现心墨变得陌生了。倒不是说模样有什么变化。心墨还是那副不注重打扮的老样子。她的身量比普通男人高，走路飞快，话语不多。只是，她从绍兴乡下的年轻寡妇变成了上海有名的乐和医院的护士，医院的主人李云德像朋友一样待她，她还有个好友，天香戏院的头肩小生皓雪。娟儿搞不懂，到底经过怎样一番际遇，让心墨认识了这些人上人。

沾了心墨的光，经皓雪介绍，娟儿到天香戏院附近的成衣店做学徒。店里量体裁衣的活儿由师傅经手，学徒只有埋头缝的份，枯燥又辛苦。

在店里待了半年，辛苦也习惯了。一天下午，娟儿来了月事。她忍着肚痛，不敢请假，咬着牙做活，缝纫机的节奏有些起伏。师傅耳朵灵光，头也不抬地说："做不动就回去好了。不要在这里磨洋工。"此话早不讲晚不讲，正好在快到午饭的时间讲。学徒包吃住没有薪水，随着物价上涨，锅里的饭越来越少。娟儿何尝不懂师傅的意思，自己这一上午算是白做了，连顿饭也赚不来。她默默地收拾走人。一气之下，起身时站得急了，两腿间倏然血涌，肚子反倒不疼了。来到正午的街上，她想起包里有本待还的书。

娟儿不识字。这些时日，她每天最爱的辰光是夜里，心墨从外面回来，带着新鲜的见闻。娟儿从汤婆子拎出老虎灶打来的一大壶热水，倒进木头脚盆。她坐床边，心墨坐对面的矮凳，四只脚从两个方向浸在水里，像不同种的水生植物的根。心墨的脚掌修长，脚趾关节微突；娟儿则是肥厚如婴儿的脚型。电灯光映在脚盆里，像只带晕的月亮。心墨在电费上相当舍得，为的是看书。她连泡脚的时光也不浪费，边看边念给娟儿听。声音不带感情，一字字稳定地移过去。遇上大段的心理描写，娟儿会着急问，怎么半天绕不出去，后来呢？心墨快速浏览几页，告诉她，那个男的把女的抛弃啦。或是：女的刚下了一个决心。

白昼的辛苦和琐碎消失了。老家的轰炸，城里的物价，离乡的孤苦，种种不安暂时离娟儿远去。她羡慕心墨懂得看书，却有一股莫名的倔强让她没有提出学认字。

心墨借书的青松书店在宁波路，从爱文义路靠近极司菲尔路的乐和医院过去得坐公交车。娟儿工作的三马路离书店只要走十分钟，所以经常是她去还书。

天空布满阴霾，没有一丝风，整个城仿佛在一只灰罩子里。娟儿的脚步迟缓，心里仍存着不痛快。擦肩而过的男男女女似乎都比她体面和愉快。她想，我为什么要离开爸爸姆妈到这里受气呢？接着思绪飘到心墨身上。心墨在乐和医院会不会受气？当然不会。李云德对心墨不像老板对雇员。心墨活得可洒脱了。上班下班，看书看戏。她不像嫁过人的，闲来写写毛笔字，都不见她碰针线。还有些神道道的地方，例如有一回她大清早跑去南市的米店，硬是一个人扛了一大袋米回来。不久后传来哄抢平价米的消息，证明了心墨的消息灵通，或是先见之明。

娟儿想着心事，差点走过了头。她在书店门口停住，怔怔地意识到异样。镶着玻璃的双开门紧闭着，玻璃上贴着告示模样的纸。娟儿望着纸上的字。黑色的笔画像跳舞的小人，说着她听不懂的语言。她原本打算先还书，然后狠狠心在外面吃碗馄饨，这会儿不知所措。人倒霉的时候真是一路到底，做什么都不顺。她耷拉着肩膀就要走，一个声音说："是程小姐的妹妹吧？"

说话的是个身量不高的男人，大衣里面是长衫，没戴帽子，细长的眼睛给人微笑的错觉。不等娟儿回答，他又说："抱歉啊，还没自我介绍。我叫赵青松。"

娟儿这才知道店名出自老板的名字。她在书店见过这个人，他有时从店堂尽头的小门出来，吩咐店员几句。店员常常换，总是学生模样的年轻人。娟儿还书时低着头，偶尔抬起眼帘扫一眼对方。年轻男子，尤其是读书人，对她来说是炭火般的存在。她想靠近，又怕被烫伤。

温文书卷气的赵青松年纪偏长，娟儿没了往常的怯意，也忘了掩饰自己不识字的事实，先点头说："我来帮我姐还书。"又问："这上面写的什么？书店怎么没开门？"

他的细长眼睛眯得更细了。"进来说话。外面不安全。"他打开门锁，娟儿跟着进去，他立刻把门帘拉上。屋里倏然变暗。一男一女独处室内，娟儿本该感到害怕，奇怪的是并没有。赵青松有种让人安心的气质。等眼睛适应了昏沉的光线，她发现四壁的书架萧瑟地敞着，书的气味仍在，沉沉地笼在四周。"书呢？"她脱口而出。声音在空旷的店里显得古怪。房间中央用来堆书的木桌上也空无一物，赵青松搬了高脚凳过来，像是抱歉地说："只有一只凳子，你坐。"他也不脱大衣，往书架旁的梯凳顶端一坐，两只脚蜷在梯级上，像只猴。

"书呢？"娟儿又问。外面街上传来异样的喧嚣。有人在奔跑，有人在喊。隔着一扇门和一道帘，那些动静像梦里的。

"嘘。"赵青松说，"等他们过去。"

"他们？"

"日本兵。"

娟儿低声惊呼："日本兵怎么会来共同租界……"

"世道变了。世道每天都在变。"

“你怎么知道……”她没问下去，外面的惊叫声刺破了门和布帘构成的屏障。有人喊，日本人来啦！那声音不啻一颗炸弹。

娟儿见过日本人扔下的炸弹。

在老家的时候常常跑警报。每当空袭警报声划破空气，一家人照例分成两个方向。爸爸带着二弟，妈妈和娟儿、大弟在一处。分两头走，为的是给吴家至少留条根。警报跑多了难免懈怠，妈妈有时忙着手头的活不肯走，让娟儿带大弟出村。两姐弟常去的安全地带是一片山坳，高高的槐树足以遮蔽视线，地上丛生着野油菜。有一天，她带着大弟在避风处坐了，手里拿着半截没做完的单衣。她刚缝了两针，忽然被人拽起来就跑。过了片刻才看清那人是邻家新寡的心墨，大弟被拉在另一边。你做什么？她张口想问，炮弹在不远处呼啸着落下，大片的土坷垃砸在她的脸上，生疼。她吓得钻进心墨的怀里，旁边有个身体簌簌抖，是十三岁的大弟。等到周遭安静下来，她扬起脸，一眼看到心墨血淋淋的额角。是被飞溅的弹片刮破了一块皮。劫后余生的三个人走回去看弹坑，娟儿扔下的衣服不见了，油菜花被灰掩了，不复金黄。心墨连脸上的血都没擦，淡淡地说，我下个月去上海。娟儿喃喃重复道，上海。她十八岁的春天充斥着残酷的明媚。心墨不只救了她的命，还给她陌生的憧憬。

听见街上的喧嚣，对轰炸的回忆猝不及防地扑面而来，娟儿想起几分钟前还在自怨自艾为什么离家。对哦，当初是她主动求心墨带自己来上海的。两人不过是河边洗衣打个招呼的交情，心墨不仅帮她在此地落脚，还把她当妹妹看待。只因一念起，故乡远了，连带着变远的是可能的婚事，爸妈的絮叨与温暖，照顾弟弟的琐碎。赵青松说得没错，世道每天都在变。她活在变化的世界里。巨大的恐怖在门外掠过。至少此刻是安全的。

正当娟儿和赵青松坐在门户紧锁的书店里，心墨在天香戏院的侧幕等皓雪。

这天的日场演的是《天雨花》的《对鞋》一折，皓雪扮的钦差左维明和潜逃的杀人犯荀含春在台上假意周旋，轻摇慢板间，左钦差杀气隐然。李云德最爱看皓雪演这一出，说是“活脱脱一只粉面包公”。

心墨在台下看过许多遍《对鞋》，今天换了角度，感觉格外新鲜。一折结束，下面有闲人喊好，观众多是女客，不可能放开喉咙跟着喊，只听到交头接耳的嗡嗡声，接着一道道弧线嗖嗖划过半空，落在舞台上，散了一地的绣花荷包和系成结的手绢。心墨知道，那里面包着戒指耳环乃至银圆。皓雪不理会地上的彩头，拉着扮荀寡妇的徒弟文华款款鞠躬谢幕，往侧幕下场。打杂的扯着幕布从两头往台中央奔过去，副班主捡起彩头收好。角儿的收入除了戏班主给的包银，更多的来自彩头。娟儿刚到上海时，曾半开玩笑地说，不如我也去学戏吧，跟着皓雪，还怕熬不出头吗？心墨立即回绝道，皓雪是小生，你怎么看都只能演旦角。再说了，熬出头之前的苦，你可受不了。

说这话的时候，心墨没想到，皓雪很快收了一个徒弟，且是旦角。于文华也是绍兴人，和娟儿年纪相仿。据说她的爹娘都在轰炸中去世了。小姑娘有种孤儿的沉默，不像娟儿那么爱说爱笑。虽说绍兴人都会唱个一出半折，文华刚来几个月，就有机会演主角，班里的其他人说，还不都因为她师父是台柱。

心墨在侧幕等到皓雪师徒，迎上前说："李医生有急诊，让我带个话，改日请你吃饭。"皓雪眉心的胭脂微微一拧，接着笑了。"什么急诊？恐怕是去见相好的。"这话在旁人听来有股醋意，心墨知道她和李云德并无暧昧，仅是揶揄，便说："老板做什么我可管不着。"

说话间，三人走到了化妆室，皓雪对镜坐下说："我本来约了位朋友，想介绍给李先生。"

外面忽然声响如沸。一个穿着水衣的姑娘冲进来，顾不得撞倒了戏服架子，带着哭腔嚷道："日本人来了！"

带着妆的文华满头珠翠颤了一颤。皓雪神色不变："你别急，慢点说。日本人进了戏院没有？"

"没瞧见……说是，说是进租界了！班主让大家各回住处！”那姑娘衣服也不换就跑了。

皓雪对心墨说：“我朋友的车在外面，你和我们一起走。”她让文华出去给司机递话，用沾了油的软布细细地抹掉脸上的油彩，接着边摘头套边在镜子里对心墨一笑：“你不怕？”

“今天不会有事。”心墨说完，觉得像是自我安慰。被预见的总会发生，没有被预见的就一定不会发生吗？

皓雪起身除去长袍、水衣和遮挡胸部的马甲，套上西式胸罩，她裸露的背部被冷空气一激，暴起细密的寒栗。那片肌肤很快被缎子旗袍和带毛领子的长大衣遮蔽了。她转过来，烫过的卷发抵着狐皮衣领，衬得一张脸又白又小。她冲心墨一笑，“你傻站在那里干吗？来帮我扣一下，这只盘扣做得好硬。”心墨走过去帮她扣旗袍的领口，才发现皓雪的身体在颤抖，很轻微。

文华跑进来说：“老师，快点！”

她们仨从戏院侧门出去，街上不平静。到处是奔逃的人和喊声，搅出纷乱的旋涡。一辆小汽车候在街对面，如同激流中的岩石。文华拉开门跳上前座，心墨和皓雪在后排落座，车子发动。所有动作一气呵成，如同一场经过排演的逃逸。

车子驶过两个路口，皓雪对前排的司机说：“这位是程小姐，在乐和医院做事。”偏一偏头又说：“霍先生。”却没提职业。

霍某既未转身也没摘帽，说了声“幸会”。心墨觉得这人古怪，从后视镜瞥见戴眼镜的双眼，是对方在打量自己。她扭头看窗外，叫道：“娟儿还在裁缝店呢！我要去接她。”

“怎么会挨到现在！早就跑了吧。”皓雪想想又说，“往三马路兜一下。”

车开始掉头，心墨说：“我自己去吧。”她想推门下车，被皓雪拉住胳膊。“你能比车快？别啰唆了。”车被逆向的人流裹挟，并不比走路快多少。到了三马路，心墨远远看见裁缝店的门板紧掩着，感到一颗心像是灌了铅。这兵荒马乱的，娟儿会到哪里去呢？偏偏她这时一无所见。皓雪说：“肯定回家了。我们先送你回去。”车子转而朝西开。渐渐地不再看到奔跑推搡的人群，街道变得清寂，日本人的到来恍如一场虚惊。前座的文华一身戏服，浸过油的假发散发着古怪的气味。

心墨在家一宿没合眼。娟儿第二天早上才回来，说在店里的姐妹家避了一晚。娟儿大口吃着泡饭，见心墨用沾水的梳子梳起溜光的发髻，诧异道：“外面这么乱，难道你要去上班？”

心墨说：“不知道医院那边怎么样了，我总归要去望一望。”

娟儿想起昨天在裁缝店里的不快，暗自道，我今天反正是不会去的。接着浮现的是和赵青松相处的奇异静谧。昨晚她睡在书店后间办公室的长沙发上，赵青松在店里和衣坐到早上。陌生的环境促人自省，在老家躲过轰炸的记忆和初来上海的情景反反复复盘旋心头。她当时特别想问心墨一些问题。这会儿她咬着酱黄瓜，看心墨神色如常地准备出门，忽然莫名地烦躁起来，把想好的问题全扔在一边。

在娟儿的眼里，乐和医院的老板兼主治医生李云德和心墨的关系不一般。他俩说话有种不拘礼的坦然，不像老板和雇员、医生和护士，倒像谈了多年的男女朋友。李云德比心墨矮半个头，脸总是刮得极光，说话时爱比手势，让人很难不注意到他肥白柔软的手。据说男人长一双女人的手，是有福气的表现。他说话声音低柔，带着轻微的催眠效应。娟儿觉得他像一只条头糕，糯糯的，甜甜的。娟儿不喜欢这么甜腻的男人，还觉得心墨站在他旁边显得太棱角分明，不搭调。她暗自猜度两人的关系，有时又推翻自己先前的猜测。因为看不清形势，每见李云德向皓雪献殷勤，她愈加心烦。

心墨从闸北向南走，途中不时看见路边有日本军人站岗。值得庆幸的是一路没遭到什么盘查。到了乐和医院，只见门窗紧锁，两层半的小楼在冬日的天空下显得萧瑟。这光景有几分眼熟。心墨想起来，她在九个月前第一次找上门的那天，医院也没有营业。当时小李医生比现在不务正业得多，经常把门一关，呼朋唤友去玩耍。如果不是他回来拿东西，遇见在门口的心墨，也许她不会成为乐和医院的护士。

敲了几下门没反应，看来门房老张没来。心墨用备份钥匙开了门，先进入一楼走道左边的诊室。两套背靠背的桌椅分别属于李医生和另一位外聘的医生，后者因为老家有事，从年初一直没来。李医生的桌上摆着钢笔、墨水瓶、处方笺和听诊器的盒子，看样子像西医，其实他治肝肾病的手段是中医。有的人在别处治肝炎吃了几服药都没好，延宕了时日，带着黄疸造成的焦黄肤色来到乐和医院，李医生的药吃个两周，便有起色。这门手艺传自过世的老李医生，有爱妒忌的人在背后说，李家发迹靠的是从某处得来的老方子。

传言并非捕风捉影。多年以前，老李医生还年轻，在外国人开的医院工作。他陪妻子回盐城娘家，九岁的独子得了急性肝炎。李某自己是医生，却束手无策，眼看着孩子在几天之间迅速形容枯槁、面有死色。经人指点，他去乡下找到一位据说专治肝肾病的中医，请对方诊治。那人几帖药下去，孩子的病开始好转。李某是个聪明人，心知遇到了高手，也知道对方的医术在乡间仅能保证衣食无虞，放在上海则可以扬名立万。对方有个四岁的女儿，他主动提出联姻作为谢礼，又恭谨地以弟子自居。乡下医生把医术传授给他，这才有了后来的乐和医院。老李医生从不提及师承来历，总是笑眯眯地说，医术为表做人为里，全靠上海同业们的提携，我才有了小小成就。

大病不死的李云德不负家训，二十岁那年赴日学医。他不知道自己在日本期间有过盐城乡下的来信问及婚约，更不知道父亲的回信给当年的救命恩人造成怎样的气恨。他在三年后回国，没拿到文凭，倒是沾了一些不足为外人道的癖好。李云德在父亲面前总是恭顺的，他开始在乐和医院问诊，规规矩矩地拿老方子治病。老李医生对儿子穿白大褂的模样十分满意，想尽快找个门当户对的殷实女子做儿媳，可惜还没等他开始张罗，便突发中风撒手人寰。李云德挑起乐和医院的大梁，他爱听戏、打牌和游山玩水，不像个做事的人，居然也把医院打理得不错。眼睛瞄住他的年轻小姐不在少数，更有不少太太想把女儿嫁给他，他只是不动心。他留起小胡子，略微发福，在外人眼里愈显稳健。

心墨眼中的他是另一番模样。她第一次见到他就知道了，这个男人身上有浓重的阴影和血光。

程家当医生的父亲临终前仍念念不忘和上海李家的婚事，心墨自己浑不在意。她望向未来的另一重视力呈现的是绍兴乡下的沉默男子，那才是她要嫁的人。父亲过世后，远房叔伯做主将她外嫁，为的是程家的老屋。心墨在新婚的夜晚第一次看到丈夫的容貌，和她的预见分毫不差。婆婆不算苛刻，丈夫也忠厚，她以为自己的一生就这样风波不惊，如新家屋前的小河日夜流逝。没想到丈夫不久后死于伤寒，婆婆去了嫁到邻村的女儿家，再后来日本人的轰炸机开始在乡间投下恐惧。心墨意识到，不是所有的未来都会被预见。她想起父亲当年糊涂许下的婚事，决定去上海找李家的独子。

此时心墨看过屋内情形，往楼上去。这座小楼每层两个房间，一楼是诊室和候诊室，二楼是贵宾休息室和李医生的书房。上面还有半层高的阁楼作为库房，心墨刚到上海时在那里短暂住过，如今也兼作她的更衣间。

她没在二楼停留，继续爬楼梯上到阁楼。以心墨的身高站在这里，必须略弯着腰才不至于撞到头。借着天窗洒下的光线，只见箱子和柜子维持着她昨天离开前的模样，护士服整整齐齐地挂在房间一角的架子上。她用钥匙开了锁，拿出相对贵重的吗啡和阿司匹林——按理说乐和医院用不到这类药，但这的确是医院的财产。踌躇片刻，她决定把药藏到李医生书房的书架上。如今局势未明，多个心眼没坏处。

心墨推开二楼的书房门，发现靠窗的长沙发上躺了个人。

李医生不是没有来，而是根本就没走。大概昨天的变故太仓促，他来不及离开。

开门的动静没有惊扰到沙发上的李云德。他缩在当被子盖的呢子大衣底下，侧身蜷腿。沙发前的矮几上摆着个白铁盒，里面有针筒和药棉。心墨皱了皱眉，知道这会儿就算打他耳光也喊不醒。他施用吗啡后总是这样。心墨更喜欢清醒状态的李云德，但她也没什么好挑剔的。把她和李云德维系在一起的并非早已风化的婚约，而是对秘密的心照不宣。

她从对面的贵宾候诊室找了条毯子，给李云德披上，又把他的大衣挂好。楼下忽然响起了拍门声。砰砰，砰砰砰。又响又急的声音只可能是两种人造成的，病人家属，或是不速之客。不像是前者。刚开始在这里上班的时候，心墨见李云德有时白天把医院一关出去玩，劝过他，不要动不动因玩废业，对病人不好。他笑道，来我这里看病的，今天不行还有明天，死不了。

也不是没有心急火燎的病家，但那样的不会白天上门。

心墨悄然下楼，只打开门上的气窗，向外窥看。一个戴毡帽穿棉袄的中年男人闻声抬头，一脸的油汗，颤声问："李医生在吗？"

"不在。"心墨就要关窗。对方迅速伸手卡住窗缝，她退了半步。男人的脸有些扭曲，"我老婆……快不行了。求，求你和李医生讲一声。我在这里求你了！"

心墨说："生孩子去找别的医院吧，我们这里不管接生。”

男人死死攥着窗框不肯放：“我求你了，求你了！”

心墨在心里叹了口气。李云德这会儿和死人无异，再说就算他是清醒的，也不会答应这么突兀的请求。她正在思量该如何让对方死心，眼前忽然一暗。血的气味。躺在床上的女人浸满汗水的额角。晃动的地板。让人焦躁的油灯的亮光。光线不够。鼻端有股焚烧的焦味，那是女人的丈夫在船舱外烧纸给水神娘娘，祈祷神灵不要将自己的老婆带走。他们是在一条船上。

“你是跑船的？”心墨站在屋内的阴影里问。

男人说是。她开了门。门外的男人呆住了，刚才死揪着气窗的手不知往哪儿放，最终摘下毡帽攥在手里，露出汗淋淋的半秃的额角。

心墨说：“医生不在，我跟你去看看好了。你如果不放心，可以去找别的医生。”

“我找过，都没开门……”

“你等一下，我去拿点东西。”心墨上二楼拿了医疗箱。她出了医院才发现，重新戴上毡帽的男人不是独自一人，路边候着两个骑自行车的年轻人。两辆自行车载着他们穿街过巷往东去，飞掠的街景似曾相识。昨天从戏院逃走时也经过了这些地方，不过是相反的方向。街上居然有稀疏的小贩。对穷人来说，生计比安全更重要。擦皮鞋的男孩，卖茶叶蛋的老太。她见过这些人。是在昨天，还是在更早以前的某次预见？自行车拐到南边，掠过一个个路口。他们的路径像是经过计算，一路没看到日军。心墨知道，等着她的是船舱里垂死的孕妇。折腾到夜里，孩子和大人总算都平安。她能看到这一切。拉着自行车后座的右手手心被风吹得冰凉。

李云德在乐和医院二楼书房的沙发上做了个梦。

在梦里，他站在一片高坡上，脚旁摇曳着粉紫色的豌豆花。豌豆东一丛西一片长得随意，状如野生。他想往更高处走，那样才能判断自己在哪儿。没走多远就遇到了一个女孩。她抱膝坐着，粉紫色的舌状花簇拥四周，两条辫子搭在肩上。他望向女孩注视的方向。坡下是断壁残垣，有人影在晃动。仔细一看，净是些受伤的人，拖着血淋淋的断肢或走或爬。他怵然心惊，却听女孩忽然开口说，你是医生，你救救他们！

我……李云德张口结舌。他想说我不是外科医生，也想说我哪里救得了那么多。没等他拼出完整的句子，梦境被截断了，他呻吟一声，挣扎几下，摸到额头的汗。他努力把眼睛睁开一条缝，发现自己身上盖着毛毯。再过片刻才看到，大衣挂在衣帽架上。他半坐起身，靠着沙发扶手，发了会儿呆。

他恍惚想起初见心墨的情形。她站在医院门口的台阶顶端，拎着柳条箱。他以为是远道而来的病患，客气地告诉她，今天关门了，请明日赶早。她不自觉地挡着门，他正要请她让开，她忽然抓住他的胳膊："我是老程家的女儿，我不是来逼你成亲的。我只想要一份工作。"李云德神色自若地一笑："我听家父说起过令尊。程小姐请里面说话。"

本来让心墨在一楼的诊室说话就好，鬼使神差，他把她带到二楼的书房，让她在沙发落座，又给她冲了一杯藕粉。心墨显然饿了，呼呼地边吹边吃。她的额角有道浅红色的疤。按理女性会用刘海遮挡，她的头发紧紧地梳在脑后，让疤痕就那么袒露着。李云德不由得对她有了几分探究的兴趣。寒暄中，李云德得知她早已出嫁，不幸的是死了丈夫，乡间又频遭轰炸，随时可能被占领。婆婆说她一个年轻女子待下去不安全，她才横下心来上海避难。

"我什么都愿意做，打扫做饭，抄抄写写。"心墨说。

"你识字？"

心墨点头。李云德正在沉吟，又听她说："我不怕看见血。"

他回望她："我不懂你什么意思。"

心墨垂下眼帘不接话，李云德盯着她看，心想，这就是老爷子回掉的亲事，她比我还高，而且这么古怪！她提到血……按理她初来乍到，不可能知道我的那些事……因为职业的关系，他见过太多的女人，心墨与她们都不同。她就像一股火焰困在玻璃灯罩里，但至少不是平凡无奇。李云德和他谨慎处世的父亲不同，热衷于接触和识别浮世中的畸零人，否则也不会有作为副业的隐秘行医。

他决心丢掉面具："你刚才说你不怕血。"

心墨嗯了一声。

"你知道我最擅长医什么病人吗？"

她眼神专注，如同听课的女学生。

"治肝肾病，说白了无非是延命调理，尽人事听天命。做医生的好比炖一锅汤，淡了加盐，咸了加水，这么一直一直陪着病人耗下去，挺没意思的。我在日本学的是另一门专业，妇产科，比我爸从你家学到的本事实用得多。"

来找李云德的女人们有各种各样的理由。未婚先孕的，失宠的姨太太有了外遇不慎怀上的，怕生孩子影响美貌和生意的。后者多是香粉弄的住客，她们长期服药避孕，但仍不免有意外。

心墨没有因为李云德的坦白显出退缩，他雇用了她。声称不怕血的心墨果真成了他的好帮手。无论是手术时打下手，还是煎中药给病人送去，她都做得妥帖细致。而且带着女助手更能让人安心。她严肃的脸和稳定的手，天生是医护人员的料。

沉浸在回忆的当口，医院二楼的窗前逐渐铺满正午的日光。李云德起身到窗口张望，不远处烤红薯的摊子冒着热气。这景象和平时并无不同，叫人想不到上海已经换了天地。

几个月前，他为一个女大学生做了人流。她的情人是驻吴淞口日军的翻译官，江苏人，也曾留日，比李云德小一轮。从怀孕到手术，那个男的都被蒙在鼓里。女孩哀哀地说，我不想让孩子有个汉奸爸爸。李云德说，你可以走。女孩苦笑，走到哪里去？他虽然是汉奸，却是我在这世上唯一的依靠。

昨天他有一笔生意要谈，为此翘掉了和皓雪的约，让心墨去帮着哄一下。也是巧，心墨前脚刚走，后脚就有个黄包车夫来替那个女大学生递信，说外面危险，这两天请先生歇业，避避风头。他不明所以，临时放弃出门。再后来，听见街上的种种动静。心墨不在，医院像是少了根梁柱，随时可能被飓风推倒。他顾不上牵挂心墨和皓雪，只是一味地恐惧。不安愈发浓重，他用了药，这才睡去。

身上的毯子表明，心墨来过。她此刻是平安的，那么皓雪应该也没事吧。

李云德的心有几分不定，不想再继续这么窝下去。他穿上外套离开，没注意到消失的医疗箱。

民国三十年十二月的这一天，上海市民各怀心境，面对“孤岛”的消失。心墨第一次帮人接生。皓雪因为停演没事做，和一干朋友在家搓麻将。李云德运气不好，步行途中被日本人扣下，他说自己是医生，还是被送进了看守所，到第二天才托人得以脱身。娟儿在家用一块从店里顺回来的边角料缝制披肩，心里琢磨着米价会涨还是跌，想去米店看看，又不敢出门。

到了转年开春，好也罢坏也罢，人们渐渐习惯了日军带来的种种限制。排队买米、买煤，公共车辆因为罢工变得稀缺，还有限电。日子越发艰难了，但总得过下去。

一天，皓雪和李云德去龙华寺烧香，回程带了素点心去心墨和娟儿的住处。

屋里只有娟儿一个人。对此，李云德其实是猜到的，却只字未提。

娟儿有些看不惯皓雪在她们局促的房间里大大咧咧的样子。那位也不等人招呼，就往床上一坐，自顾自笑着说，哎哟今天在庙会走太多路，吃力呀。李医生摘下帽子，把油纸包的点心放在床边的箱子上，往窗外看。窗外其实没什么可看，无非是几根竹竿晒着的衣服。娟儿想起那上面还有自己的内衣，不觉表情紧绷。她没法不注意到皓雪的丝绒旗袍，晚春黄昏的光线溜进室内，让那身衣服随着身体的曲线明暗转折，女人味十足。

李云德和皓雪等不到心墨，先走了。

老板去烧香的当口，心墨在医院清点走私的药物。这是李云德新兴的生财手段，帮忙走水路的，正是心墨上船接生的那户人家。

秃头男人因为心墨保得老婆孩子平安，称她为“活菩萨”，逢年过节总往医院送些吃的。他虽然模样粗鄙，却是十六铺码头的“铁头张”，几十条船的拜把头子。日本人管制下，药品吃紧，李云德脑筋转得快，通过心墨的关系，靠铁头张把持的水路私运西药进来，再出货给其他医院。赚了多少只有他自己清楚。心情好的时候，他问心墨要什么谢礼，说完便暗自后悔，万一她重提婚事呢？

心墨说，现在想不出来，将来我有事求你，你可要答应。

这话如果被其他女人说出来，多半有娇嗔之意。她说得一本正经，全无风情。

下午点完货，铁头张收了钱却不忙走，问心墨，李医生怎么不在？心墨说他有事，铁头张便讪讪的。心墨看不得男人扭捏，追问之下，原来今天恰好是他家孩子百日，想请李医生和程小姐一起过去吃酒。铁头张说，本该提前来请的，最近事情多，硬是磨到了日子跟前。心墨说，我一个人去好了。铁头张的面色红了红，挤出一句，我们的规矩，满月酒不好请单身女客。换了旁人，听了必会生气，也不想想他老婆儿子双全靠的是谁。心墨笑道，我今天偏要坏一坏你们的规矩。

铁头张带着她回了十六铺码头。水上人家做排场仍在水上，只把舱里的东西稍微规整，两张方桌拼一张长桌，摆满了酒和菜。果然来的都是夫妻或单身汉，铁头张的老婆看见只有心墨，倒并不诧异，请她坐上首。心墨不肯，在桌尾坐了。坐下后才发现对面的人有些眼熟，再细看，正是租界沦陷那天开车送她和皓雪的霍某。上次穿的是厚呢西装，今天则是棉袄罩衫，气质颓了几分，只有眼镜背后的一双眸子仍是冷的，像刀。

铁头张为他们介绍，这是乐和医院的程小姐，这是我妻弟小霍，在中学当教员。你们都是肚子里有墨水的文化人。

心墨想，那辆车可不是中学教员开得起的。她没提前情，小霍显然松了口气。众人吃喝谈笑正酣，她到船舱深处看今天的主角，她接生的第一个婴儿。蹲在床边试探地伸一根手指，男孩立即紧紧攥住。她吃了一惊，想抽回手，发现姓霍的站在身后，看着他的外甥。船舱另一头传来苏北口音的嘈杂语声。

他开口了，嗓音低沉："你救了我姐和这孩子。你让我姐夫运药。还有什么是你不会或者不敢的？"

孩子的掌心传来轻柔的压力。心墨忽然想要"看见"霍某的将来，哪怕只是一角。她很少对人有这样的好奇心。她用力盯视，然而眼前唯有小床上盖着百衲被的婴儿。预言这东西不是召之即来的。

靠着李云德弄到的派司，心墨在夜里回到家，呼吸带着酒味，显得既兴奋又心事重重。娟儿说李医生和皓雪来过，她只应了声“哦”。李某爱财又怕事，特意选药品运到的时段开溜，用皓雪作为借口。心墨何尝不懂。她褪去鞋袜，踩进娟儿倒好的热水盆，借着油灯轻声念书。限电的缘故，电灯开得少了。最近家里的书由娟儿借来，照例是爱情故事。心墨读到翻页，问一起泡脚的娟儿：“对了，记得你说青松书店搬了？”

“是呀，在昌平路。”

“那你每次下班过去再回家蛮远的。或者换一家书店借书好了。”

娟儿急声说不要，随即尴尬地笑：“我习惯了。再说和他家老板也熟了，他会帮我挑书。”

最早知道青松书店也是皓雪的缘故，书店老板是她的戏迷，别人送花他送书，皓雪不爱看书，随手扔给心墨。封底盖着书店的章，店名底下是地址。心墨上门一看，原来店里除了赵青松为皓雪选的翻译小说，还有本埠作家的风花雪月故事，又有一排抨击时政的册子，可以说是面面俱到。她在书店见过赵青松几次，却始终记不住他的长相。那个男人给她一种奇怪的含糊印象。

心墨说：“赵青松以前老往皓雪那儿送书，最近好像没动静了。”她继续念书，不知道这句话在娟儿心头翻起涟漪。

听心墨说起赵青松与皓雪之间渊源的第二天，娟儿又去了书店。她在下班路上买了盐水鸭肫和烤子鱼，到书店门口望了望，赵青松便会意，出门与她会合，去了旁边一家小酒馆。和上海大多数卖绍兴酒的店一样，这里只提供笋干豆、盐水花生等几件下酒小菜。赵青松让店家用盘子装了娟儿买的熟菜，又叫了一碟花生两壶热酒，两个人对坐吃喝。

赵青松每每惊异于娟儿的酒量，他喝一壶就脸红耳热，娟儿喝酒像喝水。她说，我是绍兴人，这点酒不算什么。要按她的意思，其实完全没必要在外面花费，她可以在书店背后的弄堂里生炉子烧菜。赵青松不让，说何必呢，你已经累了一天。买熟菜的钱是赵青松给的，他的补贴加上心墨不时塞给她的零花钱，尽管物价飞涨，娟儿也有了小小积蓄。做学徒的漫长白日，想到自己不是店里最穷的，心就定下来。她对物价敏感得很，每有一点钱便换成布料。赵青松笑她，别人屯大米煤球洋火肥皂，你倒好，张罗一堆布。娟儿答，人总要穿呀！将来会有用的。

日军进驻时烧了一些书，青松书店因为搬迁躲过一劫。娟儿在书店避难的那天，她若是识字，就能看出门口贴的是一张迁店告示，日期是三天前。搬到昌平路的新店似乎少了一些书。娟儿虽然不识字，每次去还书总把店里细看一遍，书脊的颜色和质地，平码在桌上的书封，都以形状和尺寸烙印在她的头脑。

此刻她问赵青松：“以前最里面一个书架底下那排书呢？”

赵青松苦笑：“你比文化局的人还细心。书卖掉了。”

“一整排全卖掉了？”娟儿露出“你骗别人也别骗我”的眼神。

如果赵青松见过在绍兴乡下梳长辫子的娟儿，一定会惊异于她在不到一年间的变化。她剪成女学生模样的齐耳短发最近烫过，刘海和耳边卷得俏皮。豆青色旗袍镶着宝蓝色宽边，是用皓雪送她的衣服改的，镶边是店里的余料。她的眼神不再含怯，微嗔时也带笑，笑起来有几分故意的惫懒。她现在完全是个上海年轻姑娘的模样。

赵青松没有回答关于那排书的质问，目光移到店堂挂着蓝布帘的包厢门口。刚才有几个穿西服的男人进了包厢，看着像日本人。书店附近有官舍和学校，在这一带吃饭遇到日本人不稀奇，娟儿垂眼喝酒，没发现其中一人在经过时看了一眼他们这桌。

他转移话题：“听说你姐现在荣升医生了？在愚园路那边的红十字会医院。”

娟儿皱眉："周末兼职而已。她给人接生。自己都没生过孩子的人，说出去简直是笑话！"

赵青松渠道广，听过乐和医院的传言，并不奇怪心墨去了妇产科。他心想，上海有的是庸医，她既然是李云德教出来的，肯定比大多数医生强。

"她怎么会和红十字会医院扯上关系？你姐信耶稣？"

"还不是皓雪介绍的。你觉不觉得他们三个怪得很？"

赵青松的神情有些微妙："哪里怪了？"

娟儿放下酒杯："现在外面都说我姐是李医生的人，可实际上，他们经常三个人一起吃饭、看电影。李医生明明就是在追皓雪嘛，既然这样，就不要让传言坏了我姐的名声！"

她说这些话，无非是想看看他的反应。他夹了一条鱼，从鱼头吃起，嘴里发出簌簌的咀嚼声。

"这鱼蛮好的，炸得透，连骨头也可以吃。"

娟儿没好气："刚才和你讲的话，你听见了哦？"

他放下筷子拈起酒杯，眼睛斜瞟过来："那是别人的事。你好好的我就放心了。别人爱怎样怎样。"

娟儿感到脸热，大约不是黄酒的关系。赵青松又说："待会儿和我回店里坐坐吧。"

"不了，一会儿宵禁了麻烦得很。"

"那就别回去了。今晚住这里。"

他说得漫不经心。娟儿的脸颊热意更盛，像在汤婆子里焐过的水壶。即便已经在心里把赵青松当作最亲近的人，她毕竟是个未出阁的姑娘。这样算不算太随便太轻贱呢?她想起有时夜不归宿的心墨。乡下的小寡妇心墨能有今天，还不都是靠李云德。人终归要给自己找个依靠。她喝一口酒，仿佛要借着酒劲压住那股热意，同时被压下的还有对披红坐轿出嫁的憧憬。

自从时局大变，皓雪便停了演出。她嘴上说趁机闲一闲，每天不是邀人打牌，就是和李云德出去玩。时局似乎没给她任何压力。只有和她同住的徒弟文华知道，老师的积蓄就快见底，再熬不了多久。即便李云德隔三岔五送米送油送熟菜，也是治标不治本。天香戏院的戏码不断，并不是人家不让皓雪演，犯拧的是她自己。

五月的一天，娟儿放工后来到距三马路不远的皓雪家。皓雪让文华下楼买吃的，自己亲热地拉着娟儿往客厅坐了。皓雪租的是石库门的后半爿，底楼是厨房和客厅，她住二楼，转角亭子间住着文华。同是石库门，心墨娟儿的单间实在不好与之比较。娟儿不常来，就是怕看到这种无形的提醒。但她今天不得不来。

皓雪对娟儿说："你姐最近忙什么呢？老不见影。"

娟儿笑道："还不都是医院的事。她一个当护士的，倒是比李医生更忙。”

“她现在也是医生啦。”

“还不是靠雪姐推荐。你对她真好。”

“我们是朋友，应该的。”皓雪说着，心头掠过模糊的阴影。红十字会医院需要人的消息是霍剑存告诉她的。他说，你那个朋友会接生，问问她愿不愿意兼职吧，就是酬劳不高。她知道心墨在担任李云德的秘密助手，但李云德的手段不在于接生。这事透着古怪。她问霍剑存从哪里听说心墨的本领，他笑而不语。

等心墨真的开始担任助产医生，自然而然地和皓雪的小圈子有些疏远。说是周末兼职，生孩子不可能择日，往往一个电话来了，心墨便从乐和医院赶到愚园路。当她回到闸北的家里，红十字那边想通知她也无法，她的住处没有电话，再说从闸北过去太远，宵禁时间也没法雇车。为此，心墨不止一次流露出想要搬家的意思。皓雪说，你要想兼顾乐和医院和红十字，只能往西搬。曹家渡倒是地理便利，不过那边鱼龙混杂，有点乱。心墨说，这年头哪里都乱的。

皓雪心念忽闪，问娟儿：“你姐是不是交了新朋友？”

“新朋友？”

“我就是随口一问，想她好久没来了，也许除了红十字那边，还有别的事忙。”她不敢贸然说出霍剑存的名字。

娟儿不明就里地说：“别看她那样，性格很傲的，除了雪姐，我看她也不在意什么人。哦对了，还有李医生。”

“李医生哪天能真正收起玩心，把你姐娶进家门就好了。”皓雪说这话倒是发自内心的。他们的圈子不知何时开始把李云德和程心墨看作一对，尽管他俩全无狎昵。一方面是因为李云德去哪儿都带着心墨，也因为心墨对他熟不拘礼。皓雪和他们最熟，自然知道他俩并无男女之情。她隐隐觉得就这样乱点鸳鸯谱也不错。李云德的玩世背后透出懦弱，心墨则是方正的一个人，正好互补。

娟儿撇撇嘴，皓雪没在意。文华拎着吃食回来了，三个人围坐吃饭。糟猪手，素鸭，馄饨。皓雪的餐桌看不出经济的窘态。娟儿连赞好吃，文华一声不响。

吃到一半，娟儿说：“雪姐，我听到外面有种说法，你不演出，是因为要嫁人了。”

皓雪惊笑道：“你看我像要嫁人吗？嫁谁啊？”

娟儿垂眼说：“连对象也被人列出来了，只是不大好听。”

“怎么个不好听？”

娟儿说了两三个名字，都是上海滩有点斤两的角色。现如今能继续得势的，往往和日本人脱不开干系。谣言是在影射皓雪做了汉奸的情人。皓雪脸色一沉，“你今天来，就是特意讲这些给我听？”

“你和我姐一样，做人潇洒，不在乎别人怎么看怎么讲。可你和我姐又不一样。她呢，只有病人认得她，你是有名气的人呀，总归要维护一下面子。”

皓雪冷笑：“嘴长在人家身上，我管得着吗？”

“有个法子可以让人家不乱嚼舌根，这法子也简单。”

“你说。”

“雪姐重新演出，就不会有人东想西想编派你了。”

文华不小心把调羹掉进馄饨汤里，探手指去捞。皓雪扭头说：“像什么样子，拿筷子夹起来！”娟儿没看过她的严厉，暗自一惊。等皓雪的眼神转回来，娟儿感到自己像被一股寒光罩住了，冷森森的动弹不得。皓雪看着她说：“你还真是一番苦心啊。这一套套的，是谁教你的？”

让她来劝皓雪复演的是赵青松，娟儿不便承认，只说是自己的意思。“我实在看不下去，那些人只动嘴皮子不动脑子，雪姐不演出，当然是不愿意在这时候上台。”事实上，她从来没搞懂过皓雪为什么罢演。为名？又不好公开声明反日，因此就像娟儿刚才所说，外间对皓雪的臆测并不漂亮。为利？不演出就没收入。这顿饭的菜色不差，但娟儿是裁缝，她敏锐地注意到，爱面子的皓雪在家也穿了外出的衣裳，去年的款式，三枚一列的领口盘扣如今显得夸张又老气。要在以往，皓雪每季都来三马路做新衣。她好久没来了，看来并不是换了裁缝，而是不宽裕。

就这样，因为娟儿的一句“看不下去”，皓雪不再硬扛，重回舞台。她很怕霍剑存会鄙视自己为了生计忘却大义，没想到他只是淡淡地说，演出不是坏事，你喜欢在台上，观众也喜欢你在台上，皆大欢喜嘛。经他这么总结，之前的倔强反倒像个笑话。

皓雪时隔半年的亮相轰动一时。直到五十多年后，电视上采访戏迷，仍有人谈起，说那天站在天香戏院台上的，是多么漂亮的一个杨宗保。

让皓雪成为戏剧界传说的演出，心墨没有看成。先是连着两天在红十字接生，白白浪费了李云德买的雅座票。第三天下午，李云德把乐和医院的电话听筒搁在一旁，对心墨说："今天就是给皇后接生也轮不到你。皓雪这次的戏太好了，你不看要后悔一辈子的。"

心墨说："今天不看还有明天嘛。说好了连演七天的。"她心头轻微一动，预感像墨汁滴入清水，很快没了形迹。

李云德见心墨皱眉，以为她不满。"我真后悔教你。"接着自觉失言，他从未教过她接生，心墨成为妇产科医生，靠的是书本知识和天不怕地不怕的性格。

心墨喜欢接生，正如李云德对堕胎怀有形而上的爱好——他说人世悲苦，并不是所有的诞生都值得欣慰。满是黏液的新生儿被举到空气中的那一刻，孩子的未来带着所有的岔路铺陈在心墨的眼前。作为预言者，她知道未来并非稳固不变，更像在山间行走，可能抵达光明的顶峰或失足坠入深谷。既是无限的岔路，也是有限的选择。

此刻她眼前就有选择。去看戏，或者把电话放回去。她觉得电话随时会响。

李云德耸耸肩掩饰尴尬，踱步离开。一楼柜台后面的位置是心墨的，她平时坐在那里给病人填表，安排他们进诊室，回答他们无稽的问题。最近她在红十字会医院的业务愈加繁忙，乐和医院的柜台时常空置。好在来看肝肾病的人从来不多。

这边李云德前脚刚进诊室，柜台的电话铃响了。他不着急往回走，竖起耳朵听着。心墨“喂”了一声，沉默片刻，然后说，我马上过去。李云德在心里苦笑。

心墨上楼又下来，看见李云德站在门厅里，她像是抱歉地说：“待会儿你先去剧院吧，我尽量赶。”李云德知道她多半赶不及，有点气。“又浪费一张票？”心墨说：“或者你找娟儿去吧。”

“她不是很爱看戏，你知道的。”

“你都说了不看会后悔一辈子，这么好的戏，娟儿也会喜欢的。”

“我待会儿先去德兴馆垫垫肚子，你要是实在来不了，我再找她，反正她就在旁边。”

李云德这才注意到心墨拿着一个小布包，心想，见鬼的红十字又没有消炎药吗？老从我这里拿，难道我家是开红十字会的！想归想，他忍着没说三道四。正是靠心墨，他才有药品买卖的外快。

他想不到的是，心墨今天并没有去红十字会医院。她出门后一路疾走，目的地是大世界附近的一家旅社。幸运的是路上没遇到盘查，布包内的白铁盒染了手温，泛着暖意。那里面是纱布、小瓶碘酒、镊子、针和线。只缺吗啡。李云德对他的吗啡存货格外神经质，心墨犹豫了一下就没拿，一路后悔。

不知道那个叫霍剑存的男人伤得有多重。

旅社的人听说心墨找一位“孟先生”，下巴一扬。“三楼六号。”看她的眼神带着揶揄，像在说，白天进旅社和相好的见面呢。

她敲门，听见一个嘶哑的声音，她说“是我”，门开了。她闪身进门。窗帘紧闭的屋内幽暗如夜。霍剑存慢慢走回床边坐下，用右手捂着左臂，仿佛在这五月天怕冷似的。心墨问他可以开灯吗，他说：“这里白天没有电，床头柜有蜡烛。”心墨点起蜡烛，举到他近旁，照见胳膊上的伤。

“你躺下吧。”心墨小心地挪动床头柜，将蜡烛放在上面。烛光笼罩着床上的人。霍剑存躺在那里看着她。他今天没戴眼镜。心墨在红十字会医院偶尔也充任外科医生，帮人包扎和处理伤口。取子弹这种事还是头一遭。

她把自己的手绢折成一条，示意他咬住。“可能会很疼。

我没有麻药。你把眼睛闭上。”

“闭上就看不到你了。”

心墨没再说什么，麻利地开始动作。一个念头模糊地掠过心头：如果预见没错，自己还是错过了皓雪的杨宗保。

皓雪的杨宗保最终只演了三天。文华武戏还没学好，班主特意从其他戏班借了一位刚蹿红的旦角来演穆桂英。对方演了三天就不肯继续，把包银原数奉还。旦角是被气走的，台下的人十个有九个来看杨宗保，剩下的那一个本来爱的是旦角，一开幕就被皓雪勾去了魂，连自己姓什么都不知道了。

换成别的戏码，依然天天满座。皓雪此次复出，从民国三十一年的初夏一直热热闹闹演到冬天。十二月初，班主找皓雪商量封箱戏的时间。这是戏曲界的定俗，演过封箱戏，剧团散伙，成员各自回家过年。皓雪笑班主心急，春节要到转年二月头上，还早呢。班主嘿嘿笑着说，往年进入腊月就封箱了，今年势头好，想请你多演几场，一直到腊月廿四的小年夜，你看可好？皓雪说，我没问题啊，我反正在上海过年，可是耽搁其他人不太好吧。班主喜道，有你这句话就行了，你徒弟反正没有家，跟着你，你演生她演旦，一台戏就有了。最后几天我会多加奖金，乐师们也有份。

皓雪怔了怔，常有人和她吹风，说徒弟总有翅膀硬的一天，她从没放在心上，这时忽然有点怄。

也是在这年冬天，心墨对娟儿说，曹家渡有处待售的房子，我们可以拿下来，楼上住家，楼下开店。娟儿说，什么店？心墨说，当然是裁缝店。你愿不愿意自己做老板？娟儿内心惊喜，嘴上说，开店谁不想啊，可是你哪里有钱买房？心墨拿出一个小布包，里面有两个厚实的金戒指、一对金耳环、两根俗称“小黄鱼”的金条。

“这么多！”娟儿先是一喜，又丧了气，“买房是不够的。”

“上家如果急着出手就够。”

去看房的那天，房东蒋松领着心墨和娟儿站在二楼的窗前。“亮堂吧？我跟你们讲，别嫌这房子朝北，住着绝对适意。你们看，连床架子也是现成的。”娟儿探身一望，窗外底下就是马路。她问：“会不会漏雨？”蒋松说：“漏雨？这么好的瓦，哪会漏啊？有问题你找我，我反正在隔壁弄堂。”

娟儿有瞬间的恍惚。幻念将晴朗的天光连同蒋松心墨一并抹去，屋里只剩她一个人。一楼延伸出去的青黑屋瓦映在窗格内，木格窗框处处褪色掉漆，和刚才所见截然不同。雨水哗哗地打在屋瓦上，又有铮淙的声响，来自屋里接水的盆。滴答。啪嗒。的的。家具潮湿的木味儿钻入鼻孔，靠墙的雕花梳妆台闪着乌沉沉的光。她走过去，想照一下镜子。

短暂的幻觉如涟漪般荡开又消失。她的意识回到待售的空屋里，好在蒋松和心墨都没注意到她的异常神色。娟儿又讲了几句，想贬低房子杀价。

事实上，两条“小黄鱼”再加些金首饰买下两层小楼，绝对是白菜价。

心墨想，要不是蒋松急于拿了金子和姘头南下，也轮不到我们捡这场便宜。蒋太太是个寡言的女人，脸带哀容，她来红十字医院帮忙，说起家里有房出售。心墨一听就知道了。她知道等房子卖掉，蒋太太会被抛下，会变得更加虔诚，整日穿黑仿佛西方的戴孝。多年的经验让心墨懂得有些话不能讲，她眼中分明的事物是别人看不透的迷局。上帝在《圣经》中对预言者说：“听的可以听，不听的任他不听……”

事实是，人们都不听。预言无凭无据，且不是什么好话。

心墨对蒋松说：“你这房子肯定漏雨的，我现在也懒得和你争。只有一条，房契要立个见证。”

蒋松怔了怔：“程小姐信不过我？”他下楼去喊人的空当，心墨对娟儿说：“你很快就是当老板的人啦。”娟儿笑了，“什么老板！还不是自己一针一线做生活。”说着蹲下打量楼板，“地板倒是蛮登样的。”

心墨来到上海近两年，娟儿也有一年半了。她俩都学会了上海话。心墨的发音脱不去硬邦邦的乡音，娟儿则把沪语说得软而滑，就像她手里服服帖帖的布料。她有双巧手，衣服只要看过就能照样裁出来。流行总是一阵风似的来了又去，修身及膝旗袍、仿英国式样的双排扣风衣、胸前带花边的华尔纱衬衫，都难不倒她。心墨身上那套加了棉衬的阴丹士林斜襟衣裤也出自娟儿的手工。心墨性子急，走路时两条长腿迈得很开，丝袜在她腿上片刻工夫就挂出几道豁口。她偏爱宽身窄袖下摆过臀的长衣，配阔腿裤，图的是活动方便。娟儿不止一次说，那是老太太的款式。心墨的发型也老气，长发挽了圆髻，用发网罩住，二十五岁看着像三十出头，更衬得比她小五岁的娟儿又嫩又脆。娟儿烫过的刘海底下是乌溜溜的眉眼，玫瑰印花旗袍经过改良，从哔叽大衣下探出一小截灯笼状的袖口。蒋松最初把她们误认为是小明星和女佣人，经过一番交谈，才发现这两人是裁缝和护士，出钱买房的是后者，那个高个子女人。

木楼梯“噔噔”响，跟着蒋松上来的是个十七八岁的年轻人，披件旧棉袄。看见娟儿，青年没睡醒的脸顿时一亮。蒋松在一旁介绍，“这是张汝民，我们弄堂的才子。”心墨从提包里拿出备好的合同和笔墨，张汝民念过一遍，蒋松和心墨轮流用床板当桌子签了字。心墨手握毛笔从药瓶里蘸墨汁的时候，张汝民仿佛这才注意到她，凑上前惊叹：“好字！”她不搭腔，张汝民从衣兜里摸出钢笔，签字见证。

那支笔看起来很贵。娟儿仿佛不经意地问："张先生家里有姐妹吗？"她想的是张家若有女孩，将来总有生意做。张汝民的脸一红，"就一个弟弟。"娟儿顿时没了兴趣。

黄澄澄的金子给出去了，留下微妙的重量在娟儿的心坎。米价和煤价疯了似的涨，心墨在乐和医院的收入差不多刚够开销。她总说自己天涯孤独身，不像娟儿还要照应爸妈和弟弟，让娟儿能省就省下来补贴老家。红十字那边等于白干，至今欠着心墨的薪水。那么金子的来路又是哪里呢？娟儿认为，多半是李云德襄助。她只猜对了皮毛。心墨是李云德最得力的助手，不论堕胎还是走私，她一直没管李云德要过钱，直到最近。

李云德对心墨买房的事反应微妙。他给了钱，却忍不住有种古怪的抗拒。心墨的兼职都没让他这么难受。他对心墨开玩笑说："雷厉风行啊。你要是个男的，该有多少姑娘想嫁给你。"

这事让皓雪也感觉到压力。她来上海比心墨早那么多年，论收入远远高过护士兼妇产科医生。她住惯了繁华地段，那一带的房子她买不起。心墨来了不到两年就买了房，就算房子位于皓雪眼中的"下只角"，也让人心惊。

极司菲尔路在和白利南路相接的地方弯了一弯，呈爪形，爪的根部和另外两条马路碰头，四条路形成五个角，人称五角场。离五角场不远，白利南路西面有条叫作后马路的岔路，所以白利南路又叫前马路。后马路从前是河浜，填起来没多少年。有路就有人。人们扎根的速度快过雨后冒头的竹笋。不到两百米长的路边满是各种店铺，煤饼店、老虎灶、米店、寿材铺，现在又添了娟儿的裁缝店。卖菜的也都挤在这条小街上，热天的午后空气充斥着烂菜叶的气味，到了傍晚，乘凉的竹床竹椅肚皮胳膊塞满路的两侧。娟儿和心墨在此地最好的季节搬来，冬天仍留个尾巴，冷得干净。她们住的是条死弄堂，从前马路进来拐个弯便是尽头。弄堂最里面一侧的几间房，包括她们的新家，挨着后马路。

前后马路的几条弄堂，居民多是从江浙各地来上海打拼的小生意人，他们相信教育的力量，把孩子送进学堂念几年书，沾点墨水。男孩们到了一定的年纪便去当学徒，或是接盘家里的小摊小店，女孩们去纱厂纺织厂做工。张汝民十六岁那年没了父亲，他从中学退学，经人介绍去外国印厂做排字工，成为母亲和弟弟的依靠。他有一副好相貌，附近弄堂的姑娘们整天围着他打转，可他没有女朋友。人们说，张家大儿子眼睛长在头顶上的。

弟弟张汝刚有书不好好念，镇日和弄堂的小鬼头们游荡。做哥哥的有些恼火。他自己想念书没得念，印厂的工作在别人眼里光鲜，做起来很苦，耗眼睛又费脑子。张汝民的理想是坐办公室，像厂里的主管和会计那样。不知道他们整天在办公室里做些什么，也许喝喝茶吹吹牛一天就混完了。

另一方面，他并不羡慕办公室人士。那点死工资，只够交完房租下一两次馆子，如果有女朋友，买买电影票和零食，一个月下来脱底精光。他比他们赚得多。倒不是说排字工能拿多少钱，张汝民靠的是副业。

五角场靠近苏州河那里有座盖到一半停工多年的教堂，再过去不远是三官堂桥。桥头有庙，桥下有吃水路饭的船家，河边一溜纺织厂和仓库，想不热闹都难。那片热闹像尘世间的落叶，教堂周边分外冷清，如同落叶被一只看不见的手扫开了。教堂的砖墙留着门窗的铁口，黑洞洞的，白日里也有些阴森。偶有三五个闲人在那栋破楼前聚作一堆，嘀嘀咕咕。假如有人凑近，就能望见他们手上的竹雕、砚台或是金饰、古玉。张汝民偶尔出现在其中。他不是玩家，是掮客，说白了就是替人销赃。

他和其他人急着显宝的心态不同，往那儿一站，神闲气定，光看不说话。过一会儿有人憋不住，问他有什么新鲜事物，他才慢慢从口袋里摸出一两样。好东西总被他掖到最后。像他最近卖掉的两副扇骨，小叶紫檀和精雕的湘妃竹，一看就是世家的玩物。他从不透露东西的来源，其他人也识趣地不予追问，唯独戆二有一次价格没谈拢，负气嘟囔道，不晓得哪里来的黑货。张汝民一把揪住戆二的衣领，旁人赶紧把他俩拆开。戆二和他是弄堂邻居，姓季。早先弄堂打头几间都是季家的，季老爷子的钱据说是贩烟土所得。老爷子走得早，大女儿已出嫁，季家就剩下个“玩家”。为了玩，一间间房子陆续被卖掉，换成在旁人看来莫名其妙的玩物。三十出头的人连个老婆也没有，人们渐渐忘了他的真名，只喊他戆二。

让戆二着急的是一串碧玉的朝珠，颗颗有桂圆核那么大，泛着幽幽的绿光。张汝民嫌价格低，赚不到抽成，他心知这一带没人比戆二更舍得出钱，最后只好把珠子退还人称“小宁波”的上家。小宁波是闸北的地头蛇，至于他的货从哪里来，张汝民不敢多问。

弄堂的生活在周而复始中蕴藏变化。父母们抱怨着物价，在辛劳中衰老，小鬼头一茬茬长大。有人恋爱，有人搞七捻三，有人得病，还有人搬进搬出。弄堂拐角新来的两姐妹也是变化的一角。弄堂里少有秘密，很快大家都知道了，那两人不是亲姐妹，不同姓。程心墨是私人医院的护士，此外礼拜天在愚园路的红十字会医院当医生。她除了帮人接生，还管小痛小病、跌打损伤。只有看不起大夫的人才去那里，当然也不会质疑一介护士怎么可以坐诊。打扮入时的吴素娟这几天热火朝天地张罗着一楼的门面。家什和缝纫机陆续运进来，又有一只黑色雕花的梳妆台要送往楼上，被窄窄的楼梯阻住了，木匠在弄堂里拆弄半天，吵得上夜班的张汝民没法午睡。他气急败坏地起床披衣去看，吴素娟候在木匠旁边。看见她，他的怨气顿时泄了。

“好好的梳妆台，做啥要拆掉？”张汝民故意没话找话。

“不拆拿不上去。”吴素娟说。

他想轻薄一句：那么等你出嫁还要拆了搬下来。话在嘴边转了一圈又下去了。等梳妆台被拆成几大块，他帮着弄上楼。木匠组装的时候，张汝民磨蹭着四下打量。进门右手是一张靠墙放的大床，铺了细洁的蓝花布床单，八仙桌稳踞和门相对的窗前，桌上有盆葱绿的水仙。这间屋住两个姑娘十足宽敞，甚至显得空落落。他想起自家楼下一间隔作两间的局促。母亲把二楼采光最好的房间出租，她自己住在楼梯转角的亭子间，又把一楼靠窗那边隔给大儿子，靠里的阴暗小间则充任一家三口的饭厅和小儿子的卧室。

八仙桌一角堆着毛边纸，张汝民走过去端详。写过字的纸层层叠叠，黑色的墨迹像蜿蜒的河流。

吴素娟走到他身旁说：“你上次说我姐的字好，我是不懂的，这些字好吗？”她抽出一张字纸展开。写的是隶书。每个字有路口糕团店的粢毛球大小。一眼望去读不通，大概是临的字帖。他装作看字，瞥向身旁姑娘的侧脸，长柔的睫毛映入眼帘。他忘了回答。她又问了一遍。他脱口而出：“没有你好看。”说完自觉失言，他慌忙转身下楼。木匠敲钉子的声音在身后响个不停。

皓雪每两周休一个周四，文华跟着休。这天，师徒俩在楼下客厅的圆台面吃早饭。泡饭的配菜是一根油条掰成几段蘸酱油，一碟腐乳，一碟酱瓜。天气冷，泡饭氤氲的白烟中，对面文华的脸有些朦胧，皓雪停筷看了她一会儿。小姑娘最爱吃油条的，今天碰都没碰，嘎吱嘎吱地咬着酱瓜。

“油条还有好多，你吃呀。”皓雪说。

文华把碗底的泡饭扒进嘴里。“我吃饱了。”

“你剩这么多油条让我吃，想齁死我啊？”皓雪的声音并不响，文华白净的面颊涨红了。“我今天不想吃。”

“有什么缘故？”

那孩子支吾半天才说了。原来她早上去买油条，眼看就要排到的时候，有人插队。那人是附近日本米行的伙计，说是帮同事过来买，刚炸好的一篮全被他拎走了，只剩下一根瘦小的，他嫌不好，没要。文华站在队伍最前头，也不肯要那根瘦的。卖油条的生气了，说哪有人买东西挑挑拣拣，你要这样大家都没法买了。

文华后面就有人打抱不平道，老板，刚才人家插队又挑拣，你也不响。你去买米能便宜不成？

又有人说，喔哟，小姑娘是天香戏院皓雪的徒弟，你看看清楚。

卖油条的恼羞成怒，把那根小油条用油纸包了，往文华面前一戳，冲她吼，你不要拉倒！开米店的要拣，唱戏的也要拣，我这生意还做不做了！

文华气恨极了，但附近就这一处油条摊子，皓雪又是最爱用油条过泡饭的。最后还是买了回来，她自己是再也吃不下的。

皓雪听完冷笑一声："是啊，我们唱戏的不如开米店的，人家可是惹不起的。"

文华挤出一句："米店是日本人的，他是不敢惹日本人。"

皓雪说："日本人有什么了不起，见了我还不是客客气气的。"

文华不响。皓雪意识到说错了话。她口中的日本人是戏迷。最初是书店的赵青松带来的，姓末广的中年男人和他的妻子来到后台，两个人头一回看戏，掩不住兴奋，会中文的末广连声表示敬佩。后来末广太太据说回国了，末广有时单独来，有时和同事一道。他每回看演出都送花或者点心，是戏迷中比较热心的。

上个月，末广请皓雪去了一次杭州。在火车上是包厢，沿路有安排好的汽车。皓雪意识到，末广不是他声称的一介商人那么简单。她拉了文华同去，主要是怕人说闲话。文华从头到尾不和末广说话，自顾自看风景。皓雪觉得徒弟的态度说明了什么，但她无心去细究。

这些日子以来，她太红了。周围永远簇拥着人，传入耳朵的全是溢美之词。霍剑存去了外地杳无音信，曾经的亲密犹如泡影，看得见摸得着的则是眼前的繁华。坐在楼外楼看着西湖吃着醋鱼，皓雪想起霍剑存，心头钝痛，但就连那种痛，也在日复一日间变淡。

皓雪方才负气讲了这么一句，有些脸热。她在心里说，我不是没有原则的。我没有亲日。末广是戏迷，他不能代表其他日本人。

她毕竟是倨傲的，没再解释。

文华洗过早饭碗，说是头疼，不想出门。今天是娟儿的裁缝铺开张的日子，说好了去心墨和娟儿的新家。

皓雪知道文华不喜欢娟儿，说头疼多半只是托词。文华曾对皓雪说，吴素娟那次上门来劝老师复演，肯定是赵青松在背后撺掇。皓雪听了并不在意。她想通了，自己不演戏就觉得有劲没处使，何况一天天坐吃山空也不是个事。

要在平日，皓雪才懒得理文华这点小别扭，不去你就待着吧。也许是因为早先班主口中的“一生一旦”，又或是刚才的油条风波，她莫名地不肯让步。“人家新店开张，人到心意到，你不要那么任性。”

文华只好跟着皓雪坐了黄包车往白利南路。

娟儿这天不用心墨叫就起床下楼，卸下店铺门板，往门口洒了水，用竹扫帚扫了一遍。太阳刚升起没多久。她站在门口往窄街的那头看去，两侧曲曲折折净是店铺和菜摊。卖包子的摊位冒着热气，油炸粢饭糕的香味四溢，挎着菜篮的女人们走走停停，运肉的板车吱扭作响。

弄堂邻居张汝民早早地就来了，他在街上点起挂鞭，乒乒乓乓一阵热闹。青烟还没散尽，附近的阿姨姑娘们纷纷进店。心墨今天请了假，帮着张罗。满眼看去都是人，人，人。人们边看边摸斜靠在墙上的布料，娟儿有点心疼，怕弄脏了。

皓雪和文华到了。皓雪一进店，人们忘了看布料，转而看她。有人低声喊出她的名字。娟儿的视线滑过皓雪毛茸茸的黑貂围脖、收腰款式的呢大衣。她心想，不唱戏只能穿旧衣服的人，如今又回到花钱如流水的派头。

心墨替娟儿招呼："这么早就来了！"

"开张的日子，我能不早来嘛。"皓雪让文华递上红包，娟儿不肯收。

"雪姐，你如果真要道贺，就让我给你做身衣服吧。你在别家做也是做。"

皓雪说好，让娟儿给她量衣。这下看热闹的人更不肯走了。见皓雪脱了外套，心墨怕她着凉，用脚把火盆推了推。大衣底下是衬了薄棉的旗袍，蓝里泛绿的丝绒料子。皓雪说这颜色叫孔雀蓝。这么诡异的颜色，像是香粉弄的姑娘才会穿的，奇怪的是在皓雪身上不显得冶艳，反倒有种幽微的冷。娟儿麻利地量完，在本子上写写画画。皓雪把大衣披在肩上，不急着穿，探头过来看。只见娟儿写的不是字，几根歪斜的笔画代表数字，旁边是把扇子。皓雪的嘴角一扬，“扇子是我？”

娟儿脸红了。皓雪知道小姑娘心气傲，不能提她不识字的事，赶紧随口说了式样要求。

张汝民混在人群中，把一切瞧在眼里。他不看越剧。皓雪虽美，但他不喜欢高个子宽肩膀的女人。他不明白为什么大家众星捧月般围着这个女人打转。她看起来是很有钱没错，不过女人的钱还不都是靠身边的男人。

因为这份成见，等另一个留小胡子、富家子模样的男人走近那个小圈子，张汝民就自动将其认作那个女客人的相好。

进来的正是李云德。他一手捧着德大西菜社的西饼盒子，一手拎着皮包，迎面见到店里的盛况，叫道：“生意不错啊。”

心墨说：“皓雪刚捧场量了尺寸。来，你也来做一身吧。”

娟儿说：“男式西服我没做过。如果有样子，我可以照着做。”

这时有人问一块布料的价格，娟儿迎上前去。李云德把点心放在柜台上，和皓雪说着话。忽然有只手从他背后伸过来，把点心盒子一拽。文华惊叫。李云德还在发呆，心墨追了出去。等娟儿扯了布料收完钱，心墨脸色通红呼吸粗重地回来了，额上的疤痕闪着光。

“没追上那个贼。是个孩子。”

皓雪笑道：“怪不得你爱穿长裤，跑起来飞快。一盒点心，没了就算了。”

李云德暗自庆幸被拿走的不是他的皮包，这时紧攥着包不敢脱手。包里有他新弄来的吗啡。

文华忽然说：“他看起来很饿，给他吃也不是坏事。”

大家过了片刻才意识到，她说的是那个贼。心墨没表态，娟儿哼了一声，皓雪说：“小时偷针，长大偷金。谁没有饿过肚子，难道我们都要去做贼吗？”她这话说得严厉，文华低头不响。李云德打个哈哈说：“我喊了老彭来拍照，怎么还不见人。”老彭是他相熟的报馆记者。

李云德一直在琢磨，心墨买这房子用了多少钱。光靠他给的两条“小黄鱼”肯定不够，他猜心墨有些积蓄。当然了，这种三教九流的地段，上下楼的破瓦房，就是送给他他也不要。然而臆测使他心痒难熬。

心墨让皓雪等人围着缝纫台坐了，给他们倒茶。皓雪像个活广告，娟儿很快又接下两笔生意。娟儿在店堂一角给客人量身，皓雪看看四周说：“布料还挺充实，小姑娘厉害啊。”李云德努努嘴：“人家有贵人相助。”心墨反问什么意思，那两人呆了一晌，同时笑起来说："你平时多聪明的一个人，怎么一到这种时候就糊涂呢！"文华想说什么又忍住了，眼瞅着心墨的脸色变得古怪。

"我真的不知道你们在说什么。"

李云德说："不会吧，你不知道她和赵青松的事？"

皓雪想到赵青松带来的末广，以及文华沉默背后的轻蔑，面部肌肉有点僵。

心墨的脸比她更僵硬，像是突然罩了一张面具。谁也不知道她这一刻在想什么。她的视线投向虚空中的一点，仿佛有什么把她的魂勾走了似的。皓雪忍不住伸手在她眼前晃了晃。心墨半张着嘴，如痴似呆。

李云德没想到自己一句话引来这么大的反应，急忙叫了心墨几声。娟儿闻声过来时，心墨恢复了正常。一群人谁也没有继续刚才的话题。这时正好老彭带着相机到了，大家纷纷离座，到门口合影。拍过两张后，娟儿喊了张汝民，让他也一道拍。

裁缝店的门对着后马路。只要店开着，附近弄堂的姑娘们隔三岔五就上门张望，还有人从五角场另一头的忻康里过来。奇怪的是，张家老大不时出现在店里，而且他整个人变得柔和了，不像以前总是冷冷的。年轻姑娘当中不乏聪敏的，看吴素娟的眼神多了些挑剔。但她做的衣服真是没得挑！从面料到款式都把五角场的其他店铺甩得老远。在纺织厂工作的姑娘认出印花布是日本货，比本帮的出品更鲜亮和光滑，价格也平。这样的货色不是谁都进得到的，开店的这位想必有她的门路。又有好事的人打听到，吴素娟从前在三马路著名的成衣店做学徒。看她年纪不大，这么快当起了老板，必定有人襄助。传言就像滚地的灰絮，一路滚一路沾上新的尘埃，到后来邻居们都认定，吴素娟是乐和医院未来的老板娘。乐和医院是治肝肾病的老牌子，有钱人看病的地方。喏，和吴素娟同住的程心墨就是乐和医院的护士。听到这些，张汝民心里有点堵，但他仍然忍不住一趟趟往裁缝店跑。

当事人并不知道像烟一样变形弥漫的传言。腊月廿六这天，也就是公历一九四三年一月的最后一天，心墨照例早早起床，把煤炉从楼下厨房拖到门口，生起炉子烧水。娟儿刚到上海那年冻疮厉害，在师傅店里做缝纫活如同苦刑。心墨看在眼里，请李云德配了冻疮膏，又督促娟儿用温水洗脸洗衣。娟儿说，烧那么多水太费煤了，我反正每年都生冻疮的，习惯了。心墨说，看看你那双手，跟红萝卜一样，你自己不心疼，我还心疼呢。娟儿心头一暖，从此乖乖用热水，果然还没到转年开春就痊愈了，此后也没再复发。

心墨买了两副大饼油条和小半锅豆浆回来，这才上楼喊娟儿。自从辞掉学徒的工作搬入新居，娟儿没人喊就起不来。又等了些时间，娟儿裹着棉袄下楼，用温热的水洗了脸，擦了雅霜，在小饭桌前坐下。碗里的豆浆是心墨重新热过的，炸得酥透的油条用对折的葱花大饼夹了，咬一口，一嘴的油香。

“明天你早点喊我，让我来生炉子买早饭吧。我觉得自己像小姐一样。”娟儿吹着豆浆说。

心墨早就吃完了，在喝最后几口豆浆：“哎哟何必呢，你能睡就多睡会儿。我是睡不着才起来的。”

“你睡得真少。”

“皓雪睡得更少。她前一天夜里打麻将到半夜，第二天还是四点起来练功。”

心墨说着带了些笑意。她生得长眉大眼，只是棱角过于分明，偶尔笑一下，就像换了个人似的。娟儿想，李医生不会没看过心墨笑起来的模样吧，那人到底在想些什么？心墨也傻，到现在还一口一个皓雪。

她把念头转回自己身上，微微有些恍惚。当初离开父母兄弟到这个陌生地，是为了躲日本人。可是日本人来了，自己没有走，还拥有了一爿小店。像做梦一样。还有赵青松……想到赵青松，她的心往下一沉，故意说：“要是没有皓雪，李医生会娶你吧？”

心墨被豆浆呛到了。娟儿等她咳完又说：“你别嫌我啰唆，我是为你好。我喊你一声姐，当然要像自家人一样多替你着想。你自己傻乎乎的，女人哪，要紧的是名分。”

心墨仿佛是第一次注意到，这个小妹妹早已褪去青涩之气，从外貌到内心都合着上海的调门。上海是怎样的调门？不甘落魄的，再穷也要表面光鲜的，有一分利益就要抓住一分的。她没学会的东西，娟儿在比她短的时间里学会了。事实上她是在裁缝铺开张那天才猛省到娟儿的蜕变。她做梦也想不到，娟儿跟了赵青松那个汉奸。她能看清大多数人目力所不及的未来，反倒对一眼能看透的现实视而不见。真傻。自己早该想到的，娟儿那么喜欢去青松书店，它搬远了也不肯换一家。

那天听李云德说起娟儿和赵青松是一对的同时，伴随着震惊，强烈的预兆像雾气般湮过来。

她看见一双双腿迈上乐和医院的门前台阶，接着长驱直上二楼和阁楼。穿靴子的。穿皮鞋的。杀气腾腾的脚步。

阁楼上除了李云德走私的药物，还有一批心墨藏在那里的药。同样是靠铁头张经过水路运来的，买这些药的是霍剑存。五月里心墨去帮霍剑存治伤的那天，他说日本人已经嗅到了他的存在，药放在红十字会医院不再妥当。心墨平时出入医院，如果由她拿出来转移是最理想的。心墨问他要放到哪里，他因失血而苍白的脸上浮现一丝笑意，轻声说，你这么聪明，自然会藏好的。你不用告诉我，少一个人知道就多一分安全，到时候自然会有人找你拿药。你以后每天看《华美晚报》，如果看到署名孟存非的人邀同业一聚，你就带上药，按他指定的时间和地点碰面。

心墨隔天再去旅社，霍剑存已经离开了。不知道他带着肩伤怎么走的。她按霍剑存的叮嘱去找红十字会医院的某人，拿到了那批药。量不算大，她放在医疗包里，分两次也就运完了。红十字的人似乎很高兴心墨把烫手山芋拿走。他说自己只是受人之托，马上要回南方老家。如今上海连“孤岛”也算不上，不再值得流连。

这批药在乐和医院的阁楼一放就是大半年。晚报上的广告一直没出现，她也没再见过霍剑存。心墨想，如果预兆像以往一样正确，会有一群人闯入乐和医院。来者非善。必须把药品转移。可能的话，应该连李云德的药也一起弄走，但她怕对李医生说不清楚。

拍完开业纪念照，李云德说要一起吃饭庆祝。心墨借口说红十字那边有事，先走一步。她最终只拿了霍剑存的药，藏在另一处自认为安稳的地方。那之后的每一天都怀着忐忑。不速之客们会来吗？什么时候来？藏好的药品安全吗？留在乐和的李医生的药一旦被发现会不会有事？娟儿是打算就这样和赵青松厮混下去吗？众多的未知压得她透不过气。这是预言者的悲哀。当未来只揭开一角，会觉得懵然无知反而更幸福。有的夜晚，她想和娟儿说点什么，每每作罢。有的凌晨，她醒来后再也无法入睡，出门去藏药处查看，觉得自己像个梦游的人。

唯有在皓雪的舞台下，她可以忘掉现实，跟着戏文里的才子佳人或喜或悲。

好在今年的戏收得晚，心墨几乎一天不落地去看夜场，直到最后的封箱戏。她想，要是不过年，就这么天天演下去，该多好。

娟儿在吃早饭时提起李云德和皓雪，还拿“名分”劝她，心墨觉得可笑。她和李云德以及皓雪之间，不知道的总以为是三角的狎昵，其实李医生只爱他的针剂。皓雪呢？心墨想起租界被占的那天，皓雪一定要卸装才肯出门，大概是不愿意让霍剑存目睹狼狈。唉，也不知道他的伤是否顺利痊愈。

心墨去了红十字会医院。娟儿想，拿不到钱还这么敬业，看来她真爱当医生。娟儿开了店门，赶制顾客的过年新衣。她踩着缝纫机，听见有人进来，原来是张汝民。

张家老大最近在教她认字。娟儿面皮薄，否则早就向心墨或者赵青松求教了。张汝民比她年纪小，又不是知根知底的人，她反而容易卸下无聊的自尊心。一说他就答应了，他还定了规矩，每天学报上的一条报道标题、一条广告。用他的话说，这样不出两个月，就能知道报上在说些什么。

是个有见地的主意，娟儿同意了。从此他就三不五时地过来，在裁剪台边上坐着，闲扯几句。印厂有各种小道消息，张汝民常值夜班，白天和曹家渡的一干闲人厮混，进他耳朵的大小事件就更多。他说的时候难免添油加醋，娟儿就当听书，总比她一个人埋头做活有意思。

张汝民熟门熟路地往高凳一坐，摆出神秘莫测的神色。“你晓得苏州河边的教堂吧？”

“就那个老大的空房子，当然晓得。”娟儿剪开线头，换一条边踩。

“最近都在传，教堂闹鬼。”

“哟。”

“你信吗？”

“什么？”

张汝民看娟儿心不在焉，急了，跳下椅子凑过来。“你信不信教堂有鬼？”

娟儿压着布的胳膊肘正好蹭到他。“你作死啊！害我缝歪了。”

他按住布，“你先听我讲。”

“你让不让我做事情啊。”娟儿嘀咕。他压低嗓门，“我今早夜班回来，路过教堂，你猜我看到了什么？”

“鬼？”

“你才活见鬼呢。当然不是鬼，是人。”

“人有什么稀奇。”

“怎么不稀奇！拜托，早上三点钟，宵禁的辰光。我如果没有印厂开的通行证，也不敢随便在外面走。这种时候看到有人进那间空教堂，你说诡异不诡异？而且这个人，我认得，你也认得。”

娟儿怔了怔，“我姐？”

张汝民一拍缝纫机台面，“没错！你真是一点就透！”

“我姐昨晚在家啊，你别瞎讲！”

“你睡得死吧？她跑出去你能知道？”

“她怎么会那个时间跑到教堂去？”

“你问我，我还想问你呢！不过现在也不用问了，我搞清楚了。”他从裤兜里掏出一只药瓶，递给娟儿。“喏，进口药。藏在教堂里，还有好多。你姐胆子大的，走私啊。不过她为什么不放在家里放在外面，是怕你晓得吗？”

娟儿看不懂瓶子上的外国字。里面是白色的小药片，摇起来唰啦啦响。这声音在她耳畔有种奇异的动静，仿佛银圆叮当。走私。张汝民说出的词激起莫名的情绪，在惊惧和羡慕之间摇摆不定。

她听见自己说：“我姐胆子大，你呢？你胆子大吗？”

临近年关，红十字会医院只有急诊，心墨按理可以不去，她是个操心的人，加之忙惯了闲不下来，便还是去了。

离医院还有一两百步，她看出情形不对。年前的马路向来是冷清的，可今天有种奇异的热闹。路边停着两辆车，车旁站着人，不像去看病的。她条件反射地想起预兆中那一双双奔进乐和医院的腿，急忙走进斜对面的弄堂，悄悄张望。不一会儿，几个人从医院出来，纷纷上车，车随即发动了。

心墨在重新变得清寂的街边站了片刻，转身离去。她想叫辆人力车，走了好一段路也没见一辆空车。她想，如果那些人是往乐和医院去，这会儿恐怕已经到了。医院过年歇业，但李云德的药品在那里，总之是说不清的。这会儿后悔没帮他转移也已经晚了。

她看到路边的公交车站，改了主意，过去等车。她要去皓雪那里问霍剑存的消息，事到如今，顾不上皓雪会怎么想。

上次见到皓雪是在前天，最后一场封箱戏开演前，李云德说要订德兴馆的雅座，大家消夜庆祝一下。皓雪说她有约。李云德当面没说什么，从后台离开时，他酸溜溜地对心墨说，皓雪复出后不比从前了啊，连我们都排不上号。心墨不是没听到过坊间的传言，皓雪最近和日本人走得近。她忍不住猜度，霍剑存是否知道这些呢？他如果知道，又会有什么反应？继而为刚才的想法涌起莫名的自我厌恶。

到了皓雪家，来开门的是文华，她把心墨让进客厅坐了，沉着脸说：“我师父从小年夜就没回来。”

“什么？她去哪儿了？”

文华摆出一副不想说的神气，咬着嘴唇看了心墨片刻才说：“你难道不知道那天请她消夜的是谁？就算你不知道，吴素娟肯定知道。”

听起来事情和赵青松有关，也就是说，和日本人有关。心墨急了：“别兜圈子好不好？你师父两天没在家，你就不担心？”

文华像要哭出来：“我怎么会不担心？我担心有用吗？”

“这几天还有谁来找过你师父？”心墨真正想问的是霍剑存来过没有。

“都忙着过年呢，没什么人，就今天早上李医生打来过电话。我和他讲了，他答应帮忙打听一下。”

心墨说要借用电话。打到李家，接电话的是老妈子，说先生出门了。她沉吟片刻，又往乐和医院打。响过几声后，电话居然接通了。李云德在那头“喂”了一声，心墨绷紧的神经倏然一松，几乎想骂人。

“是我。”她说。

“你怎么想起打电话过来？真神了，我刚想找你来着。”

“你跑医院去做什么？那边还好？”心墨想，他这是去打吗啡针了吧。那群人没去乐和医院？

“家里大扫除呢，我出来躲个清净。”李云德的语气听不出半分焦虑，仿佛皓雪的失踪不曾发生。

“我在皓雪家，才知道她这几天都没回。你听说什么没有？”

“这事啊，”他答得不爽快，“见面和你讲，我去曹家渡一趟吧，正好有些年货点心带给你们。”

心墨挂了电话，看向站在一旁的文华。小姑娘的眼圈发黑，想来这几天没睡好。

“等我见到李医生，和他合计一下。他人脉广，也许很快就能有消息。”

文华低声说：“我倒是盼着霍先生来，可他好久没来了。”

心墨没接话。她不清楚文华对霍剑存知道多少。可以肯定的是霍剑存给人一种值得依托的感觉，远胜李云德。那是因为他不为名利，自然有种凛然之气，但同时，你无法猜度他的行动。他带伤离去，留给心墨一堆烫手的药材，一个到来遥遥无期的接头人，一份随时可能降临的危险。

娟儿中午下了碗面，加一勺猪油，撒了点葱花。临近过年，青菜和鱼肉都贵了近一倍。家里有只前几天买的芦花母鸡拴在弄堂走道里，还有一棵白菜、一段腌青鱼。两个人过年，有鱼有鸡算是不错了。

如果张汝民真像他本人说的那么靠谱，过不了几天，娟儿就能拿到一部分卖药的钱。给多少，看他的诚意，毕竟她只出了主意，没担风险。让张汝民偷走心墨藏在教堂的药，这种主意不该由她这个当妹妹的提出来，娟儿对自己说，人不为己，天诛地灭。

再说了，心墨也有问题。如果心墨一早和她说开，把药放家里，她自然会帮衬。谁叫心墨谁也不信，把东西藏外头？这就怪不得见者有份了。

不知怎的，这天的面条总有些难以下咽。油菜花的金黄固执地贴在她的脑海，还有心墨额角的血痕。心墨救过她的命。心墨带她来上海。心墨通过皓雪，让她在裁缝店学手艺。

心墨在一个又一个夜晚念书给她听。心墨问她，你愿不愿意自己做老板？

猪油味儿堵在嗓子眼。娟儿感觉到一种不熟悉的情绪，半晌才认出那是悔意。张汝民爱做什么由他去好了，她为什么要掺和？他特意来和她说教堂里的物事，不就是为了拉她下水？她也真傻，顺着人家的心意给个主意，还以为自己有多机灵！

娟儿的心像风中烛火般摇摆不定，忽而觉得自己是对的，忽而万般皆错。

李云德出现在店门口的时候，一碗面剩下大半，放凉了，她兀自坐那儿发呆。来人走到她跟前，伸手晃了晃，她这才惊醒过来。

“李医生！稀客啊。”

李云德面色暗沉：“你姐呢？”

“去医院了。”她想想又补一句，“红十字那边。”

“不至于！她知道我要来的。她可真慢。”他递过一个纸包和一只信封，说是点心和上次拍的照片。

娟儿收拾碗筷，起身穿过后门，用水缸里的水洗了碗。煞凉的水浸过她没生冻疮的手，激起痛的回忆。这双手不生冻疮也是靠的心墨。她怔了怔，把碗用抹布擦干，收进碗橱，又找了一只喝茶的盖碗出来。

李云德喝了一口就知道是戏迷送皓雪的茶。扁叶子的龙井，放到年末略微陈了，心墨或娟儿都不会买这样的好茶叶。他没话找话地说：“你今天还在开门，生意好吧？”

“做我们这行，年前是最忙的。都要穿新衣嘛。”娟儿用下巴示意挂在店堂墙上的几件夹棉旗袍，领口袖口各有变化，看得出花了心思。特别显眼的是一件深紫色镶了白色皮毛的，贵气又大方。李云德想，有谁能想到菜市场街口的小店做得出这样的衣服？心墨这个妹妹不简单。她有对富贵的想象。

“镶边的那件是皓雪的吧？”

“对啊，就开张那天她来做的。”娟儿的眼皮有点重，这几天常这样，一吃完午饭就犯困。她听见李云德再一次说：“你姐真慢啊。”

她打了个哈欠说："再等会儿。这要是雪姐，你等再久也不着急吧？"

李云德惊笑道："说什么呢！"娟儿抹着打哈欠的泪花，注意到他的笑容凝固在脸上。他起身过来，没等娟儿回过神就攥住她的胳膊，把袖口往上一撸，冰凉的指头捏住她的手腕。

娟儿一惊，李云德轻快地放开她，直起身。他的表情没了平日的闲适，沉声问："你是不是有一阵没来月事了？"

娟儿先是脸热，接着浑身一凉。这阵子忙着忙着就忘了，如果不是李云德提起。

"我要是没看错，你肚子里的孩子快两个月了。我基本不会看错。"

娟儿呆呆地不作声，他又说："接生你姐最拿手，用不着怕。关键是看你想不想生下来。"

回到裁缝店的心墨看上去很疲倦，她拖了椅子坐到火盆跟前，连招呼也没打，只用眼瞅着李云德。娟儿注意到心墨的异样，但她说不出话。

三个人静了一阵，李云德清了清嗓子说："我先声明哦，不会错的。"

娟儿吃了一惊，以为他要说自己怀孕的事。只听李云德说："皓雪在华美旅社。"

华美旅社离天香大戏院只有两条横马路，三层楼的横长建筑，是一家规模不大设施良好的旅社。早先的住客多是在沪短期停留的生意人，也有些外埠的戏迷来看戏时在此落脚。日本人进驻后，不知出于怎样的因缘，那间旅社变成了日系一脉，出入的大多是日本人或相关人士，从前的熟客当然也就疏远了。

李云德说，皓雪在小年夜的公演结束后被接到华美旅社，这件事不算隐秘。有堵后台的戏迷做见证，而且皓雪的戏迷们不乏有身份的人，自有消息的来路。她如今在华美二楼的一个套间，和软禁也差不多。

原因？还不是交友不慎。说是她的一个朋友是匪谍，日本人明面上声称为了她的安全，真实的用意可能十分凶险。消息传来，爱看戏的小姐太太们都很不安，怕她们热爱的小生有什么不测。

“这事谁也使不上劲，只好等。”李云德的语气显得疏远。

李云德走后，心墨显得闷闷的，自顾自回了楼上。娟儿强打精神缝衣，直到天色转暗，关了店门。她做好晚饭，喊心墨下来吃，那边说不饿。娟儿也不饿，硬逼着自己吃了两碗饭。李云德关于她身子的那番话像有重量，压在胃上，与之比起来，皓雪的遭遇真是无关痛痒。洗过碗上楼，她看见心墨在写字，感到意外。限电的缘故，只点了油灯，心墨伏案的背影投在天花板上，巨大的一块。娟儿走过去站她身后，见心墨反反复复写的是同一个字，笔画繁复。娟儿跟着张汝民已经识了不少字，偏偏不认得这一个。这时她注意到，字纸旁边放着一张照片，是李云德带来的，裁缝店开业那天拍的。照片上是皓雪师徒、娟儿、心墨、李云德和张汝民。

看到照片上的张汝民，娟儿恍然想起上午的对话。这一天来了太多的消息，以至于她几乎忘了教堂里的秘密，还有自己对心墨的背叛。此时想起，不觉脚底发软，伸手撑住心墨旁边的桌沿，嘴里问："这是什么字？"

心墨没看刚写下的字，眼睛盯着照片。"你知道皓雪的本名吗？"

"知道。"皓雪名叫王三白，娟儿以为艺名好听得多。

心墨自顾自地接着说："她小时候多病，她爸爸是医生，也觉得这个女儿大概是养不大的，后来遇到一个出来化缘的女师父，不知怎么听了对方的话，把她送到姑子庙里，就当舍给菩萨了。师父给她取名三白，也没落发，养到十来岁，她出落得那么漂亮，带得附近的闲人有事没事进庙张望。常捐助庙里的戏班班主看中了她的资质，私下问她愿不愿学习，她知道师父不会同意，悄悄地跟着戏班跑了。班主觉得三白这名字不适合登台，给她改了名字叫皓雪，还让她跟着自己姓王。所以没有人晓得她真正的名字。"

"真正的名字？"娟儿听得呆了。

“她叫心碧。程心碧。碧绿的碧。这就是‘碧’字，一个王，一个白，一个石头的石。”心墨指着纸上的字，低声说，“她进庙的时候四岁，我当时一岁。她不记得我，可我知道她。我爸多年来一直在念叨她的事。爸临死的时候说，这一生他有三大遗憾。一是早年不屑于钻研妇科，没想到我妈死于难产；二是看错人结错亲，没让我有个好归宿；三就是我姐。庙里的师父怕我家断了供养，心碧离开快两年，那边才写信说起她去戏班的事，那时我爸已经病重，家里没有余力去找她回来。”

娟儿觉得自己像在听一出戏。离散姐妹这种事不是只有戏台上才会发生的吗？心墨和皓雪一点也不像。不，要说完全不像倒也不是。她们的身形几乎是一个尺码，女人少有的高身量宽平肩膀，娟儿作为裁缝是最清楚的。只是同样的骨骼姿态放在皓雪身上，显得帅气又妩媚，心墨则有股拙劲。

娟儿忍不住问：“皓雪她……她难道不知道自己姓程？”

“她去的时候太小，而且师父多半没提过她的身世。我也是认识她一段时间后才听说‘三白’这个名字。”偏偏是霍剑存告诉她的。就是那次吃他外甥的百日酒，他在一船的笑声酒气划拳声中低低地说起皓雪的身世。他说皓雪是个苦命的女子，并不像外人眼中的光鲜。说者无心，听者却已神思恍惚。来上海之初，心墨不是没动过寻找姐姐的念头，但人海茫茫无从找起，何况她有娟儿陪着。父亲提到姐姐，语气悲苦，以为大概混迹在哪处草台戏班，怎能想到程心碧成了王皓雪，上海数得出的角儿？

自那以后，心墨对皓雪愈加纵容，远超戏迷对演员，乃至朋友对朋友。有时候她也觉得怪异，不知道离自己更近的，究竟是卸了戏妆坐在饭桌边牌局前的皓雪，还是在台上轻摇折扇风流倜傥的皓雪。两者似乎一样远。二十多年的间隔让她们除了血缘再无其他联系。皓雪是出了名地爱玩好胜，总要周围人都顺着，她才称意。再加上那么点小虚荣和倔强，颇难伺候。而心墨对这样的皓雪从无二话，以至于住在一起姐妹般的娟儿对皓雪总有些类似醋意的不甘。

如今皓雪被日本人关在华美，心墨反反复复写那个“碧”字，娟儿看得又是迷惑又是害怕。娟儿想，心墨这是发了什么魔怔？她要是知道教堂里的东西没了，还不疯癫得更厉害？

“你别太担心了。那么多人记挂着她呢，会没事的，她吉人天相。”娟儿干巴巴地说。好在心墨没有提出让她找赵青松帮忙。想到赵青松，她简直快疯了，肚子里的孩子该怎么办呢？

赵青松从来没说过会娶她，娟儿也不指望做书店老板娘。她有自己的铺子和手艺，再说还有心墨。事到如今她才发现，这些时日，自己对心墨由陌生到熟悉，再由亲近到疏离，然而一旦真有个什么，她愿意指望的，仍是心墨。

她也知道心墨这会儿顾不上她。人家是姐妹亲，她呢？说到底还是外人。

这一晚，两人没有一起泡脚，简单洗漱后各怀心事睡下了。

娟儿醒来时，天已大亮，她缝制的蓝白条土布窗帘遮住了大部分的光线，只把一层柔光滤进屋子。她没有立即起身，平躺着摸了摸肚子。小腹平坦如昨，但李云德的诊断总不会错。

大床的外侧空着，心墨的被子叠得整齐。娟儿仰躺着看了会儿天花板，又扭头看远处的八仙桌、近处的乌木雕花梳妆台。她忽然觉得屋子又大又空。

开店后有几位客人来取衣服，一个姑娘嫌胳肢窝紧，临时拆了放开一截。午饭后，娟儿数了数剩下的活儿，确认自己只要加把劲，最多明天就可以把年前要交的做完。她在缝纫机前踩了一会儿，又挪到火盆边做盘扣。扣子是全手工，最要细致的。今天没太阳，下午四点就暗得如同黄昏，娟儿觉得这一天的时间走得很不匀称，像一行松松紧紧的针脚。她揉了揉一直低着而发酸的头颈，环顾四周，这才注意到一件事。

墙上那件紫色镶毛旗袍不见了。

娟儿的第一反应是遭了贼，接着想起，贼不会只拿一件衣裳。莫非是心墨？她拿皓雪的衣服做什么？娟儿怔怔地捏着缝到一半的盘扣，感觉很糟。

弄堂那头传来悲声，是在娟儿正准备落下门板打烊的时候。

娟儿穿过店铺后门往弄堂口走，只见那头乌压压堵满了人。一个女人凄厉的哭声透过嗡嗡的人声传来。她抓着外围的一个人问，怎么了？那人答，张家老大死了。

死了？

娟儿的心大力一跳。昨天还兴冲冲跑来找她的人，怎么说没就没了？她用力拨开人群挤进去，看见伏在草席上恸哭的张家妈妈。张汝民的弟弟张汝刚僵立在旁边，低着头。草席的一端露着两只脚，只有一只穿了皮鞋，另一只光着。脚上的皮肤是洋蜡烛一样的惨白。

她捂住嘴，拼命压住恶心。往后退时，人群从身后形成一堵过不去的墙。

娟儿在人圈的内侧蹲下身子，开始呕吐。

肚子痛是在回家后没多久的事。不祥的疼痛伴随着一阵阵的恶心，整个人仿佛从上到下被内里划了一刀。娟儿躺在二楼的床上冒着冷汗，觉得自己快要死了。她感觉到生命的流逝，不仅是她自己的，还有腹中那个和她血肉相连的孩子的。

疼痛到早上稍微轻减，娟儿勉力下床，把带血的裤子换过。她简直不能相信，昨天才知道有了孩子，今天这孩子多半就保不住了。她整夜没合眼，一闭眼就看到死人白生生的脚。

一定是他去卖那些药出的事。都怪我。如果不是我和他说……

她想喝水，然而没力气去老虎灶打热水，又不敢喝凉的。最后躺回床上，瞪眼看着天花板。脑海中闪过纷乱的人影，心墨坐在床沿边泡脚边念书，皓雪笑起来长眉微皱，赵青松拈起酒杯心事重重，李云德梳得光亮的头……张汝民递过来的油纸包里是热乎乎的油墩子……

她不知道自己是什么时候睡着的。醒来时屋里晦暗如暮，眼前有道阴影，过了会儿才分辨出那是个人。她张了张嘴想喊，喉咙干涩，挤出一阵怪声。那人闻声过来扶起她，把杯子凑到她嘴边。水是温热的。她大口吞咽下去。喝完一整杯水，她又被扶着躺倒。她认出对方是李云德，满腹的话沉淀下来，既不想开口，也不愿思考。

“下雪了。”李云德说。

怪不得那么暗。娟儿蒙眬地想。

“我给你开了药，回头让人送来。”他顿一顿又说，“你是受了惊吓导致流产。你年纪轻，将来还能怀孕，现在要紧的是好好休养。”

娟儿半闭着眼不吭声。李云德窸窸窣窣地拨弄着什么，那是心墨留在桌上的纸，写满了“碧”字。娟儿没有力气告诉他那些字代表了什么。就让心墨自己解释她的秘密吧。

如果心墨还能回来的话。

娟儿在白利南路的房子里独自过了第一个春节。她没有杀养在厨房门口的母鸡，蒸了一截咸青鱼炒了两个鸡蛋，算是年夜饭。天气冷，她在楼上吃饭时关了房门，敞着楼下厨房门。隔着零星的鞭炮声，娟儿一直竖着耳朵听外面的动静。好几次她以为听见楼梯响，都是错觉。吃完饭下楼洗了碗，把炉子上煎的中药端下来。倒进碗里的药汤很快变得温暾，娟儿咕嘟嘟喝下去，打了一个混着药味和咸鱼味的嗝。重新上楼的时候，她在楼梯半中间停下，一只手举着油灯，像在聆听什么，又像在注视只属于她的幻影。

李云德再到裁缝店来，是在元宵节过后。

他一直打理得妥帖的小胡子剃掉了，乍一看好像变了个人。他坐下来先给娟儿把脉，仿佛仅仅是来出诊的。李云德说脉象还算平稳，没大碍了。娟儿听了没有表情，既不像松了口气，也不像难过。

李云德问：“年后新开张忙不忙？”

“不忙。李医生呢，医院还没开门？”

李云德拿起脱在桌上的皮手套，捏在手里。“我的医院要关了。不晓得你听说没有……”

他说到一半，忽然抽动鼻子哭了起来。娟儿几乎以为他会拿手套当帕子擦眼泪。长大衣皮鞋派头十足的男人就这么坐在临街的店里哭，外面经过的人不免探头探脑。娟儿咬着唇不响。李云德哭着哭着止住了，扔下手套，掏出手绢用力擤鼻子。

娟儿终于开口道：“李医生，你可能也知道，我姐不是一般人。”

李云德红着眼眶看她，她又说：“算命先生也没有我姐灵啊。第二天下不下雨，哪里卖平价米，她都晓得。就连这房子，也是她知道人家急着卖房跑路，三文不值两钿拿下来的。要按我们老家的讲法，她是开了天眼的。你懂我的意思吗？”

说话间，她看到李云德软弱的表情被怀疑替代。他瞪着她，像是她脸上有什么他从来没发现的稀奇事物。

“那是迷信。”

“迷不迷信，只看你信不信。你知道我姐为什么认我这个妹妹吗？非亲非故的。”

“你们是邻居……”

娟儿打断他：“邻居多的是，个个都认亲，哪里认得过来。”

“你到底想说什么？”

“我和我姐是一样的。”

李云德的神色愈发古怪。要和一个当医生的解释这些很难，但娟儿也并不打算真的说服他。有些事情不可说，因为偏离了人们日常熟悉和相信的范畴。娟儿从小就学会了不把预兆说出口，甚至看见了也当作没看见。

被心墨从日本人的轰炸中救下来的那天，她本来是打算寻死的。

起因是很小的事，现在都记不清了。总之和大弟有些口角，姆妈偏袒儿子，娟儿就怀了满腹的委屈。空袭警报响起，她像往常一样带着大弟往水库走，眼前忽然闪过爆炸的飞沙走石。震惊过后，没咽下的一口气涌上来，娟儿想，你们不是说我在家也只是多一张嘴吃饭吗，那我就死给你们看！她转身对大弟说，你别跟着我，你去找爸。大弟回她一句，讲好了分头走的，你忘了？她不再言语，心想，是你要跟来的，别怪我。

等到和邻居家的小寡妇心墨站在轰炸后的大坑边上，娟儿这才对自己钻牛角尖感到后怕。听到心墨说要去上海，她震惊地抬头，线条坚定的下巴闪入眼帘，然后是心墨脸上的血。未来清晰地铺陈开来。她看见自己和心墨在一张八仙桌的两侧坐着，心墨在写毛笔字，她手里有针线。窗外隔着马路是对面人家的屋顶，奇特的是屋顶上竖着一扇小小的窗户，绍兴乡下没有这种样式。她将会知道那叫作老虎窗，据说是洋名的谐音。要等到两年后她才会搬进看得见对街老虎窗的房间，而此刻，未来是一个念想、一种可能。

娟儿凭经验知道，看见的事有可能发生，也有可能不发生。人世充满变数。

当晚她敲响心墨的后窗，吞吞吐吐地说，我也想去上海。心墨沉吟不语，她急了，说出自己看见的预兆。心墨从窗口探出胳膊，拢住娟儿的脸庞，月光洒下来，少女的脸几乎是透明的，那上面是坚决的神色。

你和我一样呢，心墨说，看得到别人看不见的。要是我告诉你我看到了什么，你大概就不会想去了。

她拍了拍娟儿的脸，放开她。娟儿回了家，一颗心跳得厉害。她很想问心墨“看”到了什么，最终还是生生忍住，为那句“你大概就不会想去了”。

我和我姐是一样的。李云德听完娟儿的这番话便匆忙离去，大概把她当成了神经病。娟儿呆坐着。有多少事是她看到却无力改变的？又有多少事在她的预见范围之外发生？她和心墨从来没有就各自看到的预兆做过交流，只有一次例外。

就是在心墨告诉她皓雪身世的那天夜里。她躺在心墨身边，怎么也睡不着，忍不住说："你写的那个字……是皓雪，她，她跳下来……你别去找她，没用的。"

一个王，一个白，一个石。三个字幻化成从窗口纵身而下的皓雪，跳下之后是什么呢？是死路还是活路？娟儿恨自己，这种不明不白的一闪念，没有更好。就像她从来没有看到过赵青松和自己的将来，索性闭着眼走到底，即便前面无路可走。

"你看到皓雪跳下来？"心墨轻声说，"我这次什么也看不到。"隔了片刻又说，"要是我回不来，要是……有人来找我，问起让我保管的东西，你就让人去五角场那间闹鬼的教堂找。"

娟儿默然。所以心墨还不知道她藏在那里的东西被人拿走了。

结果还真有人找上门来，在李云德来哭过之后几天。

那是个戴眼镜的男人，毛呢大衣的袖口磨损得厉害。他在店里兜了一圈看料子，娟儿觉得不像主顾，也懒得招呼，嘎噔嘎噔踩缝纫机。二手的机器这几天有少许发涩，娟儿想是不是该上油了。刚开张那会儿张汝民帮她弄过一次。想到张家老大，她的胃又开始往上顶。

男人趋近前来，低声说："我是程小姐的朋友。"

娟儿头也不抬："她不在。"

"我知道……"男人的声音更低，"她出事了。"

娟儿的手指随着布料滑到针尖底下，指尖沁出一串血珠。她含住手指，血腥味在嘴里弥漫开。男人简短仓促地说着，她听在耳朵里，却仿佛很遥远。

心墨死在华美旅社的后巷。旁边有守卫的尸体。事后推想，应该是心墨杀了守卫（作为一个女人很让人吃惊，但讲述这件事的男人的口吻平常），然后在那里等皓雪从二楼窗户跳下来。她死于直贯额头的枪伤，可能是其他守卫发现了后巷的动静。

心墨一死，乐和医院首先成了被牵连的对象。对医院的搜查结果是发现了大量的违禁药品，李云德因此被羁押了两天，交了一大笔保释金才得以出来。他本来会被扣一顶私通匪徒的帽子，但李医生毕竟是交游广的人，足以自保。

娟儿想，原来李云德那天哭的不是心墨，是他的医院。早知道也不和他说那么多了。

“我们一直在看有没有人来找你。很奇怪，他们明明知道程小姐和你住在这里，却一直没有人来。后来我想，可能还是青松书店的赵老板在背后发了话。”

赵青松？流血的手指从娟儿嘴里滑出来，又渗出一些血，这次颜色浅淡得多。

“程小姐的事，我也很遗憾。”男人继续说，“我知道现在提这个不合适，但事关重大……你有没有听她说起过，有人托她保管的东西？”

娟儿冷淡地回答："听起来你和我姐周围的人很熟，你为什么不去问李医生？或者问皓雪。"

报纸上已经登出皓雪将在元宵节上演新戏的消息。这次换了戏院和班子，据说会是"华丽舞台俊美小生"。以娟儿目前认得的字，能把那条加了粗框和花边的广告看个大概。就算不识字，消息也会随风传来。都说皓雪现在是日本人出钱支持的。

心墨就不该自己傻乎乎地跑去，还以为是救人家。

即便凡事早有预见，也未必就能做到万全。娟儿在搬进这座房子的时候就该知道的，她会一个人住到房子开始衰颓漏雨。目睹张汝民尸体的那一刻，随着恶心涌上来的还有对心墨死亡的预感。是的，心墨那个时候还没有死。要到那天夜里，心墨才会徘徊在华美旅社的后巷，往二楼窗户扔小石头，喊着皓雪的名字。窗帘被拉开，皓雪的影子在窗后一闪。窗开了，这一次却不是皓雪，而是一个男人。他居高临下地举起拿枪的手。

娟儿在看热闹的弄堂居民中间呕吐，不是因为横陈眼前的张汝民的死，而是因为心墨即将面临的命运闯入她的脑海。

程心碧。"碧"字分开来是王、白、石。皓雪又叫王三白，她跳下窗户跌在石子路面上的幻影会不会发生呢？会有一重未来对应那个预兆吗？娟儿无力多想。人活着要紧的是先顾自己，像心墨那样顾着别人，结果是丢了性命。亲姐妹又怎样？

来人不可能知道娟儿内心的愤懑，听到她的质问，他迟疑着说："你如果不知道就算了。"说完放下一个信封，出了店门。娟儿等了一阵才拿起信封，打开来看，里面是钞票。她隔天用那些钱买了煤油和米。既然心墨不会再回来，日子更要节约着过。

那是娟儿第一次看见这个姓霍的男人。等她再看见他，隔了差不多十年，他作为长宁区领导给后马路的小学剪彩。娟儿在人群中没有上前打招呼。她不知道风头正健的戏曲演员于文华成了霍区长的妻子，就像她不知道经过若干年的动荡，曾经存在于她生命中的每个人去了哪里。她和赵青松的关系早在一九四三年就断了，心墨死后赵一直没再出现，他甚至不知道他们之间有过一个孩子。李云德也没再出现，大概被她的预言吓坏了。

那个大年初一，坐在娟儿裁缝铺里的李云德听到那句"我和我姐是一样的"，心头不解，脸上不信，却听娟儿接着说："上次你救了我，我没什么可以给你作为谢礼的。送你一句话。不要随便给自己打针。会死人的。"

也许李云德终究会像她看见的预兆，给自己打完一针就陷入再也醒不过来的沉睡。在她的视线中，他濒死的脸和最后见面时一样年轻。娟儿几乎要羡慕那么轻易的解脱，她还有好长好长的日子要过。她好多次都觉得日子太难，恨不得自己早年没有被心墨救过。钞票贬值那几年没人做新衣，裁缝铺开不下去，她把一楼盘给别人开南货店，靠租金和偶尔帮人做点针线活，勉强度日。四九年后，街道工厂找她去上班，她去了几天不习惯，又回家待着。卖房子给她们的蒋松的老婆把远房侄子过继过来，这时孩子大了，蒋太太翻脸不承认当年的房契，硬说是和程心墨签的，和她吴素娟没关系，要撵她走。街道的头头说，现在是新社会了，怎么还搞这些名堂，难道要把人赶大街上去？最终，蒋家强硬地占据了一楼的大部分和二楼的一半，原来的厨房缩到不能再小，通往二楼的楼梯也没了，娟儿潦草地买了架梯子搭在那里，虽然不便，就像她生活中其他不遂心的事，日子久了也就习惯了。

娟儿想，要是心墨在就好了。心墨肯定能风风火火地适应时代的激流，无论是当护士、医生还是其他。她时常盼着扶梯上响起心墨特有的脚步声，即便她曾在似真似幻的预兆中目睹了心墨的死亡。

日子过得平稳、琐碎、缺乏快乐。娟儿开始变得怀旧。她怀念有心墨在家的日子，虽然她从未真正了解过心墨。她也怀念日本人闯进共同租界的那天，她和赵青松躲在书店的短暂温馨。她甚至偶尔怀念皓雪、文华和李云德，这些隔着心墨和她相熟的人。在漫长单调的日子里，有一个预兆不时出现，荒诞得不同于她有过的其他预见，却莫名地给她某种期盼。

她看见自己带着一个男孩，走在街上。后马路热闹依旧，有些店铺是她从未见过的。路口迎面走过来一个英俊的中年男人，两道浓眉如此熟悉，让娟儿几乎惊叫出声。是张汝民？不，那是他弟弟张汝刚。不，也不对，男人走近后喊了她一声“吴阿姨”。娟儿吃惊地低头问身旁的男孩：“他刚才喊我什么？”

男孩困惑地说：“姨婆，张方敏爸爸喊你吴阿姨呀。”

姨婆？娟儿望向自己牵着男孩的手，手背起皱带斑，关节粗得认不出，这是她的手？她再问：“你叫什么名字？”

男孩皱起眉：“姨婆你今天好奇怪。我叫程勉，你取的名字。”

WINTER

空寂之城

2000—2001

都二十一世纪了，姨婆还在用火盆取暖。

搬出去半年，周末从租的房子回来看姨婆，程勉不无惊异地意识到，弄堂是多么逼仄。家家户户把杂物经年累月地堆在外面，借此增加本来有限的室内空间。九号的房门对面是用砖码成的一个小仓，比狗窝大不了多少，顶上盖着油毛毡，里面是一摞摞形如大号螺母的中空煤块。姨婆用火钳把两三块煤穿成一串，提上楼。黑色的煤在火盆的灰堆里渐渐醒来，像怪兽微睁的红眼。老房子的窗户不严实，冷空气从窗缝往里蹿，坐在火盆边才有几分暖意。姨婆腿上搭着碎花布滚白边的小棉被，膝头放着一本不知从哪儿借来的书。连着两个周末都是《射雕英雄传》的第三本，姨婆看书的速度像程勉那台缓存不够的笔记本电脑。他很怕她看着书烤着火睡着了，万一棉被滑进火盆怎么办？

“我帮你买个油汀吧。”程勉说。

“不要。”姨婆说，“十号有一只，热起来慢吞吞，烤得人喉咙疼，哪有火盆适意。”她过了一会儿又说：“你工作忙吗？”

“还好。”程勉撒谎道。

他每天累得沾枕头就能睡着，闹钟响三遍还不愿睁眼。写文案，和设计师沟通（你怎么没按郑总的要求？这里这里），联系喷绘，努力记住流水般换人的销售员。名片上的头衔听着响亮，运营总监，说白了无非打杂的。郑总很少出现在办公室，可是当程勉每天第一个到公司，桌上总有一份字迹潦草的备忘录，交代各种事宜。简直就像办公室里住了狐仙似的。时间长了，程勉终于摸清郑总的作息：他四点就起床，先洗车。郑总说这是最好的运动，可以边洗边琢磨工作，规划人生。程勉猜他是舍不得洗车钱。之后郑总开车到办公室，边喝茶边给程勉写备忘。郑总嗜甜，喝红茶总要加两勺白糖。不止一位销售在离职前诅咒他得糖尿病。四十出头的郑总身上暂时看不到血糖过剩的痕迹，又浓又甜的饮料全都化作了动力，让他风风火火来去无踪。程勉到公司的时候，总经理办公室已不见人影，只有清洗干净仍带着水汽的杯子证明，早间这里曾发生过剧烈的思想活动。

这间广告公司和另一家做贸易的公司在商住楼里共享三室两厅，广告公司职员们的办公桌在原本是客厅的位置，郑总占用一个单间，与客厅打通的餐厅和另外两间属于邻居。设计师是兼职的，销售们整日在外跑，平常只有程勉和坐在对面的文员女孩留守。人员流动太频繁，程勉分不清在任的销售和业已离职的。他们都有晒黑的肤色，斜挎的皮包或尼龙包，布满尘埃并起皱的皮鞋。

销售们的任务是推销广告牌，竖立在高速公路边的巨大平面。广告牌不属于郑总，拥有它们的是更具规模和资本的公司。这是个大鱼放小鱼出去为自己觅食的年代。一块牌子一年十几万，只要卖出去，郑总的公司能拿到两成的费用，销售分到其中的四分之一。用郑总的话说，我待你们不薄啊。

销售是没有底薪的。卖不出牌子，就得喝西北风。

郑总还有其他的财路。不知从哪儿接来的广告拉页、某国企的内刊，甚至还有餐馆的菜单设计。他只管接单，实施都落在程勉的肩上。也就是说，从撰写广告词、修改内刊作者不上台面的文章，到改菜单的错别字，当然也包括对设计师的阐释、催促、低声下气、指责和再次低声下气。

文员女孩入职至今两年，是公司资历最长的。她不无同情地对程勉说："郑总找到你，可真是额骨头高呢。"上海话"撞大运"的意思。程勉笑笑不接话。

程勉对自己的生活并无不满。两年前的秋天，他经历了一个朋友的死。比他小两岁的邻居男孩，名叫小辉。

小辉的死像一道看不见的界线，把程勉的生活一分为二。界线的那边是一团混沌，工作的不如意、成功的渺茫、失恋、百无聊赖、无可诉说的孤寂，如果那就是青春，只能说他的青春狼狈不堪。

界线的这边是另一个他。

偶尔会梦见小辉。总是同一个梦。

地点似乎是桌球室，光线蒙蒙的看不分明。小辉叼着烟，利落地击出白球，彩球应声入袋，白球在洞口停住了。小辉直起腰，掸落烟灰，转头说了句什么。

什么？程勉问。

小辉的嘴巴再次翕动，没有声音。程勉不觉走过去问，什么？

当距离拉近到一米，只见小辉突然弯下腰，用没拿烟的左手捂住肚子。黑色的液体在小辉的腹部晕开，滴滴答答顺着指缝流下。程勉惊惧地大叫，却发现自己喊不出声。声带徒劳地撕扯空气，叫声化作体内的震动，让五脏六腑一阵抽搐。

每当从噩梦中醒来，程勉总要过一段时间才能搞清楚自己置身的场所。他在租来的房子里，锦江乐园附近的新式公房。一楼的一室半。单人床左侧不远，落地玻璃窗外是水泥地后院，床贴着右边的墙，半夜里听得见水管的落水声。他拧亮台灯，正好看见一只小壁虎匆忙经过天花板的阴影。简直像幻觉。程勉以前不知道城市住宅能看见壁虎，大概是一楼的缘故，后院围墙外就是小区的绿化带。

他平躺着等待体内的颤动过去。噩梦过后往往如此。那是一种奔跑和叫嚷的欲望，是扯破平静的渴念，是毁灭的冲动。在外面的世界，他小心地把没有出口的情绪隐藏起来，努力活得像个正常人。他不记得自己从什么时候起变成了这样。是从前女友离开就发生了转变，还是单单因为小辉的死？也许是所有已发生的事的叠加。而姨婆洞若观火的目光更让他浑身烦躁。

两年前从商场辞职后，他在家待了大半年，去年五月进了郑总的公司。转正后，他租了房子，开始独立生活。无论多忙、多像个打杂的，这份说高不高说低不低的月薪让他逃离姨婆的注视，拥有自己的空间，用漂亮的说法是独立，说难听点，他终于翅膀硬了。

程勉每天早上坐一号线到陕西南路，出站沿着淮海路朝东走，再往南拐到瑞金二路上，过两个红绿灯便是公司。这条路线经过若干著名的商厦，九海百盛、二百永新、华联商厦。他上班的时候商场还没开，下班回去的途中，隔着冬季垂在商场门口的塑胶帘，能感觉到里面的明亮、温暖与恒定不动。季节轮换，产品更迭，时尚周而复始，不变的是总有人买和卖，买卖的空间一直被塑造成那么亮堂、那么惬意的温度。算上实习，他在商场里站了两年多的柜台，不上班的时间就画漫画。曾以为这样的日子会永远持续下去，就好像他过去从未想过离开姨婆，离开住了二十多年的弄堂老房子。

他知道弄堂邻居们对他的离开有微词。周末回去时，二号的老太仿佛是候在弄堂口似的拉住他，以谆谆教诲的语气说，你姨婆再麻利，也是快八十岁的人了，你平日里不在，万一有什么事呢？程勉梗着脖子不响，心想，我住在家里，白天也是要上班的呀。他也考虑过托左邻右舍照应姨婆，但和姨婆要好的只有十号老太。那家的儿媳今年夏天生了孙子，一家人宝贝得什么似的，无暇他顾。另一个相熟的是斜对门的黄阿姨，也就是小辉的妈，她看上去像是熬过了丧子之痛，依旧爱打扮，和相好也没断。程勉不好去托她，因为小辉死于一场本可避免的意外，程勉总觉得自己脱不了干系。

程勉一向觉得弄堂生活缺乏隐私，人与人之间有着过多的牵绊，真的横下心离开，再回望，他诧异地发现，到头来谁都是在过自家的日子，和旁人不搭界。

周末两天，一天回弄堂看姨婆，另一天简单打扫屋子，洗攒了一周的衣服，然后去图书馆。从锦江乐园坐五站就是衡山路，再从那里走到上图总馆。程勉不在一楼的阅览室和外借室逗留，他从目录大厅沿着旋转楼梯上去，到四楼的外文报刊期刊阅览室。夹在腋下的透明文件袋里是A4画图纸、铅笔和橡皮，另一只手上是带盖的塑料杯。

程勉选择这间期刊阅览室作为画室，是因为有暖气和书桌，而且没人管。偶尔有学者模样的中年男子捧着一摞外文杂志，经过他身旁时投来探究的眼神，仅止于此。图书馆禁止喧哗，禁止吃东西。没有哪条规定说不能画画。他每次离开前都会把桌上的橡皮屑拢在一起扔掉，算得上模范“读者”。

在图书馆画的素描基本是写实的风格，像一帧帧黑白照片。横跨弄堂半空晾晒的衣服，小心翼翼走过瓦片屋顶的猫，煎油墩子的老妇人的手和油锅，姨婆在桌前写毛笔字的背影，等着过马路的年轻女孩。程勉笔下的人物要么是局部要么是远景，没有一个从纸上凝视画者。

他已经抛弃了漫画理想，然而若不画点什么，似乎难以维持自身的平衡。尤其是周一到周五都被琐碎耗尽，画画更像是一种自我治愈，或是和世界沟通的方式。程勉没有相机，所有绘画素材源自视觉和记忆，凭借画漫画处理背景的功底，他很少停笔思索。

遇到那个女孩就是在这样一个画画的周日，在微暗的阅览室。四楼的照明不像底下的楼层那样充沛，阴影从日光灯的间隙溜过来，落在女孩的半侧面。她坐在和程勉隔一条走道的书桌前，一手支腮，像在看书，其实已睡了半个多小时。程勉也已经对着她画了二十多分钟。不是漂亮的女孩，没扎紧的黑发落在白毛衣上，构成清纯的意象。鼻子线条柔和，嘴唇很薄。程勉暗自祈祷她别醒。在图书馆画了十来个周末，这还是头一回照着活人画画。从前画漫画时，为了解决人物的姿态和衣服的褶皱，有时会让女友杨杰当模特。和小辉要好的后街的王琦也让他画过。那些午后的速写大概还在姨婆的屋里，连同一堆用剩的网点纸、蘸水笔。搁浅的梦想和未遂的恋爱。青春的残留物。

程勉停止对往事的回顾，用橡皮小心地擦出女孩面颊上的高光，又用铅笔把下巴的弧线描深。接下来只剩下细微的修正，他不再抬头看她。

差不多画完的时候，他发现女孩不见了。大概去了洗手间。他环顾左右，起身到女孩桌前看她摊开的杂志。是日语。竖排的汉字当中夹杂着无法辨认的古怪笔画。他回到桌前开始起草另一张画，刚才完成的压在文件袋底下。他的耳朵紧绷，期待听到脚步声。奇怪的是过了许久女孩也没回来，桌上的水杯和 Snoopy 笔袋仿佛被遗弃了。

程勉渐渐觉得自己的等待显得猥琐，便收拾东西离开。

平安夜那天，他难得去了酒吧。上回去酒吧还是小辉活着的时候。二十四号正好是周日，从图书馆出来不想回家，一路晃悠到茂名南路。最近两个礼拜他都带着画了那个女孩的画去图书馆，也不是想着要交给她，但她一直没出现，他多少感到失落。

茂名南路挨着瑞金宾馆的一小段挤满了酒吧，程勉随便挑了一家走进去。也许是到得太早的缘故，里面只有稀稀落落几个人。有点饿了，他研究餐牌，点了炸薯条和香肠，配杰克丹尼威士忌加冰。店里空调开得暖，没等他吃完，酒里的冰化尽了，喝起来颇为寡淡。也可能因为他习惯了小辉额外加量的酒。这间店的酒保是个高个子女人，紧身长袖黑T恤勾勒出男人一样的宽肩。她擦杯子的专注程度让吧台边的程勉莫名安心。

一杯喝完，他犹豫着是再坐会儿还是离开。人流随着暮色涌进来，说话声渐渐盖过店里放的爵士乐。窗户上的喷雪在灯下泛着微光。一群戴着圣诞帽的年轻女生从门外嬉笑走过两三次，像是一直难以决定该进哪家店。

女酒保隔着吧台对程勉说："再来一杯?"这倒省得为难了，他点头说："这次不加冰。"

不加冰的酒总算喝着有点劲道。热意上来，他脱掉套头毛衣和外套搁在吧椅靠背上，只穿件衬衫。有人经过身后，碰掉了衣服，他蹲下去捡，对方也边说抱歉边往地上蹲。两个人各捡了一件衣服，站起来都是一怔。那是个高挑的女孩，顶着一头泡面般的卷发。

女孩先反应过来："你是……小辉的朋友。"

"嗯，你是那个搞音乐的人的朋友。"程勉不知该不该说"女朋友"，自动省了一个字。他记得当时在酒吧驻唱的是个花心男，小辉还曾为此打抱不平。女孩叫什么来着？记忆在这一刻满是缺口。

“华佩。”女孩大大方方地伸手过来，他握了一下：“程勉。”

“我有朋友在楼上，你要不要一起？”

没有拒绝的理由，于是他带着衣服和酒上楼。华佩帮他拿着包。二楼的一角，摆成L形的两张沙发上坐了好几名男女。华佩拖了张椅子到边上，介绍说是她的同事。程勉这才知道她在一家IT行业的日企工作，做资料翻译。

“所以你是日语系的？”程勉略感震惊，莫名地想起图书馆女孩。他记忆中的华佩定格在那个夏天，总是一副波希米亚的打扮，长裙子长耳环，和女白领的形象相差甚远。

“对啊，我是上外的。”华佩卸掉长羽绒服，里面是低领毛衣。泡面头遮住了耳朵，看不出有没有戴长耳环。微暗的灯下，她的脸上有青春痘肆虐过的痕迹，程勉终于想起，哦，她以前叫豆豆。

现在的她看起来和那时候不一样。豆豆，华佩。究竟是不同的名字带来迥异的印象，还是她本身变得成熟了呢？

如果程勉知道华佩的酒品那么差，他就不会在一开始接受她的邀约上楼喝酒。“如果”仅仅是如果。华佩毕竟是和逝去的夏天有所联系的存在，那个夏天对他们各有重大的意义。从彼此认出的那一刻起，她的身体便有了朝醉意发展的趋势。势不可当。

也可能游戏成了催化剂。程勉第一次玩所谓“真心话大冒险”的游戏。华佩的同事一男三女，加上他俩，共六个人。他们从楼下吧台借了骰子，摇点数定输赢，点数大的人是赢家，向点数最少的输家给出惩罚，输的人可以选择“真心话”或“大冒险”。程勉一上来便赢了一次，他不知该拿什么问题问几乎是陌生的华佩的女同事，好在对方选了大冒险。

程勉想了想说：“去楼下抱一下酒保。”

女孩惊笑。男同事立即说：“喂，酒保是女的，哪里算冒险？”女孩这才欢快地起身下楼，男同事跟过去说要监督。他们下楼好一会儿不见回来，程勉和其余几人聊天，得知坐在这里的除了华佩都是做技术的，时代的宠儿，IT高手。用不着听三个女人八卦，他早就看出下楼的一男一女有微妙的牵引。那两人在一个项目组，女的是组长，学历和能力都强过对方。华佩笑嘻嘻地问：“你觉得他俩合适吗？”他答：“别人怎么想无所谓吧，自己觉得好就行了。”

华佩看了他一眼，喝一口酒。

女孩们很快商定，如果下次输的是男同事，就要他从实招来。程勉不想掺和。等到那两位上楼，女孩眉飞色舞地端着果盘，说是酒保送的。一群人吃着水果开始新的一局，赢的是华佩，输的是程勉。

有了前车之鉴，程勉想万一要自己下去抱酒保就糟了，赶紧选了真心话。华佩似笑非笑地盯着他，等待显得漫长。

“你有女朋友吗?”

“没有。”程勉松了口气。

后来才发现那是华佩对他手下留情。女孩们看来经常玩这个游戏，问题相当重口，也不管旁边有两个大男人在。步步紧逼之下，不想答便只能喝酒。男同事幸运地一直没输，逃过了直面诘问的窘境。华佩手气不好，很快喝下两杯螺丝起子。她是那种面不改色的酒徒，所以要等到她彻底喝醉，周围的人才滞后地发现不对。

最初的征兆模糊得像是清晨日出前发亮的微云。华佩又输了一回，这次她没喝酒，几乎是字斟句酌地回答提问者险恶的问题。

“在这里是不是有人让你动心呀?”刚才下楼抱过酒保的女孩问。

程勉想，这就叫先下手为强吧。

“这里?”华佩反问。

“喂，不要问问题，yes or no ?”另一个女同事帮腔。

“我只是想弄清楚…… 概念。”华佩撩一下蜷曲的头发。程勉觉得看到了长耳坠的闪光。她问:“你指我们坐的这个角落，还是…… 整间酒吧?”

提问者说:“就整间酒吧好了。”

有什么闪过程勉的脑海，模糊而不成形的。没等他将猜疑具象化，华佩吐出一个“是”字。程勉条件反射地环顾四周，以为会看到华佩的前男友。举目望去都是人，太暗了，无从分辨。二楼早已坐满，有几伙人举着小瓶啤酒站在房间的那头。背景音乐被谈话声盖住，空调的暖风混合了酒气、香水味和无形的欲望，显得滞重。

程勉起身把旁边的窗户开了一条缝，让冷空气流进来。他不会想到，骤然的新鲜空气反而加快了酒精涌进华佩血管的速度。

隔了一局，华佩的骰子数又是最低的。奇迹般的“两点”女郎。程勉暗自决定，要是她们再问难堪的问题，他就替她喝酒。

但这次她难得选了大冒险。

赢家是男同事，他仿佛迫不及待地扔出条件——亲一下你觉得动心的那个人。

华佩慢悠悠站起身。程勉想，所以她的前男友确实在这间酒吧？如果不在二楼，就在一楼。

程勉坐在最外面单独的椅子上，两个女孩隔着茶几的长端坐在他对面，侧面的长沙发坐了华佩和那对“有情况”的男女。前面那俩人下楼的空当，华佩移到了最里面，靠着沙发扶手，和程勉是遥远的斜角。

他沉浸于猜测和回忆，以至于没注意到她穿过那对男女和茶几之间的空隙，在他跟前站定。她朝他弯下腰，酒气扑鼻而来。比她的嘴唇更先接触到他的，是蜷曲的头发。下一刻，他发现自己淹没在发丝让人窒息的包围中，接着是一个柔软的吻，几乎可以说是纯洁无邪的。那个吻停留的时间比他所能预期的要久。他这时终于发现，她醉了，醉得定格在弯腰吻他的瞬间。

他条件反射地伸手扶住她的腰。隔着毛衣感觉到柔软的温煦。她顺势——或者该说顺着醉意——倒在他怀里，害得他差点连人带扶手椅栽个跟头。好不容易稳住两人一椅，程勉抱着这时已不省人事的华佩，对那头满脸愕然的四个人说："你们谁送她回家？"

多年以后程勉仍将记得千禧年的那个平安夜，他陪着喝醉的华佩在深夜的公交车上。这份差事是华佩的同事们推给他的，而他不善于拒绝。从酒吧出来，他才惊异地发现茂名南路上挤满了人，热闹程度堪比过年的城隍庙。仿佛连冬日的寒气也被人们的体温驱散了一些。这情形当然打不到车。

华佩的醉意像潮水，时起时落。她是自己走到公交车站的，虽然需要搀扶。车站和酒吧街一样，不合时间地站满了年轻男女，有个女孩捧着一大把玫瑰——想必是红色，对程勉来说那是无法界定的暗色，如同夜色本身一样神秘。他想起，最后还是忘了确认华佩的前男友是否在那间酒吧。

车来了，他护着华佩挤上去。她抓着扶手，微低着头，卷发遮住了她的侧脸。程勉不思不想地看着车窗外，直到坐在他跟前的中年女子捅了捅他。“她在哭啊。你朋友？”他赶紧弯腰扭头，看见旁边的人满脸是泪。他顿时手足无措。公交车晃晃悠悠往前走，华佩一声不响地哭着。刚给出友情提示的女人说她要下车了，示意华佩坐下。程勉慌忙道谢。坐在位子上的华佩仍在流泪。他没带纸巾，笨拙地从包里拿出带盖塑料杯给她。

“喝点水吧，再这么哭都要脱水了。”

她没喝水，仿佛取暖似的握着装有凉水的塑料水杯。她说过，这部车坐四站路就是她的家。准确地说是她亲戚家。程勉数着站数，感觉每一站都极其漫长。

车到站华佩也没动静，程勉几乎是把她拽下车的。这时她已经站不稳了，存在于她体内的酒精再次波涛汹涌地发起了新一轮的攻击。程勉在她状态稍好的时候问过地址，这会儿问她接下来怎么走，她却一声不吭。公交车站旁边有间罗森便利店，明晃晃的灯光照出门前的台阶。程勉让她坐在台阶上，自己进店去问路。

从店里出来，看到她以飞机失事的标准姿势坐在那里，他说，你没事吧，她半天才抬起头，闭着眼睛说，想吐。

“再忍一忍，快到家了。”

小区入口其实就在罗森前面一点。要命的是她家在四楼。好不容易半拖半拉地把她弄到楼下，程勉认命地叹了口气，弯腰说："你能爬上来吗？来，我背你上去。"

刚才扶她走的时候就知道了，尽管华佩不胖，但她够高，只比一米七四的程勉矮小半个头。一个喝醉的高个子女生起码是袋一百斤的大米。程勉背着这袋米每上一级台阶，都觉得腿肚子发软，腰发酸。好在她没有吐。从一楼到四楼这段既短又长的过程中，她再次陷入了昏迷般的沉睡。

到了四楼，程勉发现自己没法把她从背上放下来，也腾不出手按门铃或敲门。无奈之下，他不算重地踢了两下 402 的门。

里面传来一个女人的声音，问他是谁。华佩说过她住在小姨家。程勉努力转身，让背上的华佩处于猫眼可见的范围。

"华佩喝醉了。我送她回来。"

他听到放下保险的声音，门开了。一个穿着长袖长裤绒睡衣的女人站在玄关的灯光里。空调的暖空气涌出来。所以这就是华佩的小姨。程勉没有想到她是如此的年轻。绝不是阿姨级的人物，大概顶多三十出头。她个子不高，头发很短，眼镜背后的眸子有种镜子般的超然。程勉被她的视线震慑住了，僵立在门外，忘了打招呼。

"麻烦你到里面沙发再把她放下来。"华佩的小姨说。

他“哦”了一声，迈步进门，觉得自己很庞大。不仅因为他背上有一个人，还因为他的挎包和华佩的长链包可笑地呈X形交叉在他的肩上，像两只炸药包一样分别垂在左右腰侧。他试图在进门处脱跑鞋，听到一声“不用了”，便穿着鞋走进去。一进门是饭厅，穿过走廊再走几步就是客厅。看到沙发，他感到解脱。小姨帮他把华佩卸在沙发上。华佩自动地靠向一侧的沙发扶手，双眼紧闭，灯光照出她脸上的泪痕。

程勉想解释不是自己弄哭她的，又觉得无论说什么都像辩解。

“那我走了。”他说。

起身的时候，他感觉到轻微的眩晕。就像远处地平线传来的雷声。他闭了闭眼，往外走。还没等他走到客厅门口，世界忽然一黑。

事后回想，程勉觉得自己很差劲。不就是背个女孩上四楼吗，竟然晕了过去。用华佩小姨的话说，是低血糖、喝酒和劳累的三重作用。他没有晕太久，醒来后喝了一杯小姨递给他的热果珍，有礼貌地告别离开。第二天在公司接到陌生的拷机传呼，他回电发现是华佩，才想起他们在酒吧互留过联系方式。

“听说你晕了。”华佩一上来就说。

"低血糖。后来喝了点甜的就好了。"

"星期六来我家吃饭？算是表示感谢。"

"周六我要回家看姨婆。换个时间吧。"

"那就周五下班？"

没理由拒绝，他说好。听她报出路名门牌号，他发现自己其实记得。昨晚背下来的地址奇迹般地留在大脑的一隅，忙到团团转的工作状态也没让其消散。

星期五，公司出了件不大不小的事。有个高而魁伟的光头男人来找郑总，后者照例不在办公室。程勉客气地说："您打他的手机或者拷机吧。"

男人翻了翻白眼说："我打过了没人理我，只好上这里守株待兔。"

守株待兔？程勉听着不太对味，但也没法撵人走。男人穿黑色长大衣，黑底浅色格子的长方形男式手包在他硕大的手掌里显得袖珍。他走到销售那边的空桌子，脱下大衣搭在椅背，自顾自坐了。程勉决定不理会他，继续琢磨眼前的广告。

调广告是件麻烦的事，尤其对程勉来说。客户要求背景是中国红，他纳闷那到底是个什么红。他从软件里调出广告背景的色值数字，和色卡做比对。英文色卡上对应的色名是 Crimson Red。程勉决定向坐他对面的文员女孩求援。

文员女孩站他身后看了一眼就说："太深了，这哪里能算中国红？”

“我也觉得。”

女孩在回座位的同时指了指屏幕，程勉这才发现电脑一角的QQ在闪，点开后发现是她几分钟前的话。

你要不要和郑总说一声啊

程勉输入：不好吧，你看人就坐那儿呢，我这里打电话他都能听见

回复很快来了：下楼打公用电话

程勉想，你怎么不下楼呢，真会支使人。

他把修改意见发给设计师，拿起外套出门。电梯还没来，高个子光头来了。那人恢复了大衣加手包的装备，站那儿黑乎乎的一大块，冲程勉一笑。程勉没笑。

不巧的是来了一趟空电梯。想到要和这人待在密闭空间，程勉的后脖颈直发凉。他往回走，肩膀被人按住了。光头说：“电梯来了。”程勉答：“我忘了拿钱包。”对方一笑：“要买什么？我请客。”

结果他几乎是被拖进电梯的。进去后两人各站一角，电梯从八楼往下走，途中没停。程勉体会到前所未有的漫长感，每一秒都沉重地附着在滑动的电梯绳上，半天滑不到下一秒。“叮”的一声，电梯门终于开了。程勉拉起外套拉链，和光头男一起走出去。对方太高，加上肩膀宽得异乎常人，程勉觉得自己在旁边显得缩水。

要是小辉大概不会乖乖跟着人走，程勉想，绝不会。

不过怎么又想到小辉呢?

他这时终于滞后地意识到，光头男很像那个捅了小辉的男人，差别在于个头足足大了两圈。他们的相像是更内在的什么。莫非此人也是道上的兄弟？郑总怎么会惹上这种人？不管怎么一代不如一代，郑家毕竟是书香世家。郑老爷子弟子仿作的画当年挂在程勉上班的字画柜台，多少个百无聊赖的午后，程勉只要看到那幅梅花立轴上老爷子的亲笔题字，心里就仿佛有了寄托。

他和光头男一前一后进了公司附近的罗森。本来是为了打电话来的，这下势必装作买点什么。程勉想，文员女孩这时应该已经给郑总报过信了吧？他挑了煮萝卜和贡丸。光头男的声音从他身后半空中传来："就这么点？年轻人要多吃肉才有力气工作。"

于是又加了香肠。光头男买单的同时要了一包中华。

他捧着纸杯走到罗森门口，那位叼上烟，把烟盒往这边一举。"谢谢，我不抽烟。"程勉说，"我回去了，您要继续过去等郑总吗?"

男人含着烟露出食肉兽的笑容，盯着程勉看了几秒钟。时间再次被拉长，这次甚至没有电梯的滑动声作为参照。程勉有种失去重心的错觉，尽管他好端端地捧着烫手的纸杯站在那儿。

“你不错。跟着郑明远可惜了。要是你想换份工作，来找我。”

男人拉开手包，拿出一张名片。程勉条件反射地接过。对方转身大步离去，从程勉的角度看去，光头背后的肉沟形成奇妙的图案，几条蜿蜒的小沟围绕着“八”的形状。要到多年以后，网络冒出新的流行语，程勉才恍然想起，那不就是一个“囧”字吗。

他等男人钻进出租车才低头看名片，深色背景上竖排着仿手写体的名字：宋必伟。左侧的电话号码也是竖排的中文字。翻过来是深色的空白，没有公司名，没有头衔。

如果程勉不存在视力方面的问题，他会知道这张名片是猩红色的，Crimson Red。

邂逅宋必伟的那天傍晚，程勉去了华佩和她小姨的家。说实话，下班后真不想动弹，被郑总支使了一周，加上冒出来一个莫名其妙的姓宋的（而郑总始终关机，家里电话无人接听），程勉这时候只想一个人在屋里看看书。星期一答应华佩的时候，她的眼泪对他来说有着清晰的形象和气味，五天过去，记忆淡了。

没理由临时变卦，于是他循着记忆搭上公交车，在和上次同样的地方下了车。花坛、罗森和人行道在白天看起来要肮脏一些，黯淡许多，诡异的是人行道上摆着一溜摊子，不是那种你会在地铁口看到的卖小玩意的地摊。程勉看到一处卖土布床单的，另一个卖的是鸡蛋，旁边摊子是炒米花糖。他有种来到城乡接合部的错觉。

爬上四楼，来应门的是华佩。记忆中的泡面头神奇地消失了。直发披在毛衣的肩头，她看起来既清纯又神秘。她在程勉换拖鞋的当口接过他手里的东西，“这什么？”

“哦，米花糖是给你们的，当零食吃呗。床单是给我姨婆买的。”

华佩笑起来，拉开厨房的落地玻璃门，抽油烟机的轰鸣和炒菜的香气一起涌出。隔着玻璃门看见华佩小姨系着围裙的背影，华佩边说边笑，程勉猜她是在说自己买糖和床单的事。有那么好笑吗？他穿着棉拖鞋愣愣地站着，小姨转身拉合玻璃门，冲华佩喊了句什么，似乎是“炒菜别开门”。

晚饭的汤是腌笃鲜，程勉盛了好几次。华佩不时含笑看他，让他觉得自己脸上沾了东西。吃完饭进客厅看电视，洗碗的是华佩，小姨端来一盘切好的橙，在他身旁坐下。“听说你和你姨婆住？”

“没有，我现在自己租房子，在锦江乐园那边。”

“你家的亲属只有姨婆是吧？你父母呢？”

程勉有些局促，他不习惯被人问及父母，不仅如此，她年轻轻的却摆出长辈的架势。她的黑毛衣是低领的，纤细的锁骨让人想起鸟类。

“我没见过我爸妈。”他想想又补了句，“也没听姨婆提过。”

“你没问过你姨婆吗？”她的凝视俨然长辈。程勉暗想，小姨到底比华佩大几岁呢？

“小时候问过，她不答，后来我就不想问了。反正我没有别的亲人，就只有姨婆。”

她拈起一瓣橙子，审视片刻。“所以你看起来比实际年龄沉稳。你是个会为别人着想的人呢。”

程勉不知该怎么接，转移话题说：“华佩一直和你住吗？”

“从她上大学起。”

“那她父母……”

“在南京。我们家的情况有点复杂，不过没你家那么奇特。”

不知怎的，她让程勉想起店员时代的女友杨杰，也是个有几分少年气的短发女孩。不同的是杨杰小小的白白的，像粒干净的嫩豆子，而眼前这位有种说不出的冷冽。

华佩回来了，往两人中间的空位一坐，开始吃橙。程勉为了不让自己显得心神不宁，把注意力投向电视。屏幕上是一位越剧大师的纪念节目，伴着画外音放了一组黑白照。程勉出于他个人视力的原因喜欢看黑白照。逝去的大师名叫于文华，是旦角，年轻时的她有着尖下巴和大眼睛，舞台照颇美。

华佩更关注于文华旁边的小生，出声地感叹真好看。“小姨，这是谁啊？还活着吗？”

“她是于老师的老师，王皓雪。越剧界称她三白先生。如果活着快九十岁了，好像五几年就不在了吧。”

“小生是花旦的老师？”

“这有什么，她们老一辈很厉害，什么行当都会。解放前三白先生是最红的，不过解放后她就不再演了，很可惜。所以连录音也没留下来，只有老照片。”

“你很熟越剧啊。”程勉不由得说。

华佩斜睨他一眼：“没告诉你吗？我小姨是晚报的文化记者。她和于老师也很熟的。”

当晚告别离开的时候，华佩的小姨问他平时用什么听音乐，CD 还是磁带。程勉说，原先有个收录碟三用机，姨婆要听收音机所以留给她了，现在住的地方没有设备。她转身进屋拿了一个 MD 随身听出来。

“你拿去用，反正我也不用。这两盘 MD，一盘是越剧，一盘是我喜欢的女歌手。”

程勉迟疑，华佩在旁边催他收下，又陪他一起下楼到车站。程勉说外面冷，你快回去吧。华佩的毛衣外面套了件粗犷的军大衣，程勉猜是那位酒吧歌手前男友的。她让大衣敞着，却又怕冷似的抱着双臂。

"其实……"她起了个头又停住了。

"怎么了?"

"我同事他们这几天看我的样子有点怪。见鬼的是我不太记得平安夜那天的事了。我是指,我知道你把我背上楼,小姨告诉我的。我也知道我哭过,因为眼睛肿了。但我的记忆好像在酒吧就已经断断续续的。"

程勉考虑了一秒钟:"我们玩真心话大冒险,你还记得吧?"

"嗯。"

"中间你输了,他们问你,酒吧里是不是有人让你动心。"

"啊?"她用双手捂嘴惊笑。那样子不像是装的。"然后呢?"

"你说是。"

"天哪。"

"后来你又输了一局。"程勉说,"你选了大冒险,他们让你亲一下,那个,你觉得动心的人。"

路灯照着她睁大的眼睛,那么无辜。程勉觉得如果告诉她答案几乎是不道德的。这时车来了,他匆忙上车。华佩在他身后喊:"然后呢?"

"然后你就醉了!"程勉在车门关闭前喊道。

尽管这一周发生了太多的事,星期六回到弄堂,程勉在姨婆面前和往常没什么两样。天冷的时候他们总是在二楼房间吃饭，收音机里播着市民热线节目。某小区附近的垃圾站污染，某户家庭的拆迁纠纷。姨婆胃口不错，吃了好几块红烧肉，满满一碗白饭。程勉吃得很少。青菜被姨婆焖得太久，黯淡又绵软，让人上不来食欲。

吃完饭，程勉下楼洗碗。他挽起毛衣袖子站在一楼外墙搭出来的水槽边，很快感到冷。冬天的太阳落得早，厨房电灯的支数太低，透到外面只余一层薄光，他差不多是靠手感在洗。还没洗完，厨房灯倏然灭了。程勉有点蒙，扭动脖子看看左右，其他人家的灯光稳定地亮着。他走进厨房，爬上两级扶梯，站在半空喊："姨婆，楼上停电了吗？"

门开了，姨婆的声音传来："跳闸了。"

是只有这个门洞跳闸了吗？九号楼下是不到四个平方米的厨房，一楼的大部分和二楼的半间属于一户姓蒋的人家。蒋家和姨婆交恶，不走弄堂，在后马路开了道门进出。程勉上初中的时候，蒋家搬到附近有抽水马桶的新村，把房子租给扬州人开饭店。住家和餐馆混在一处，难免磕磕绊绊，饭店那边和姨婆以及弄堂人等没少闹过纠纷。后来饭店老板索性把通往弄堂的小门封死了，摆出撇清的架势。姨婆仍有抱怨，说饭店厨房导致房子夏天像个蒸笼，二楼隔壁吃饭的动静太吵。饭店也恨姨婆，她的花花草草养在饭店增建的违章建筑屋顶上，每当她爬出窗户去浇花，在饭店吃饭的人就会听到头顶一阵咯啦啦的声响，好像随时会有瓦片掉下来。

程勉下楼从弄堂出去，拐了个弯兜到后马路的饭店门口。隔得很远他就看见了，店里亮着灯，生意不错的样子。姨婆的电表在饭店后厨的走廊，以前门没有封的时候只需要走两步。程勉和柜台里的老板打了声招呼就往厨房走，不一会儿又回来了，闷闷地问老板："谁把我家电线剪掉了？"

剪线的断口就在电表旁边，赫然在宣称就是剪给人看的。饭店老板说："我已经打电话叫了电工师傅，人家马上来修。真是的，你们邻里纠纷，不要闹到我们这里来，影响我们做生意嘛。"

程勉反应过来，肇事的是蒋老头。所谓的纠纷由来已久。据说解放前这栋楼住着两个女人，姨婆和她姐——大概就是程勉的外婆，房子是向蒋家上一辈男主人买的，那位得了钱，丢下老婆，带着情人离开日据时期的上海。姨婆在一楼开了爿裁缝店，后来关了，租给别人开南货店。二十世纪六十年代南货店关张，蒋家过继的儿子硬是砸开门板，住进空置的一楼，说这是他家的房子。动乱时期人人自危，谁还管这栋楼的是非？最终，姨婆的一楼只剩下过道般逼仄的厨房，二楼也被占去半间。程勉小时候，蒋家儿子尚未变成老头，他对房子其余部分的觊觎像一种周期性的发热，每隔几年总要发个一回。程勉记得他穿件破背心站在弄堂里，口沫横飞宣称领土完整的模样，也记得姨婆这种时候总是关着门在二楼练字。居委会调停，民事法庭，再打回居委会调停。周而复始的怪圈。

程勉小时候一直期盼着长大，如果他是个大人，就不用受蒋家的闲气，他要帮姨婆主持公道。可是等他长大成人，又不屑于和一个老头子计较。蒋老头有个定居海外的女儿，比程勉大十几岁，不知道老头的间歇性发作是否有越洋电话在背后撺掇，但程勉自然也没法和一个根本不露面的女人计较。所以到最后，年龄差注定了程勉在这场战争中居于劣势。对蒋老头来说姨婆更老，且是女性，但这毫不影响他的咄咄逼人。

程勉在饭店等电工师傅过来修好电线，其间他的拷机响了两次。一次是郑总的留言：我周一不进公司，那几条广告你看着办。另一次是回电号码。程勉借用饭店的电话打回去，那头是华佩。

“在干吗？”

“等来电。”

“你家停电了？”程勉应了一声，她又说：“可怜，要是无聊可以听 MD。”

程勉想起 MD 在楼上的外套口袋里，反问她在做什么。

“在看碟。小姨今晚加班，我一个人在家。”她停顿片刻，“你昨天说谎了。”

“啊？”

“我们玩真心话大冒险，然后我醉了。那中间，你故意没说。”

程勉觉得脸上发热，大概是饭店开着暖空调的缘故。她的声音有种特别的质感，从塑料听筒萦绕在他的耳际。饭店老板和他隔着一尺宽的柜台，实在不是个适合私人对话的地点。

“我这里是公用电话。”程勉说。

“啊，你家没电话？”

“我不在家。我们回头再聊好吗？”

他放下电话，饭店老板嘿嘿一笑：“公用电话？那你付钱啊。”程勉在心里翻了个白眼，觉得此人和蒋老头是一丘之貉。他到旁边烟纸店买了两包烟回来，一包给电工师傅，一包给老板。

“我姨婆快八十岁的人了，要是下次再搞什么停电，她正好上下楼梯，多危险！你说是不是？”

老板脸色变了变。程勉又说：“我知道那是你房东，你也不好做。这样，下次他要是再冲过来闹事，你打我拷机。”他把拷机号写在柜台上用来记单的小纸片上。鬼知道这人会不会打，但总要说一声。

程勉兜了一圈回到亮了灯的二楼，姨婆坐在床上，靠着叠起来的被子，闭着眼像在打盹。她身上是土棉布做的斜襟棉袄罩衫，底下的棉袄是丝缎的，从裁剪、絮棉花到盘扣，一针一线都出自姨婆的手。在程勉的记忆中，这件棉袄历史悠久，罩衫已换代好几次。

昨晚在华佩和她小姨那里，不知怎的就说起姨婆从前是个裁缝。华佩小姨问，那么你姨婆会做旗袍吗？程勉说不知道，不过姨婆的衣服都是中式的。小姨又问，你姨婆平时都做些什么？程勉答，做饭浇花，听收音机，散步，看书，有时候练字。华佩叹道，很有文化的样子。程勉怔了怔。在他看来姨婆和弄堂里其他老太太确实不一样，但并不是什么文化云云。他当然不至于对她们说起姨婆神秘莫测的一面。

程勉喊了声姨婆，她睁开眼，显得迷茫。

"我给你打热水上来洗脚吧。"程勉下了楼。这是他熟悉的程序，烧一壶热水，和塑料桶里的凉水兑好，把桶和热水瓶拎上楼。姨婆喜欢长时间地泡脚，尤其这种冷天，中间需要不断加水。程勉和她说过不止一次，既然他不在家，就在一楼泡完脚再上楼休息，但姨婆仍坚持自己拎水上楼。老年人的固执，或是她性格本身的固执。

今天程勉在姨婆泡脚的时候又说起这件事，照例被反驳了。"楼下是灶披间，吃饭做饭的地方。"她都没问刚才停电是怎么一回事，程勉也就不拿这事烦她，自顾自听 MD。

他隔着耳塞听到姨婆慢条斯理地问："在听啥？"

"越剧。"

姨婆摘下假牙的松垮两腮动了动。程勉取下一只耳塞，听到后半句。"不是一家人不进一家门哟。你也听越剧。你外婆就是唱越剧的。"

程勉心头一震："是唱着玩还是？"

"当然是在台上唱。"

"姨婆，老早以前和你住在这里的就是我外婆，对吗？"

姨婆闭了嘴，往木盆里加热水。

"我其实是和外婆姓，对不对？"

"啥人告诉你的？"

程勉语塞，他自己也忘了，早先是弄堂里的谁流出的风声。人家提起这个并不是为了厘清程勉的身世，纯粹是嚼舌根。说是从前姓程的女子买下了现在是九号的这栋楼，和姓吴的表妹同住。后来姓程的不知所终，表妹成了房主。这也就是为什么蒋家一直不肯承认姨婆对房子的所有权，因为买房的人不是她。终身未嫁的前裁缝店主在七十年代后半抱回来一个婴儿，也不知她用了什么手段上的户口。孩子姓程，俨然是一种宣言。对此，弄堂居民众口一词地说，九号的老太，那是相当厉害的人哪。

姨婆的表情让程勉想起关于厉害的评价。他有种再问下去也不会有结果的无力感，正打算像过去一样绕开话题，却隔着一只耳朵的越剧听到："你外婆大部分时间不姓程。以前和我住在这里的人倒是姓程，弄堂里的人都说是我的表姐，其实不是——不过呢，她不是你外婆。"

简直是句哑谜。程勉在心里反刍了好几遍才记住完整的内容。他想再就此追问，只听姨婆轻轻地念起一串意义不明的音节。程勉差点以为她在念经，关掉 MD 听了一分多钟才明白过来，姨婆在唱越剧。这又是件出乎意料的事。程勉从不知道姨婆喜欢越剧，她听广播的偏爱是民生节目和故事广播剧。以程勉匮乏的越剧知识，他对姨婆的唱词全无头绪。MD 里的越剧也同样，程勉听不懂，仅仅把它当作和外界的屏障。

周一上班又出了件怪事。这次来的不是上回的光头男，而是个干瘦的年轻男人。对方进门就问："郑明远在吗？"文员女孩答了声不在，继续忙着装信封。郑总拿他家老爷子的名声做筹码，试图搞一个书画院，加入画院的书画作家们每年至少要交一幅作品，用于展览、结集成书和拍卖，收入所得和作家分成。按程勉的理解，画院是空手套白狼，还不如老老实实做广告牌来得经济。郑总说，你这是胸无大志。做生意讲的是资源，现在竞争激烈，我们那几块牌子指不定什么时候就被人挤走了，如果手上有不断增量和增值的书画，绝对是高段位的资源。

程勉和文员女孩一起塞邀请函进信封，粘地址贴条，封口，边做边觉得这一幕似曾相识。对了，他在王琦上班的秦总的公司待过半天，干的就是这个。秦总是郑老爷子的学生。所以郑总也好秦总也好，都是从老爷子那里学的生意经吧。

问题是，人家会乖乖投靠这家八字没一撇的郑奇鹤书画院吗？程勉苦心拟就的“第一届郑奇鹤书画联展”邀请函充满了冠冕堂皇的套话，什么发扬国粹之荣光，书友画友济济一堂。他自己看着都觉得假。如果招不来人，或者招来一堆二流以下的作者（从名单看大有可能），还不如别费这个劲呢。当然了，郑总是老板，老板说了算。

程勉的忧心很快被瘦子的出现给吹散了。瘦子看起来完全是个小混混，他往销售那儿的空桌一坐，全身陷在电脑椅中，把脚翘到桌面上，一副既来之则安之的派头。

程勉在 QQ 上问文员女孩：你认识这人吗

我怎么会认识

你觉得他来找郑总做什么

这你都看不出来？郑总肯定是惹上谁了。还好这个没有上周的吓人

宋必伟吓人吗？程勉就此思索片刻。也许格外高大的身型加上光头，让其显得像食肉兽，但宋某给人的感觉是讲道理的，尽管他的道理未必适合所有人。从某种意义上说，

宋必伟和郑总有着类似的气场，他们习惯了按自己的规则框定世界。

程勉在电脑上打出"上周的那个还好啦"，又删掉。他暗想，我可不是因为他说我"不错"才替他说话的。文员女孩发来一句话。

郑总还是停机哦，家里也一直那样，没人接

程勉想起郑总给他拷机上的留言，觉得果然有事。他停止摆弄信封，开始核对设计，联系喷绘，琐碎的事是做不完的。瘦子在销售的空桌那边看报纸，其间自己从饮水机倒了水喝。邻居公司最近请了阿姨烧饭，程勉他们也入伙了，在阿姨那里打饭的时候，瘦子踱过来看了看，说伙食不错啊。那间公司的人对瘦子毫无反应，不知是觉得事不关己还是迟钝无感。程勉以为瘦子至少会下楼吃个饭，没想到他从单肩包拿出一袋饼干，咔嚓咔嚓地吃了起来。

下午有两名销售回公司歇脚和打电话，其中一个发现自己的办公桌被饼干屑、看过扔在一边的报纸和瘦子占据，脸上的表情就像是突然听到郑总炒他鱿鱼。程勉跑过去打圆场说，你能不能换个位子？话是对瘦子说的。瘦子这会儿没有翘脚上桌，整个身子靠在电脑椅里转了半圈，眯眼打量站在一旁的销售和程勉。被他盯视三十秒后，销售乖乖地去了另一张桌子。

程勉火了，冲着瘦子说："你这样影响我们工作，再不走我打110了。”

“你打啊。”瘦子说，“郑明远如果识相，就不该来抢我们的生意。就凭他那点斤两，抢是抢不走的，不过他需要一点教训。”

“什么生意？”

瘦子不答，仿佛刚才的话用尽了那包饼干提供给他的能量。他背后的销售放下电话，拎着包悄然出门。被迫换桌子的销售很快也走了。程勉回到自己的座位，点开闪动的QQ，看到来自文员女孩的一串话。

这办公室没法待了

我下午出去逛街，这些见鬼的信封反正一天做不完

你也早点走吧

程勉还没想好怎么回复她，屏幕一角开始闪动兔子的QQ头像。是他新加的华佩。

结果你后来没打电话给我：(

他想起周六仓促的电话，以及后来和姨婆的奇妙对话，写道：啊，对不起

为什么要道歉

我应该打给你的

那你请我吃饭

没问题。你小姨的联系方式可以给我吗？我有点事想问她

什么事啊

和越剧有关

他本想说“和我的身世有关”，又觉得太装腔作势。

华佩把小姨的工作电话给了他。这时文员女孩已经走了。程勉不想在瘦子的听力范围内打私人电话，便也关电脑出门。邻居公司还没下班，他不用锁门。瘦子不妨执着地守下去，郑总看来是不会露面的。

程勉在电梯里又想起宋必伟，那张名片还躺在他的挎包夹层里。也许该打个电话给宋某，问问这到底是怎么一回事。想归想，走到路边的公用电话亭，他拨了华佩小姨的号码。从华佩那里拿到号码的时候他才第一次知道，小姨有个好听的名字，欧阳熙。知道了名字，对方好像就从“某某人的亲戚”这个框架中跳出来，少了些心理距离。

他运气不错，接电话的是欧阳本人。程勉解释说有些越剧方面的问题想请教她，问她什么时候方便见面。她说，这会儿有空，不过四点有个会，要不你来我单位吧。

程勉坐公交车到福州路，往外滩方向走了一截，又往北过了两个路口，来到欧阳的报社。他在门房报上要找的人，站那儿等了一会儿，欧阳从电梯出来了。她敞着的连帽外套里面是眼熟的低领黑毛衣，底下是紧身仔裤和及膝皮靴，整个人显得干练了许多。她站到程勉跟前说了声“你好”，很正式的样子。程勉莫名有些紧张，回了句“你好”。

“去旁边咖啡馆吧，办公室空调不足，冷死了。”她带着他在南京路和福州路之间的小马路穿来穿去，进了一家茶色窗户上有着过季圣诞喷雪的咖啡馆。里面光线昏暗，木桌上摆着彩色玻璃镶拼灯罩的台灯。他们靠窗坐了，程勉研究菜单，要了哥伦比亚咖啡，欧阳点了牛奶咖啡。程勉左侧窗户上的雪花有种和咖啡馆一致的陈旧感，他想，不知这是哪年留下的。

“你上班还可以溜出来，很舒服嘛。”欧阳在等咖啡上来的间隙说。

“我说不定很快就没班上了。”程勉把办公室的情形讲了一遍。其实在开口之前，他并不是真心认为自己“很快就没班上”，奇怪的是，经过讲述，他开始悲观。到了月底，设计师和喷绘公司会来找他结账。程勉仿佛看到自己木然坐在郑总的老板椅上，被激愤的人们围在中间。他转念想到，我昨天傻掉了，蛮好问问姨婆的。大多数时候，姨婆知道接下来会发生什么。

欧阳的牛奶咖啡装在细长的银色保温壶里，她倒进瓷杯里喝了一大口，眯起眼，那模样不知是在品味咖啡还是在回味他最近的倒霉事。大概是前者。

她开口说：“所以你今天把上门捣乱的人留在办公室就出来了？你难道不怕人家整点什么事？”

“他能整什么事？”程勉愕然反问。

“我该说你老实呢，还是缺乏想象力？”她似笑非笑，

“你当时应该报警。”

“那家伙只是坐在那里，还没有到报警的程度。再说我们办公室也没什么值钱的东西，让他一个人待着没事。”他说完脸色一变，欧阳立即反问：“想起值钱的东西了？”

“我们老总办公室有幅他家老爷子的画。不过门是锁着的，再说还有邻居公司在。”程勉努力甩开不安，“咱们先说正事。我想问你哦，老一辈越剧演员有和我一样姓程的吗？或者是以前姓程后来改过姓的？”

欧阳皱眉答道，“老一辈，要说有名的就那么几个，好像没有姓程的……但还有好多不怎么出名的呢。再说了，你指的是上海还是整个江浙？”

“上海，我猜是。”

“姓程，是和你有关的人？”

“我只能说大概是。”程勉把姨婆那几句禅语一样的话复述了一遍，又讲了他家老房子的多年纠葛。“买房的是姓程的，而且她不像大家认为的那样是姨婆的表姐。听那意思，还有另一个唱越剧的，在某一段时期姓程的人，是我外婆。”

“你姨婆姓吴，对吧？然后她的室友，该算是室友吧，姓程。”欧阳拿出一个本子唰唰地写下两个姓，又从第二个姓拉出一条线，在末端打个问号。“你外婆如果姓程，很可能是程家的姐妹。也可能是嫁到程家的媳妇。”

“嫁人又不改姓。”程勉提醒她。

“老一辈人的讲法不一定的。还有可能是过继，过继到程家，或者从程家过继出去。而且按你姨婆的话，这个人唱越剧的时候多半不姓程。哦对了，有些越剧演员会改姓，和师父姓。总之如果不知道全名，根本没法找。再说了，你找你外婆做什么？一般来说不是更想知道自己的亲生父母是谁吗？”她一口气说到这里，猛然停住。“对不起。”

“不用道歉。我爸妈是谁，为什么我是被‘姨婆’养大，从来没有人告诉我，我也不愿意多想。因为感觉太遥远。我很早就知道我们九号的房子是一个姓程的女人在解放前买的，既然我随她姓，我想我们肯定有什么关系。我一直以为买房的是我外婆，是姨婆的姊妹，直到听到姨婆那句绕口令一样的话。现在有了这么一个小小的线索，知道外婆以前唱越剧，和姓程的女人也可能有关系，我就想找找看。执着于这种事，是不是有点傻？”

“不傻。”欧阳的笔在指间轻颤，他过了一会儿才发现，她的手在抖。咖啡馆很暖和，不该冷得发颤。她再度缓缓开口：“对你来说，姨婆就是你的爸爸和妈妈。你怎么喊她并不重要。你想知道的是她为什么会把你留在身边养大，是吧？”

程勉迟疑着点头。

欧阳垂下眼睛说：“其实是不是有血缘关系，或者怎么喊一个人，都不重要。重要的是一起过的日子。”

程勉看着她想，是什么让她这么忧伤呢？他在第一次见到她的时候就注意到了，她身上有种无法弥合的残缺感。对他来说如同一种无声的召唤，因为他自己也不完整，没爹没妈，一路丧失。他这才意识到，找她问越剧演员的事更像是一个借口。他伸出右手握住她放在本子上的左手，想停住那阵颤抖。喝完两杯热咖啡，她的手仍是冷的。纤小的骨骼让那只手在他手心里的感觉像只受惊的鸟。

“你怎么了？”程勉问她。她没有回答，也没有挣开他的手。如果有人经过咖啡馆的窗外，透过茶色玻璃和雾状喷雪，在台灯的暖色光晕下看到他们，大概会觉得他们像一对倦怠期的姐弟型情侣。

星期二，程勉先挤完公交车再挤大楼电梯，觉得自己像是厚外套里的一只蛹。他奋力穿过电梯里四五层的人群，刚在楼道站稳，就听见一个气急败坏的声音：“我打你拷机你没听见？”

抱着胳膊的文员女孩表情不善。程勉第一反应是，坏了，那幅画真被拿走了？他跟着她进屋，觉得客厅前所未有地空旷。过了一会儿才意识到，两台背靠背的电脑，他们两人的吃饭家伙，不见了。

文员女孩絮絮地说她已经报警，他们得一起去做笔录。

她抱怨邻居公司事不关己高高挂起，楼下保安混吃等死，竟然生生让人把电脑搬走了。程勉用钥匙开了老板的房间，看到郑总办公室还是昨天的模样，墙上那幅立轴梅花也还在，一口气这才松下来，转头问："还是联系不到郑总?"

"对的，简直是装死。"

程勉想起每个月来一两次的会计李姐，那是个戴眼镜穿一步裙的中年妇女，左腕有只古色斑斓的玉镯，和她事务性的打扮不相称。没有明确的缘由，他猜测李姐是郑总的亲戚。他回到自己变得空荡荡的办公桌，翻出记事本，找到李姐的电话。拨号音周而复始。程勉连着打了好几遍，盯着桌上一块方形的灰印子看，那是电脑屏幕后面擦桌子的遗漏区。

电话一直没人接。他从包里摸出宋必伟的名片打过去。这次响了两声就接通了。

"我是明远广告公司的程勉，有事想请教。"

那头的声音显得很热情："行啊，见面聊。我在外地，晚上回。一起吃饭。我快到上海给你电话。"

程勉把拷机号码报给宋必伟，和文员女孩去了附近的派出所。听完经过，做笔录的警察认为这事不能立案，建议他们先找到自己老板再说。程勉莫名地窝了一把火。也许不是因为电脑被人搬了，而是从那天发现蒋老头剪线开始。他总的来说是个和平主义者，这些接二连三莫名其妙的事，不断推搡他内心的底线。

没有电脑只能放假，程勉和文员女孩在派出所门口道了别。他可以回自己家或姨婆家，却鬼使神差地搭上公交车去了福州路。下车后才想到，欧阳不一定在办公室。这一天听了太多的拨号音，他不想再尝试打电话确认，径直溜达过去。还有一个路口的时候，他的拷机响了。号码很眼熟，是华佩的办公电话。

他找了公用电话打回去。那头是她轻快的声音："问到了吗？"

"什么？"

"你不是有事问我小姨吗？"

"哦，那个，问了，不过没有答案。"

"你今天忙吗？"

他不想说自己正在去找欧阳的路上。"和平时差不多。晚上约了人。"

华佩回了声"哦"，听着像有小小的沮丧。也可能是他的错觉。放下电话，他转身往回走。既像是出于对华佩的歉疚，也可能单单是觉得自己没理由在上班时间再次来找欧阳。

混日子不是谁都做得来的。当店员那会儿一年工作一百八十多天，另外一半时间闲着，然后又经历了半年失业在家，程勉自以为对打发时间颇有心得，套用《刀锋》的说法，就是晃膀子。但他高估了自己。郑总的甩手掌柜风格让他习惯了在脑中拟好待办事项的计划表，按优先级分配时间。如今可做的只剩下晃膀子，就像上紧的发条嘎啦一下崩断，让他陷入空无的停顿。

他走进人民广场，在喷泉附近停下来买了包鸽食喂鸽子。广场的鸽子肥大慵懒，吃食并不热心。杨杰喜欢鸽子，他们在这里约会过好几次。程勉当时和现在都看不出鸽子有什么可爱。会吹萨克斯风的她后来进了一家大企业，留起长发，藏住左耳的一排耳钉。要是她知道程勉的伪白领生涯不到一年又将告终，恐怕会露出“我就知道”的笑容吧。

程勉听着鸽子不厌其烦的咕咕声想道，我真的是一无是处啊。没有好的文凭，没有技能（做广告牌根本算不上技能），没有人脉，加上是色盲，连出租车司机都没法当。

他知道，如果退了房子住回去，姨婆估计仍是云淡风轻的，就像自己辞职在家那会儿。她甚至还不时地问一句要不要零花钱，程勉大小伙子自尊心扛不住，总说不要。他没有储蓄的观念，在商场上班的每月千把块收入给姨婆五百，剩下的勉强够用。辞职后身上只剩三百多，好在拷机费预交了半年的，他也不抽烟。因为没钱，他选择在图书馆晃膀子。早上骑车过去，中午吃两个罗森的饭团，加上停车费，一天的花销只要五块钱。

在郑总这里上班后，因为忙，倒是很少用钱。程勉想了一下存款的数字，觉得就算继续租着那套房子，也还能过半年。如果半年之内找不到工作，他就要被打回弄堂生活局促的原形，靠图书馆作为逃逸的出口。

他不想那样。

程勉叹了口气，往公交车站走。姨婆家比他的租屋更靠近市中心，从人民广场过去坐公交车只要三十多分钟。这一天时间特别慢，他一上午跑来跑去，进弄堂的时候才中午。他想着也许还能和姨婆一起午饭，走到六号门口，被一堆人阻住了。

“怎么好算平方呢？以前我家老头住二楼的时候多少大，后来张家二叔结婚我们才搬下来。我弟弟不记得，我记得！再说我们交了这么多年房租，也不是按平方交的好哦？”

一个尖尖的女声划破冬日清寂的空气。程勉隔着人群看到声音的主人，认出那是六号雷霆的姐姐。她比弟弟年长很多，曾在后马路小学当政治老师，已经退休。从程勉记事起，雷老师就已嫁出去并且是孩子的妈，总是戴着厚厚的眼镜，看起来很严厉的样子。雷老师没教过程勉，据说她扔一手奇准的粉笔头。

不难猜到雷老师为什么出现在这里。潮水总是由一个个浪花构成的。前几天蒋老头剪电线的举动算是第一波浪头，雷老师的抗议紧随其后。她的户口放在娘家，尽管她很少出现在瘸腿且有些怪癖的老光棍弟弟面前。弄堂居民有两种：实际生活在这里，忍受着没有抽水马桶和自家浴室的不便的；以及户口挂在弄堂，随着历史上若干次拆迁风声忽然出现，被那阵风搅得兴奋又闹腾的。程勉觉得后者简直像弄堂的幽灵。

雷老师身边是雷霆。他的形象从来和名字不太搭，今天显得格外蔫，仿佛姐姐的怒气吸取了他体内的活力。雷霆周围一张张面孔挂着不同的神色，赞同、漠然、幸灾乐祸。程勉认出那些脸属于弄堂的实际住户和幽灵户口们，还有隔壁弄堂的人。没看到和雷家同住六号的张家人。张方敏如今是华师大的学生，只在周末回家。她母亲此刻在上班。她下岗的父亲做做歇歇，据说最近又找了份临时工作，当然也不在。老太太估计关了门在楼上避难。

程勉拨开人群往弄堂深处走。他觉得没自己什么事，雷老师却一眼认出了他，嘹亮地嚷道："程勉！是程勉吧？"

他停步应了一声。雷老师说："要维护自己的权益啊，程勉。蒋家又和你们打官司了！你家和我家都是解放前就住在这条弄堂的，老住户了。有些人的良心就是这么坏，想让我们吃亏！"

程勉不知道她口中的有些人是六号的张家还是政府部

门，何况拆迁的消息也许又是光打雷不下雨。这片地皮交错着十几条弄堂，住了太多的人，挂着更多的户口，要接盘需要巨额的资金。他含糊地点了点头，继续迈步。身后雷老师的控诉又上了一个台阶。

九号厨房门关着，程勉从开着的窗户伸手进去，从背后拧开门锁。饭桌上的饭菜扣着纱网，他从楼梯底下往二楼看去，门关着。和姨婆说过很多次，在家烤火别关门，一氧化碳排不掉。他快步上楼，推了下门没开，在包里摸了半天才找到钥匙，开门进屋。

老屋的气味扑面而来。那是木头的陈旧气味，从乌木梳妆台、樟木箱、靠窗的八仙桌和窗棂散出，混合了墨汁味儿、姨婆用来泡脚的三七叶的青涩之气。不算好闻，却让程勉有回家的感觉。

他这才意识到，自己惶惶如丧家之犬。公司的事，对欧阳熙的无法道明的情绪，弄堂拆迁的风波带来的动荡感，叠加成一片巨大的茫然。他甚至希望自己拥有姨婆的异能，能一眼看透未来。

他走到八仙桌前，目光扫过挨着墙的一摞字纸。墨痕透过纸背重叠成交错的黑蛇。他拿起上面几张，纸上反反复复写的是同一个字，他皱了皱眉。接着他忽然想起什么，顾不得放下包，折回梳妆台前，拉开镜子一侧的小抽屉。少年时代他从这个抽屉偷过钱。姨婆并未因此改掉放钱的位置。两张百元钞和几张零钱的底下是把张小泉的小剪刀，泛着银光，姨婆常用它剪指甲。再下面是粮油补贴卡和公园月票。底下是户口本，角落里有只图章盒子。这个家重要和常用的东西都在一臂长一掌宽的抽屉里，程勉要找的东西却不在其中。

他又拉开梳妆台下方长而沉重的大抽屉。空气中旧木头的气味更浓了，夹杂着淡淡的樟脑味儿。首先映入眼帘的又是剪刀。黝黑沉重的铁剪是剪布的，有一尺长。剪刀下面是叠得整齐的衣服。程勉注意不弄乱，把一层层布掀起来，终于在最底下找到一只裹得紧紧的塑料袋，里面是牛皮纸的信封。他把那东西抽出来，回到桌前解开袋子，把信封里的内容抖在桌上。黑白和彩色的照片四散。那是程勉从小到大的照片，也有姨婆的旧照。他很多年没拿出来看了。记得有张照片是姨婆年轻时候和别人的合照，姨婆曾指着照片告诉他，照相的那天是她的裁缝店开张的日子。

他找到了那张老照片。因为是全身照，上面每个人的脸孔都小小的。程勉知道从左往右第三个人是姨婆，尽管那个年轻女孩和现在的姨婆少有共同之处。她的短发烫过，身上是有点臃肿的棉旗袍。她的位置居中，紧挨着她左右两边的女人都是高个子，差不多和照片右侧的两个男人齐肩。最左边的女孩看上去最年轻，十六七岁模样，个头和姨婆差不多，旗袍下的窄肩膀，用现在的话说就是骨感。

那时照相的人似乎没有笑的习惯，六个人都没有太多表情，唯独姨婆左侧的女人微偏着头，像在沉思又像在走神。她在这样一张远远的照片上也显得秀丽，小时候程勉曾猜测，也许她就是姓程的女人，九号的房主，他的外婆。

但这会儿他有些不确定了。美女的旗袍领口镶着毛，不像是弄堂的住客。也许她不是房主，而是那个越剧演员——如果这样，倒真是他的外婆。和她隔着姨婆的高个子女人穿的是斜襟衣和宽大的长裤，头发紧紧地往后梳，露着高额头。照片右侧的两个男人分别穿着大衣和棉袄，留小胡子的中年人戴着帽子，最边上的年轻人有两道浓眉。他们身后的裁缝店招牌只拍到下半截，程勉曾经问过姨婆，得知招牌上的三个字是隶书的“衣香阁”。作为一间开在下只角的裁缝店，名字过于古雅了些。

程勉把那张照片塞进包里，其他照片归回原位，然后下楼吃饭。纱笼底下有和红烧肉一起炖的小八爪鱼，还有一份碧青的鸡毛菜。姨婆喜欢煮得酥烂的青菜，程勉知道这是特意为他留的。猜到他会回家，对姨婆而言不算难。尽管他自己都没想到今天会在家吃饭。

他边吃边想起欧阳熙说，其实是不是有血缘关系，或者怎么喊一个人，都不重要。重要的是一起过的日子。听起来很有道理，可她不曾活在身世的迷惘之中。小时候看见别人有爸妈，程勉有时也会怨恨他从未谋面的父母，那份怨恨因为没法落实而造成空落落的回响，让他觉得自己的心是空旷的所在。

杨杰在提分手的时候说，你的问题在于，你连自己想要什么都不愿想清楚。

也许她是对的。

吃完洗过碗，姨婆回来了。程勉这才知道，姨婆去法院出庭。传票写的是程勉的名字，姨婆也没征求他的意见，直接代表他去了一趟。

姨婆说："还不就是那些老套，连上诉内容都一样。我就讲，我家米是要上班的人，没空来。"

自己的名字被姨婆读成"米"字，是程勉听惯了的。他问："法院怎么说？"

姨婆皱起眉毛："法院的人脑子坏掉了。"

以前总是建议庭外和解，虽然这许多年的恩怨根本和解不了。姨婆认为姓蒋的该把强占的楼下和半间楼上还给她，蒋家则声称她根本没有对这座房子的所有权，将来拆迁所有平方都该算他们的。这次法院明确判决，吴素娟有权利在九号度过晚年。等她过世后，蒋家可以收回房屋，程勉户口不变，也就是说，如果拆迁，他还是有应得的一份。

姨婆的转述有些含混，程勉要她拿判决书看，看完后他觉得有点蒙。所以假如姨婆在拆迁之前离开人世，弄堂就不再是他的家。

大概是怕他难过，姨婆说：“米啊，我有数的，到动迁房分好的时候，我还在。”

程勉条件反射地说：“那我们一起搬到新家。到时候就不用和他们生闲气了。”

“新家我是住不上了。我会在这里住到死。”

姨婆说这番话的时候，脸上看不出悲喜。程勉吓住了。他一次都没听过姨婆亲口说出预言。姨婆从来不谈命数的，她只是写毛笔字。那些晦涩的文字可以有不同的读解，像所有算命一样不可靠。如果程勉不是遭遇过太多的巧合，他也不会信姨婆真有看到未来的能力。

他不敢问姨婆，住到死指的是什么时候。姨婆虚岁七十八了，看着再硬朗，毕竟上了年纪。巨大的无力感湮没了程勉。他莫名地想起小学二年级的时候，姨婆带他去长风公园。姨婆走开去给他买冰棍，他走到湖边看人家玩脚踏船。那些船有着卡通的造型，熊猫、鸭子、鹅。船里一般都是三口之家。脚踏船看着轻松，踩踏是很花力气的。年轻的父母坐在两边踩着踏板，中间的孩子一脸开心，俨然坐在世界的中央。他看得出神，没发现自己随着船的行进在岸边走，离姨婆让他等待的地点越来越远。等他反应过来往回奔，却又跑上了看起来相似的岔道。他迷路了，惊惶之间，视野中出现了姨婆跑动的身影。他看到她用发卡别住的齐耳短发跑得飞起来几缕，显出陌生的狼狈。她嘴里喊着“米啊”，蹲下身抓住他的肩，凝视他的脸。程勉想哭却没哭。她把冰棍塞进他的嘴里。那已经不能算是冰棍，化得只剩一个薄薄的椭圆形。他用力吮了一下，凉甜的薄片在嘴里碎裂，他这才哭了起来，隔着眼泪看到她发红带汗的脸。那年她六十多岁了，在他眼里一点也不老。她的头发还是黑色的。

从记忆中升起的一幕攥住了程勉的心。他在回望中想到，如果是母亲丢了孩子，在找到他的那一刻会把他紧紧搂在怀里吧。而姨婆只是抓住他的肩，弯着腰看进他的眼睛里。她的视线让年幼的他感到恐惧，她看的似乎不是他，而是别的什么，所以八岁的程勉没能在第一时间哭出来。

回过姨婆家的当天傍晚，程勉和宋必伟坐在饭店的包间里。

这家店的装修是西式路线，浆得硬挺的桌布，墙上挂着仿莫奈的油画，椅子扶手刷了金粉，绒布面是程勉吃不准的颜色——估计是红色。事实上墙壁是一种诡异的粉色，吊灯水晶则是血一样的红，靠背椅绒面的暗红好像宋必伟的名片。程勉的视觉过滤了这场红色变奏。八个人的圆台面只坐了他们两人，他和宋必伟隔一把椅子，喝着茶。菊花茶还没泡开，淡得像水。宋必伟不看菜单就点完了菜。八宝鸭，雪菜冬笋，干煎黄鱼，上汤菠菜，全家福。

整瓶温过的黄酒和黄鱼一起上桌。等服务生离开，程勉直入主题：“昨天有个人来我们公司捣乱，后来还把电脑搬走了。是你们的人？为什么要这么做？”

宋必伟拉开手提包，把一本A4大小浅蓝封面的胶装文件推过来。程勉认出那是他帮郑总做的书画院规划方案。郑奇鹤书画院是一处空中楼阁，程勉则是用想象搭建这座虚构建筑的施工者。他先细读了郑总不知从哪儿搞来的几份片区改造计划书，每本都有砖头那么厚，然后攒出一本近百页的方案。根据这本牛皮哄哄的册子，书画院位于曹家渡东北角的苏州河畔，该地点从前是纺织工厂扎堆的所在，有些厂经历公私合营和时代变迁，一直坚持到改革开放，终于在八十年代末关张。郑奇鹤书画院将适度修复纺织厂留下的仓库，既保留建筑的时代感，又在细节上加以提升。书画院将荟萃国内一流书画家的作品，定期轮展，举行拍卖，并为有志于潜心创作的书画家提供工作室，目标是把这片地区做成沪上全新的艺术中心。整本方案的核心内容是郑总口授的，程勉在做笔记的过程中吸了一个多小时的二手烟，至于他写下的方案细节，有些历史数据是他从图书馆查到的资料，算是有过简单的调研，但更多的都是瞎掰。

程勉在笔记的间歇问过郑总一句，搞这么一个书画院，得投很多钱吧？

郑总意气风发地笑道，用别人的钱办自己的事，才是本事！

程勉不傻，他知道郑总想空手套白狼，弄到多少是多少。他们不过是做高速路广告牌的小公司，从上家分到的那几块牌子随时可能被人挤掉，比街上做招牌灯箱艺术字的打印社也就强个一星半点。什么旧厂房书画院，痴人说梦！他还知道郑总把这份方案揣在包里去拜访郑老爷子的旧交，试图拿空中楼阁劝老头子们把压箱底的作品给他。在程勉看来，蓝封皮的方案就像要饭的碗，尽管里面每个字都出自他的龟速电脑，算是他的心血之作，但也改变不了要饭家伙的本质。

猝不及防地在饭桌上看到这本方案，他立即面孔发烫，就像一名新上路的乞丐，颤巍巍递出去的碗被人用脚给踢了回来。

宋必伟像是没看到他的窘态。“我拜读过，写得不错。只有一个小问题。这本东西和我们公司提给区政府的方案太像了，像到我简直怀疑是我手底下的员工把方案卖给了别人。除了书画院的名字不一样，另外大概少了百分之十的数据。方案最重要的就是数据，看起来你们没弄到。”

程勉愕然：“这是我编的。我发誓，没有抄过任何资料。”

“我知道。”宋必伟喝一口酒，“这点事我自然是知道的。

昨天搬回去的电脑里有你的草稿。”

“所以昨天那人果然是你派来的。”

他咧嘴一笑：“你就不好奇我是做什么的？刚才也说了，对那片破厂房，我们公司有一份更完美的方案。现在正在区政府那儿走程序，批下来是迟早的事。”

“你是公司老板？”

“哪里，我只是个打工的。你有没有看过蚂蚁怎么吃死蜻蜓？”

话题转得突兀，程勉摇头。

“假设你是一只蚂蚁，那么蜻蜓对你来说大概等于一栋十层楼。让一个人拆除一栋十层楼几乎是不可能完成的任务，所以蚂蚁采用的是人海战术。每只蚂蚁只能从蜻蜓身上揪那么一小块肉下来，比针尖大不了多少。揪下来就往家搬，毫不迟疑。我看过它们干这个，一只蜻蜓半个下午就没了。”他打个响指，“比人类的拆迁有效率多了。”

程勉迟疑地说：“你们公司是做拆迁的？”

“决定拆迁是政府的事，拆房子那是建筑队的活儿，安置是拆迁办的工作。我们是蚂蚁。蚂蚁嘛，不挑，有肉就搬，拿到什么是什么。只不过正好那片地方要拆，然后来了这么个机会，可以搞点名堂。”他用筷子掀开刚上桌的八宝鸭，挑出里面的糯米。“来，趁热吃。”

“我不懂。能说得更具体些吗？”

程勉听说过伴随拆迁忽然出现的混混团伙，但那都是在小城市。而且宋必伟说他们公司向区政府提了厂房改建计划，就该是台面上的工程，而非见不得光的暗道。问题是宋必伟和昨天的瘦子怎么看都不像正经上班的人。

宋必伟叹息一声："你怎么不开窍啊？都已经说了，我们公司要开书画院。而我，用比较正式的说法，是艺术品掮客。"

来赴宋必伟的饭局前，程勉向姨婆说起晚上的鸿门宴。姨婆关于死期的话梗在心上，他必须扯几句现实话题，让自己别多想。

程勉说，姨婆，我的工作可能快没了。我们老板最近一直玩失踪，还有混混来公司捣乱。

姨婆说，你不是讲过你们老板是书香门第吗？怎么会和混混扯上关系？

郑家固然是书香门第，郑总的生意经也就是混混的级别。程勉这样想着，嘴上说，我怎么知道呢。关键来捣乱的那边，有个人像是头头，他喊我晚上一起吃饭。

姨婆说，哦。

程勉说，姨婆啊，我有时候也觉得不值。我帮郑总做了这么多事，结果他现在关机，甩手不管了，对我一点交代也没有。按理我就该不管公司的事了，也不用掺和今晚的饭局。可是——

他说到一半停住了。原本模糊的心思在化作语言的同时变得清晰。

他就是不想不明不白地丢了工作。他平时像个缺乏好奇心的人，甚至任自己的身世迷雾重重，但那压根儿不是真的。他想知道。想知道自己从哪里来，为什么亲人只剩下一个“姨婆”。想知道自己的根，以及将来的路。

根本不是没有好奇心，而是没有出口的困惑过于巨大，如果不装作冷漠，便会被压垮。这份迟来的自我认知让程勉深受震动，以至于差点没听清姨婆的话。

姨婆说，晚上的饭你要去吃的。

程勉“啊？”了一声。姨婆又说，米啊，你要换工作了。你原来老板人不坏的，不过你要记得，你不欠他什么。

这在姨婆是极其罕见的。她在短短的时间里说了两个明白无误的预言，关于她自身，关于程勉。

所以当酒至半酣，宋必伟提出让程勉去他那儿上班，程勉只是简单地问，去了以后具体做什么。

宋必伟说：“反正不会让你粘信封就是了。你是个人才。你帮郑明远跑腿的时候也认识了不少书画圈的人，而且我知道你有看东西的眼光。书画院首先得有货不是？”

程勉瞪着他看了十来秒：“所以其实和我写的方案没关系。你刚才说我那个方案和你们的有九成像，是骗人的吧？”

“是啊，就是想逗你一下，看你什么反应。你还真是个老实孩子。”宋必伟叼着牙签笑起来，露出健康得接近凶悍的牙龈。

一月末是春节假期，放假前一周，程勉落实了最后一块广告牌的方案，在办公桌留下辞职信，第二天就去了位于老西门的新公司。

如果不是亲见，程勉想不到文庙的掮客们能有进驻写字楼的排场。新老板是个神秘的人物，程勉一直没见着。见到的除了人称“宋老师”的宋必伟、从郑总那里搬电脑的瘦子，还有若干事务员和技术员。公司就这两种人，程勉被归为后者。事务员们看起来很忙，他们关注各拍卖场的动静，制作公司的全彩精印产品目录，接电话发传真，有股子一路小跑的劲。和程勉从前那间常常只有俩人的办公室相比，这处没有隔断、十六张办公桌摆成四个方形的空间，真正是间公司的感觉。

瘦子叫李桦，倒是没有人叫他李老师。程勉没猜错，李桦原先就是文庙混混一枚。他只听宋老师的，状如忠狗，或疯狗。程勉谨慎地对他保持着客气。

技术员并不都坐班，程勉见到的有金石、字画或杂项的专家，甚至还有擅做高仿的。尽管隐约感到公司交易的不仅仅是艺术品，但他不愿多想。郑总也曾经拿老爷子和学生的合笔当作郑奇鹤字画，堂而皇之地在商场寄卖。郑总即便落魄，毕竟有那几块广告牌，还有他家藏底的字画，而程勉一旦失业就很难再有机会。他学历低微，外语很烂，他的简历放在注重形式的求职市场上，形同废纸。他不想再去站柜台，也不想再帮郑总打莫名其妙的杂，来这里勉强算是条正道。姨婆也说过，他不欠郑总什么。

程勉不知道的是，姨婆的道德观比常人微弱得多。

他同样不知道，由他攒出来的那份异想天开的方案，曾经离实现的可能性很近。负责苏州河畔地块旧区改造的区领导，是郑奇鹤的拥趸。领导觉得没什么理由不保留几间厂房作为旧时代的记忆，开设书画院更是绝佳的主意。如果光是拆房子造房子，也显不出本区的魄力。但区里没钱，这次的大举动迁靠的是外资注入。区领导建议郑明远自主筹钱。郑明远找了相熟乃至半生不熟的有现金流的人，其中就包括老西门这家公司的老板。

对方看过明显有拼凑痕迹的方案，哈哈一笑说，老郑啊，看不出你手下还有点料。郑明远是个爱吹的人，当下就把程勉吹了一通，说这小子不仅会写，还会看画。我拿一些高仿试过，他一看就知。其实程勉唯一能看出来的是仿郑奇鹤，郑明远把这一层给略过了。

那之后，郑明远发现自己惹上了麻烦。他自己的家、前妻和儿子的家，都有形象彪悍或猥琐的男人在附近转悠。原本很好说话的区领导不再接他的电话。郑明远是识时务的人，他知道书画院的计划被人当成了肥肉，于是关机离沪，到杭州散心，或者说避风头。他忘了办公室还有不知所措的程勉，以及不那么不知所措、立即开始找新工作的文员女孩。

程勉留下辞职信的那天，对面的桌子是空的，只摆着宋老师派人送回来的电脑。

程勉过年也没住回姨婆家，只是像上班似的每天到弄堂报到。年初四吃过午饭，他和姨婆围着火盆，姨婆在折锡箔，他在看一本毛姆的小说。姨婆每年的这天都会烧锡箔，不知道是纪念谁还是某种风俗。放在桌上的拷机响了，程勉拎着膝上的棉外套走过去，看到回电号码，有些诧异。号码显示为华佩的家，可她明明回南京过年然后陪她家人旅行去了。

姨婆家没有电话。程勉说过好几次，他出钱装，姨婆说没必要。程勉猜，姨婆是怕他有了电话就很少自己回来。

他下楼出了弄堂，这才想起居委会的公用电话过年没人值班。后悔没披上外套，他抖抖地跑了一截路，到后马路街口的食品店去打电话。店里满是顾客。这会儿买糖果瓜子牛肉干的人多半是走亲戚送礼用的，也有些人家今年来的亲戚格外多，补充备货。程勉挤过去打电话的时候听到两名顾客在聊拆迁的事。中年妇女说，你家打算拿钱还是拿房子啊？年纪略轻的女人笑了一声道，我们当然是拿钱自己买，谁要住到乡下去？前一位悻悻地说，有钞票就是好啊，我儿子明年结婚，想要大一些的，看来只能拿房子住远一点了。

动迁的消息在年前越传越真，眼看着这次会落实，却只让程勉感到落寞。他实在难以忘记姨婆的那些话。

电话通了，意外的是，那头是欧阳熙。

“你没回家过年？”

“在我姐家吃的年夜饭，初一就回来了。”

她的姐姐就是华佩的妈，这种时候显出了辈分。程勉等了一会儿不见她说话，便开口道：“你要没什么事，或者来我家坐坐？我在姨婆家。待会儿带你在这附近走走，据说老房子快要拆了，以后就看不到了。”

欧阳熙说好，问了地址。她打断程勉对公交车路线的列举，“我打车过来。大概半个小时。”

程勉一路小跑回到弄堂，上楼拿了外套，和姨婆说待会儿有朋友过来，又一溜烟地下楼到弄堂口站着。要是华佩知道他邀小姨过来，或是看到他此刻的模样，脸色恐怕不会好看。他摇摇头，甩掉多余的念头。

欧阳熙来得比半个小时更快。她从出租车钻出来，冲程勉点点头，抬头打量弄堂口的门楼。门洞上方是带窗户的板壁，高不过一米多，像只放错地方的大箱子。

“这上面也住人？”

“不好住的，是一号搭来放东西的。以前的住户是个老头，姨婆说他从前收了好多古董和破烂，‘文革’都被抄走了。我念初中的时候，他被姐姐还是妹妹接到国外去了，居委会帮他把房子出租，不过好像有一阵没看见租客，大概搬走了。”

一号的房东被弄堂里的人叫作“季伯伯”或“戆二”，只有姨婆喊他“季先生”。程勉对那人的印象只剩这个称呼，以及那时候弄堂口总是飘着浓重的药味。一号也是两层楼，格局比其他家都小。季先生离开后，新租户居然挤进去五六口人，是从安徽来上海做茶叶生意的一家。茶叶店就在五角场中间的“岛”上，那里是最早拆迁的，过去是邮局、布店、状元楼和便利店的热闹区域被围墙围住了，像记忆版图上忽然出现的空白。

程勉带着欧阳熙穿过无人的弄堂。今天多云有风，否则总会有老头老太在家门口晒太阳。到拐弯处往左走两步就是九号，他进门后打开不常用的楼梯间的灯，转头示意她先上。

“你当心哦，是扶梯不是楼梯，有点滑。要抓牢两边。”

他跟在后面，视线前方是她裹在仔裤里的小腿和黑色短靴。到了二楼门口，她停下来问要不要换鞋。

“冬天不用。”程勉第一次意识到，门口的位置是如此局促，他几乎贴着她挪过去推开门。“姨婆，我朋友来了。”

屋里没人。程勉一愣。他站在弄堂口一直没见姨婆出去，大概是到隔壁串门。叠好的锡箔元宝在火盆附近的篮子里闪着微光，程勉把这堆易燃物挪开，招呼欧阳坐下。屋里只有两张竹靠椅，一大一小。程勉让欧阳坐了姨婆那只大靠椅。

“我去给你倒点热水。”他说着就要下楼。

“不用了，我不渴。”她把屋子打量了一圈，视线从大床滑到旁边窗下的红木八仙桌、右侧叠放的樟木箱。接着又看向进门处程勉罩着蓝格子床单的小床、火盆对面的乌木梳妆台。那上面，春节的水仙挺拔地站在瓷盆里，举着圆润的花朵。

“好干净啊。”她说。

“姨婆爱干净的。”

“不是这个意思。我采访的时候，去过不少老人家里，年纪大的人喜欢积东西，有些连饼干盒也不舍得扔，越老的房子，里面越是满满的。可你家干净得就像，刚住进来一两年的样子。”

她这么一说程勉才意识到，姨婆对旧物向来毫不留恋，直接扔掉了事。弄堂其他家庭确实都像她说的，在有限的空间里堆了许多有的没的。估计到正式动迁的时候，时光留下的沉淀会重新被翻拣和估量，大部分将被弃置。

“真的哦。”程勉说，“姨婆连她写的字也不留的。我的课本和画倒是留着。”

她眯起眼：“你画画不错。我看到你给佩佩画的画了。”

程勉倏然感觉面孔发烧。

答应宋老师跳槽的第二天，他主动打电话约了华佩。去报社找欧阳又中途折返那次，他对华佩感到莫名的内疚。他们不过是见了几次的旧识，按理不该这样。或许是因为那个吻，又或是因为华佩隐约浮现的脆弱。在她还是别人的女友“豆豆”的时候，程勉和小辉一道见识过她神经质的一面。她是那种没有安全感的女孩，多少有点“作”。

他问华佩想吃什么，她报出一家越南餐厅。去了才发现，那地方的装修和价格都是把越南菜当法国菜卖。她从菜单后面探头轻声说，我请你哦，我一直想来这里，一个人不好来。程勉觉得她有种毫不矫饰的可爱。他说，不用啦，我很快要换工作了，我请你，就当庆祝。

饭后，她说想喝酒。他建议去上次的酒吧，她笑了。不要啦，酒吧多贵啊，我们去超市买酒，上你家喝，好不好？

不能说他在那一刻对后来的事毫无预感，但他的确是没有预谋的。在淮海路百盛楼下的进口超市，她熟练地选了一支澳洲红酒，还有配酒的奶酪。程勉忍不住想到她卖音响玩音乐的前男友，莫非那个自诩艺术家的混混还是个红酒爱好者？

华佩像是洞察了他的心思，在等地铁的时候说，我爸喜欢红酒。在家我经常陪他喝。

程勉意识到，他对华佩的家庭一无所知，除了见过她年轻的小姨。没有父母的人不会主动问及别人的父母。

在他位于一楼的单间，他们聊着天，很快喝掉大半瓶红酒。他只有一把椅子，她嫌不舒服，毫不客气地占据了他的床，倚着床头伸直双腿，很惬意的样子。酒意让她的眼神流转。他提议帮她画一张画。

她笑起来，眼神促狭。要脱光光吗？像泰坦尼克号的电影。

他窘迫极了。下一刻，仿佛是作为回答，他走上前，俯身吻她。

画画是第二天早上的事。他坐在床边的椅子上画了她的睡脸，又从旧画稿中抽出图书馆女孩的素描，和新完成的画作比较。华佩醒了，裹着被子凑过来看。这是谁？她的声音带着他不熟悉的尖锐。

一个不认识的人。我在图书馆画的。

以后不许你画别人。她环住他，把他拉回床上。

听到欧阳说看过他的画，程勉不知该以怎样的表情应对。他觉得那是一幅私密的画，不该呈现在别人即便是亲属的眼前。也可能他只是不想让欧阳看到。

好在欧阳垂着眼睛没看他。“华佩这孩子，对感情的需求比一般人强烈。我觉得她父母对这件事有责任。她和你说过家里的事吗？”

“没。”

“华佩的爸爸华柏峰，当年是英文系最帅的男生，学生会会长，身边总是围着一群女生。他生在好时候，不用上山下乡，又赶上第一届恢复高考。我姐比他大四岁，插队回来家里给安排了工作，在大学图书馆。一个是学生，一个是图书管理员，不知怎么就走在了一起，我姐怀孕后不肯说孩子是谁的，而且坚持要把孩子生下来。毕竟是那个时代，我父亲虽然在教育局，也保不住她的工作。孩子生下来，她这才吐露真相，我父母相当震惊。华柏峰有他的魅力，尽管他把我姐耽误得厉害，最终我们全家都接受了他。我父亲甚至还想办法给他弄了留校的名额，条件是一毕业就和我姐结婚。他一个新老师只有小小一间宿舍，不方便带着我姐和孩子一起生活，他就这样住进了我们家。当时华佩已经两岁，我十六岁——我姐比我大整整一轮。”

华佩是八零年的，所以欧阳熙是六六年生。程勉一直以为她是七零后。他的心思停在她的年龄上，恍惚听见她吸了口气，“我姐夫……他算是我的初恋。”

程勉从靠背椅直起身，椅背嘎吱响了一声，他不敢动了。

她像是没听到。“都说华佩没长好，继承了父母的缺点。我姐当年也算好看的，不过她和姐夫站一起，显得很平凡。他就是有那种把旁边的人衬得暗淡无光的神气。太好看的男人留不住啊。他做师兄的时候有师妹围着，当了老师有女学生围着。华佩上幼儿园的时候，我姐拿到函授文凭，去了另一所学校的图书馆。他们分了新房子，双职工带着个女儿，外人眼里是和和美美的三口之家。他每次来我父母家，都是个好女婿好丈夫的模样。”

听到这里，程勉大致能猜到后面的情况。他没有接话，她看起来也不需要交谈。

“直到最后我也不懂他是真的喜欢过我姐，还是只是看中我家的背景。华佩继承了他的聪明头脑，读书跳级，十六岁就考上复旦。华佩大一那年他们离的婚，简直就像等着女儿独立好摊牌。我姐是个隐忍的女人，就像她当年咬牙不肯说孩子父亲是谁，她也从来不提他在外面的那些绯闻。我从上海赶回家，以为会看到我姐哭泣的样子，但她一滴眼泪也没有。她说，从前一个人悄悄哭了多少年，眼泪早流完了。”

大概是烤火烤热了，她拉开外套拉链，卸下围巾，里面的毛衣仍是低领，程勉盯着她的锁骨看了几秒。

“华佩第一次自杀，就是在那个时候。你看过她手上的伤疤了吧？”

程勉“嗯”了一声。她说：“第二次是她和上一个男朋友分手的时候。当时她还没毕业。”

“那是什么时候？”

“去年年初。”

那么正好是他彷徨于图书馆和姨婆家的日子。那时他尚未被郑明远从失落的泥沼里拉出来。说起来郑总对他也算不薄，至少给了他一份工作、一个出口。程勉注意到欧阳熙的视线，她看着他又像在看着别的什么。有时候姨婆也用这种目光看他，每当此时他就感到自己像个二次元的人，被三次元的生物透视。也许她在等他表个态，说了那么多，她的来意不算不明显。

程勉憋出一句：“我会好好对她的。”

欧阳熙的嘴角略微牵动。“我怎么觉得我像岳母审查毛脚女婿。你真是个老实孩子。”她起身走到桌前，面朝大窗，留给他一个背影。程勉以为她在看窗外萧瑟的花盆，过了一会儿才意识到，她低着头，在看桌上的什么。

他倏然起身，老迈的竹椅发出尖锐的声响。他站在欧阳熙身后，探头看过去。桌上是姨婆写过字的纸。墨色笔画刚跃入他的视野，欧阳熙倒退一步，后背贴上他的前胸。他条件反射地扶住她的肩。隔着羽绒服也能感觉到她身体的惊悸。

用镇纸压着的宣纸上，赫然是一个“妖”字。最后一捺墨有点干了，拖出一丝丝笔锋。以程勉对字画的那点研究，看得出姨婆的字又有进境，比一些所谓的名家强多了。但这不是重点。姨婆最近一直在写这同一个字。她写这个字的时候，心中究竟怀着怎样的预感？还有，午饭后没见姨婆写字，自己到弄堂口等欧阳那会儿，姨婆留了字在桌上。为什么？

“我没事。就是有点意外。”欧阳在他身前说。他意识到自己还扶着她，赶紧放开。

“姨婆有时候练字……我们出去走走？”

她仍旧盯着那幅字看。程勉开始不安。他和华佩说过姨婆的预言，说的时候再三声明“就是一种心理暗示啦，不能当真的”，谁知道华佩有没有大嘴巴告诉她的小姨？既然连那幅画都给欧阳看了。

欧阳终于扭头看他。她的眼睛里有种悲哀透顶的神色，只是一瞬。他几乎以为是自己看错了。“你们这附近有好多老厂房，对吧？”

姨婆站在六号的门洞内，看着程勉和一个女的从她跟前往九号走。那两个人的身影走过去好一会儿，姨婆依旧站着没动。

真安静啊。她想。

弄堂里的一些人家出门走亲戚了，但这不是她觉得无比寂静的原因。今天是那个她曾喊作姐姐的女人的七日祭。阴历年初四。再过两年就满一个甲子了。心墨死的时候，她想不到自己会活这么久，活到这条弄堂都要拆了，心墨的侄孙程勉都把喜欢的女人带来了。

那天程勉忽然起兴听越剧，她心里难免有点酸。感觉就像皓雪死了还阴魂不散似的。又一想，也许这不是血缘，是记忆。程勉还是个婴儿的时候，在那个家里大概是听过越剧的。皓雪没见过她的亲外孙，她早就死了。据说是自杀。多年间只见过一次，五几年在华山医院偶然碰见，皓雪正怀着孕。一般孕妇都是肿肿的，皓雪剪着短发，穿着朴素的衣服，明明快四十岁的人了，居然还是很漂亮。那是漂亮了一世的人啊，漂亮又自私，连害死了亲妹妹都不自知。

她还记得那次短暂的邂逅，和皓雪说的几句话。

她问皓雪怎么不演出了。皓雪说，我在区团当老师，腰不好，不上台啦。

问话的人心存恶意，答话的人却是淡淡的。

皓雪又说，我知道你恨我，因为你姐的事。这些年，我也很后悔。可我那个时候实在是没有办法。

她不接话，却说，你爱人是不是李医生啊？他怎么没陪你来医院？

皓雪低头摸摸肚子，过了一会儿才说，不是他，他早些年走了，你不知道吗？

她恍然想起自己对李云德说过的预言，过了这么久，她差点忘了。又听皓雪低声说，他有打吗啡针的习惯，有一次打多了。

两人静了一阵，皓雪被叫到名字，扶着腰站起身。她也起身准备离开。她是来看妇科病的，已经开完单子。当年流掉孩子落下的隐疾，就像那个不成形的孩子留下的怨念似的缠着她。本以为这就该说再见了，皓雪忽然凑过来，在她耳边说，赵青松被枪毙了你知道吗？你放心，你和他的事我不会乱讲的。

她靠近皓雪的半边身子变得冰凉。这么些年她早已忘记姓赵的，皓雪此刻提起，言外之意是，你也不要在外面乱讲我的事。她久居弄堂不上班，并不知道皓雪所在的文化单位的险恶气氛，也不懂得就要做母亲的人，本能地有种护犊母兽般的攻击性。她忘了是怎么离开的医院，回到家摊开纸坐在桌前，半天写不出一个字。过去沉沉地压在头顶，未来却看不分明。预见不是招之即来的，而是像漏过云层的闪电，把尖锐的光投在她的脑海。她一个人过了快十年，头一回感到孤单无依的惶然。就连蒋家试图赶走她的时候，也没有过这种感觉。

从此值得怀念的人少了一个。她把皓雪狠狠地埋进记忆深处。日子一天天过去，害怕的事没有发生。蒋家终究占了楼下，她也没了年轻时力争的狠劲。

姨婆往弄堂口走去。真静啊。她再次想道。这条弄堂的年轻人是一茬茬的，和程勉同辈的一批有六七个，不是在念大学就是已经上班，再往下是正在念小学的两个，以及十号的婴儿。向前追溯则是五十年代出生的一拨，她看着他们在本该读书的年纪像蒲公英一样散落到近郊和远方。对的，那时候也有种奇异的安静。弄堂的嘈杂是属于少男少女的。程勉念初中和职校那会儿，他和同伴们整天窜来窜去地聊天。他们语速飞快，上海话和普通话夹在一起讲，如同发明了一种新的语言，在旁边听着也跟不上。后来他们也四散了，各谋生路，有人死于意外。

等到拆迁，就真的长长久久地散了。姨婆想。

她经过后马路口，有人喊她“程勉姨婆”。这么喊的都是程勉的玩伴。她定睛看去，是后马路王家的姑娘。女孩染成红铜色的短发配着雪白的长羽绒服，站在陈旧的石库门前，是个亮眼的存在。都说她长得好看，姨婆并不觉得。别说皓雪，就连那个不讨喜的文华也强过现在的这些女孩儿。

姨婆脚步不停，冲女孩点点头算是打招呼。

王琦有点想奔过去问姨婆，程勉在家吗，转念作罢。就算在家又怎样呢。程勉自从小辉死后就固执地不搭理她，明明那件事和她无关。她看一眼姨婆的背影，走到前面一条马路边等出租车。爸妈走亲戚去了，她约了一个新近认识的英国男生喝咖啡。好像所有人包括父母都以为王琦看上了自己的老板，她才没那么目光短浅。

姨婆到食品店停下来，称了些青津果，含了一根在嘴里，把纸包揣进衣兜，继续走。有个白影子在眼前挥之不去，她过了一会儿才意识到那是王家姑娘的外套。她总是这样，看到什么好看的衣服，就算神游天外，也会在脑海中把衣服的细节勾勒一遍。不过现在不是琢磨年轻姑娘衣服款式的时候。她强迫自己把思绪集中在从前的某一天，程勉来到这个家的日子。

那是在一九七六年底，她再度听到皓雪的名字。消息来自另一个过去的幽灵。

欧阳熙回头问程勉："不用锁门？"

"没事。楼上关了。"

他们站在九号门口，窗户底下是水泥洗手池，自来水龙头上裹着布条，以防冬天冻住。对面靠墙搭着古怪的违章建筑，像个大型狗窝。注意到她的视线，程勉尴尬地笑笑。"那是姨婆堆煤的棚子。"

说起来，他们几乎是被二楼那幅字给赶走的。程勉肯定猜不到她内心的震动。华佩从上大学就住在欧阳熙家，最无助和狼狈的时候都暴露在她这个小姨的眼前，所以华佩对她比对自己爸妈还亲，无话不说。

——小姨，程勉的姨婆据说能看见未来。她不会把看到的告诉人，如果问她，她愿意讲的时候就写字。那字的意思得猜。

她本可以把华佩的话当作无知女孩被人糊弄又一例。然而程勉她是见过的，那个年轻人有种少见的羞涩和木讷，不像是为了哄女朋友编派一堆事情的人。

能看见未来？

恰恰是她不该怀疑世上有这样的人，不是吗？如果程勉姨婆真的能以某种方式看到未来，那么和她就是一样的。不，应该说是相反的。

因为欧阳熙能看见他人的过去。

并不是像照镜子一样地洞察。过去就像人身上的影子，浓缩成不可见的阴影，在某些时候突然舒展，被照亮、被呈现在她的眼前。不是她想看见就能看见，也不是她不想看就能避之不见。

所以她在第一次见到华柏峰的时候就知道了。姐姐并不是这个人的唯一啊。在她的眼里，他身边不时闪现这个或那个女子，面目依稀身段如杨柳。可悲的是，人即便能看到过去，也无法阻止心的陷落。她也像她们一样，被他那种漫不经心的温柔所惑，明知是一场幻梦。她之所以没能成为她们中的一员，说来可笑，却是因为他尚存的底线。他对她说，我不能对不起你姐。她狂乱地恳求道，你已经对不起她那么多次了，多一次又怎样？他说，你姐为我牺牲太多，我不会离开她，你应该最清楚。

最后她选择离开现成的安稳，赴上海工作。距离纵然不能成为冷却剂，至少可以成为阻隔。眼不见，心的波澜也会少些。

她以为他既然宣称要对妻子不离不弃，便会做到，没想到信心也好诺言也好都是不堪一击的东西。姐姐和姐夫最后还是离婚了。他们的女儿在她这个小姨的家里自杀未遂。她在医院等到开了三个小时的车赶来的姐夫，她太累了，神思恍惚，差点没注意到他身后的女子。姐姐？她在回过神时喊了一声。不对，姐姐明明就在他身旁，他们是一起来的。那么后面那人是谁？她凝神细看，心头惊惧。那是姐姐，不是眼前头发早白又染黑的姐姐，而是年轻时代的图书管理员姐姐。作为华老师的记忆如影随形的姐姐。也许连华老师本人都不知道，他内心最沉重的影子是谁的。

在那一刻，欧阳熙忽然羡慕华佩。年轻的孩子可以肆无忌惮地表达悲伤，纵然用生命做代价也在所不惜。而她无话可说无泪可流。

华老师的新妻子比欧阳熙还小两岁，是他曾经的学生，当地一家企业主的女儿。抛弃结发妻做了金龟婿，少不得被人各种说道。有人说，欧阳家老爷子如果还在世，想必会被白眼狼女婿气得再发心脏病。年夜饭从此只剩欧阳姐妹和她们的妈，加上华佩。按说也就少了华老师一个人，欧阳熙却感觉到巨大的无法弥合的空白。姐姐大概也有同感，所以今年干脆报了年初二出发的海南旅游团，带着母亲和华佩去玩。欧阳熙没参加，说要回上海写作。回上海的火车空落落的，像她的心情，她在车上想起程勉姨婆，不知怎的就很想见那个带有传奇色彩的老人。倒不是说她有多想知道自己的未来。她一直在写的书稿是上海越剧界的历史拾遗，写作过程中探访了许多老人，其中有戏迷，也有演员。因为她偶尔能捕捉到来自过去的影子，这种会面有时让她暗自心惊。印象最深是有一回到市越剧团老团长于文华家做客，她和于老师本来就算小熟，也不是第一次去他们家。于老师听说她在写的东西，翻出老照片，给她看学生们刚进团时的稚嫩模样。照片上的少女们如今年过而立或接近不惑，大部分是越剧界的翘楚。欧阳熙看着照片想道，那些忽然出现在我面前的属于过去的幻影，其实就像旧照片一样，不过是人类心灵的照片，而拍摄者懵然不觉。

影集里没有三白先生的照片，有些出乎欧阳熙的预料。她曾在戏迷家中看过三白先生和于文华的时装照和舞台照，历经大半个世纪仍保存完好的照片上，一生一旦，才子佳人。她知道业界有种说法，这对师徒早在解放前就分道扬镳，后来徒弟在市团挑大梁，师父去了区团当老师。中间是否真有龃龉，隔了这么多年，无从考证。

她平素乖觉，当时却故意从影集抬头说，老师，你这里没有三白先生的相片哦。于老师答得平淡。老里老早的照片，没啦。

欧阳熙凝神盯视于老师，看不见来自过去的影子。这不是她第一次挫败。有些人从不回望，他们的记忆很少以清晰的形态闯入她的视线。电话响了，于老师起身前先看钟，嘴里说，哟这么晚打来。以欧阳熙和于老师的熟悉程度，她知道那是美国来电，彼岸已是半夜。于老师拿着无绳电话走进书房，欧阳熙坐在明净空旷的客厅里，远眺靠墙摆放的立式钢琴顶上的全家福。那上面是一家三口。养女霍潇潇前几年把于老师的老伴霍老师接到了美国，于老师自己一年只过去两三个月，一方面这边的徒子徒孙不舍得她走，而且她不喜欢住国外。

霍潇潇是三白先生的女儿。六六年她母亲自杀后，十几岁的她被于老师收养。她的生母和养母都不曾让她学戏，她和同龄人一起被卷入上山下乡的潮流，去云南待了若干年。回来后读大学和出国，整个生活轨迹和越剧圈无关。早些年有不知轻重的小记者问于老师，出于什么理由收养先师的女儿。老太太不轻不重地抢白道，如果你不是父母亲生的，你愿意这事被人拎出来说？从此无人再问类似的问题。

不用走近去看钢琴上的照片，欧阳熙也知道霍潇潇的样子。她比姐姐欧阳宁还大一些，照片中长身量高额头的姑娘如今已不再年轻，但也不显老。长相老成的人就是这样，二十多岁时看着像三十多岁，年近五十反倒仍像四十不到。欧阳熙见过回国的霍潇潇站在她年过七十仍风姿绰约的养母身旁，就像杨树与芍药。霍潇潇没继承生母的美貌，也没有养母的气质。话又说回来，没有人会不喜欢霍潇潇的直爽和聪明劲儿。她至今单身，周围的人对此比于老师还操心。有人开玩笑说，要不是美国太远，戏曲圈加上戏迷们为霍潇潇介绍的对象，可以从静安寺顺着南京路一直排到外滩。

于老师打完电话回到客厅，先为自己走开道了歉，又问欧阳熙："你那个外甥女怎么样啊，毕业上班了对吧？"

欧阳熙说上班了，前一阵闹失恋。当然不至于提起华佩割腕的事。

于老师说："现在的人啊，活得比戏还像戏。生活条件好了，就有心思折腾了。"

欧阳熙觉得老太太是在委婉地说"饱暖思淫欲"，便笑。于老师又说："倒是你，怎么到现在也没带个人给我看看？"

欧阳熙说："我忙啊，没时间谈恋爱。"

于老师哼了一声道："你和我家潇潇一样。忙忙忙，这能当作理由？我知道，你和她都是眼界高。潇潇呢，但凡遇到一个人，都要和她爸比。这怎么好比呢？"

欧阳熙从老太太的语气听出一丝自得，感觉有点诡异。那不是母亲提到看样子会单身到老的女儿该有的忧虑，更像是一个女人对另一个女人的骄傲。你看，我有的你没有。而这另一个女人是谁呢？欧阳熙甚至觉得并不是霍潇潇。

坐在沙发上的她猛然往旁边一缩。转眼间，她和于老师之间多了个人。那人并没有靠着沙发背，只坐了一小半，腰背挺直，双腿略偏。欧阳熙熟悉那张侧脸张扬的美，陌生的是对方的旗袍装束。因为在相片上那人经常是男装，似笑非笑，眉眼如春。

三白先生。

来自过去的幻影只维持了几秒钟。欧阳熙意识到，无论她收集多少材料，最终写成的书稿仍将是浮光掠影，因为她无法写出这对在越剧历史上有重要意义的师徒之间究竟发生了什么。是什么让她们近二十年不相往来，却有霍潇潇从那个家来到这个家？纵然来自过去的残影乍然浮现在眼前，她所知道的毕竟有限。

程勉注意到欧阳熙有些神不守舍。他们正往苏州河畔走，去看他之前提过的旧厂房。他更想给她看的是那片将得到保留的仓库，如果一切顺利，那里将会建成书画院，而他将为此做很多工作。这种感觉不坏，你和一份看得见摸得着的未来有联系。他有种莫名其妙的自豪感，虽然书画院不是他程勉的，而是属于他还没见过的老板。

因为这份心情，也因为她一直不说话，他少见地变得絮叨。

“喏，那边围起来的地方以前是状元楼，听说以后会在我家马路对面重新开一家。不过不晓得到时候我们是不是还住在这里。我姨婆最喜欢吃状元楼的糟猪脚。再往前那片，看起来就是随便盖盖的破房子，以前是……”

“是教堂。”欧阳熙说。

她停住脚步，眺望着完全看不出教堂痕迹的所在。平房像雨后的菌菇，以奇异的形态肆虐生长。难怪程勉用“随便盖盖”来形容，那一片房子有种兴之所至的面貌。裸露着砖块的、刷了石灰又因为年深日久变成灰黄色的、用水泥加固过的、瓦顶的、油毛毡顶的，各色各样。

程勉感到意外：“你很熟这一带？”

“不，我是第一次来。”欧阳熙转头看他，“你姨婆写那个字，意思是，我是妖怪。她肯定是不想见我吧。你现在是不是也觉得我是妖怪？”

她看到对方眼中闪过的惶惑。我在欺负他呢。她想笑。她不会忘记第一次看到程勉，他把华佩背上来，整个人透着没处安放的窘迫。他刚有礼貌地道别，就晕了过去。醒过来第一句话，他说的竟然是“姨婆”。不是爸爸妈妈或爱人的名字，而是姨婆。

当时欧阳熙说，不好意思，我是华佩的小姨，不是你姨婆。

说起来，那时候就有种故意欺负他的愉快感觉，他的表情也像现在一样傻。

以为他会就这么傻愣愣地看着她，没想到他开口说：“你不是妖怪。我姨婆她，也不是那个意思。”

“你怎么能断定？”

“我就是知道。”他固执起来像个孩子。

她也莫名地开始拧巴。“你知道什么？你又不了解我。华佩也许和你说过什么，但她并不了解我。她只知道我是小姨，我凡事为她着想，她不知道我这么多年一直喜欢我姐夫，她的亲爸！我对她好，是因为我心里觉得对不起她！”

他脸上那种呆呆的神色没了，看着既不像惊讶，也不像漠不关心。他只是深深地看着她。

“你知道什么……”她低低地说，“我看得到别人看不见的东西。就拿你来说吧，你有个朋友死掉了对吧？他很年轻，身上带着刀伤，有时候在你身边抽烟。你有过一个喜欢的女孩子，头发短短的眉毛浓浓的，腿很长。我都看得到啊！我不是妖怪是什么?!”

“眉毛浓浓的？”他诧异地反问。这种时候正常的反应不是应该像看妖怪一样看她吗？也许是因为他在姨婆身边长大，所以能保持平常心？

她迟疑了一下：“那姑娘看着很小，像个高中生。”

程勉笑了。他笑得那么厉害，以至于轮到她呆呆地看他。他笑得呛住了，弯下腰咳了几声，接着站直了，扶住她的肩。这个动作很自然，她没有避开。接着她被拥进他的怀里。

“那是很久以前的事了。”他低头在她耳边说，“你真的能看见？”

她想点头，发现自己完全不能动弹。不光是他抱得很紧的缘故。她忽然感到深重的疲倦，半天才憋出一声“嗯”。

他静静地说：“妖怪，你一定很孤单啊。和我姨婆一样。”

在听到程勉那句话之前，欧阳熙对华佩的抱歉并没有她说的那么严重。她是喜欢华老师，但她不曾有机会做一个坏人。程勉的一句话这才让她感到莫名的抱歉，不是因为自己在华佩男友的怀里，而是因为说不清道不明的什么。也许是出于对未来的不安。

在欧阳熙的背后，隔着双车道的马路，折返回来的姨婆正好目睹了这场拥抱。程勉也看到了姨婆。诡异的是姨婆立即拐弯，朝河边走去。她刚才明明是从那边走过来的。

他看着姨婆走开，没有松开欧阳熙。

姨婆写下的“妖”字到底是什么意思呢？程勉想。以他对姨婆的了解，那个字是要拆开来看的。女，夭。是否暗示一场死亡？也可能是别的什么。反正姨婆的预言向来要等到实际发生才能被读懂，现在提问也得不到任何答案。

未来尚未到来。

过去的阴影，即便他抱着的这个女人真的能够看见，也不具有影响此刻和未来的力量。应该如此。希望如此。

毕竟我们能握住的只有这一刻。程勉不想松开欧阳熙，他一生中从来没有像现在这样强烈地希望得到什么。小时候他想要父母，知道不可能便学会了压抑。后来他想当画家，却不得不遭遇更多的限制。人只要有希望就难免失望。只要有念想就会遭遇创痛。所有的歧路都在一念之间生成又消失，人们说那叫命运。

管他什么命不命的，他只想抱住有着鸟一样骨骼的纤细女人，连同她自以为藏得很深却不断溢出的忧伤。他们的身后是曾经的教堂。这时程勉和欧阳熙都不知道，有一天教堂的尖顶将会重新矗立在此地，几百米开外那片弄堂错综之地，将因为少数钉子户而在新世纪的头几年继续维持着半废墟的模样。拥有注视未来之力的女人将如她的预言，在弄堂里咽下最后一口气，她生前签下的动迁协议将保障程勉拿到西南郊的两室一厅。欧阳熙将会在梳理历史迷踪的过程中不无惊悸地发现，正是于文华的告发让她的老师王皓雪在“文革”中背负汉奸罪名，“畏罪”跳楼自杀。另一件往事埋藏太深，欧阳熙也无从得知，那就是于文华曾逼知青返城时怀有身孕的霍潇潇堕胎。没有人知道，是出于怎样的因缘，那个孩子被保留下来，并被和戏曲圈毫不相干的另一个女人收养。所谓的命运，有时是过去的光照向未来，或是人心最幽微不可测的一转念。

2014 年 8 月完稿

2020 年 7 月再版修订

再版后记

写作者有很年轻就打通了任督二脉的，也有老牛拉慢车的。写第一则科幻小说并获奖是在十六岁，所以我曾错误地以为自己是前者，直到多年以后，才不得不承认，我是个笨拙的、需要时间来沉淀的写作者。

年少时的创作欲在某种程度上是情感和荷尔蒙的迸射，也因此，难以持久。中间有过一段远离写作的日子，仅仅做一个读者。忘了出于什么缘由，二十八岁的时候，我开始写《甲马》的第一稿，当时还是个非常不成熟的故事。转年，为刚创刊的文学 Mook《鲤》写了《人字旁》，有了少许手感。那之后陆续写了几个中短篇，或多或少掺杂了我当时喜爱的超自然元素。

写作者的题材要么源于自身的周边环境，要么是有意识地向外挖掘。收在后来的中短篇集《人字旁》的五篇小说，走的是“奇”的路子，与我的生活无关。《甲马》的初稿虽有家族背景的痕迹，更多是想象的产物。真正映射经历并扩展开来的，是《姨婆的春夏秋冬》，此次修订重刊的《一字六十春》。

《一字六十春》对我而言是部特别的作品。它不长，既可以看作四个独立的中短篇，也可以当一个十万字出头的小长篇。它容纳了千禧年前后的上海弄堂风景。主人公程勉生于二十世纪七十年代后半，第一个故事发生在他即将满二十一岁的夏天。当读者以为这就是个弄堂年轻人的青春故事吧，时间线回溯到二十世纪四十年代日据时期的上海，讲起了上上辈的纠葛。

人的际遇有许多缘由。外界环境、性格因素，乃至瞬间的个人决定，都可能造就一个人成为这样或那样的人。放在时间的纵深当中看，还有另一层笼罩烟云的历史原因。程勉的未来其实叠合在母亲外婆姨婆的过去之上，和他有血亲关系的女人们，还有将他养大的“姨婆”，在她们各自风华正茂的时候，曾被时代的风吹得四散流离。

若干人物的故事交织在一起，便构成地域的叙事。我试图用不长的篇幅来讲述弄堂的历史，到结尾的部分，书中的曹家渡一带将面临拆除改建。写这篇后记的此刻，二十一世纪走过五分之一的现在，上海已不剩多少老式巷弄，弄堂生活也成了对大多数人来说遥远的情景。

程勉的故事收梢于 2001 年，我的另一个长篇《星在深渊中》，恰好有 2002 年仍住在曹家渡弄堂的上海姑娘出场。在那个故事中，最终搬离弄堂的上海年轻人，以及从外地来上海念书并扎根的“新上海人”，从世纪之初跋涉过将近二十年，开启他们的新世纪篇章。小说的事件更多发生在旧法租界新老建筑混杂的一隅，人们的生活中出现了许多新生事物，智能手机、微信、新媒体……无论周遭场景怎么改变，人的各种欲望以及伴生的烦恼，总是那些。

那是另一个故事。

说回《一字六十春》，第一个故事写于2011年的夏天，上一版全书定稿是在2014年8月，此次为了重版，重新细细阅读和修改，意外地发现，九年前的第一篇也并不显得陈旧。可能还是因为前面提到过的，它是从我经历过的现实中生长出来的，有着鲜活的力量。程勉的青年期也正是我的少年期，我越过他的目光，重新打量过弄堂的四季。程勉、张方敏、吴锦辉、王琦，乃至姨婆她们那一代人，一个个仿佛是我的近邻。尽管现实中，我不曾认识一个像姨婆那般能预见未来的神奇人物。

默音

2020年8月于上海虹口